KB164266

작가들

앙투안 볼로딘
Antoine Volodine, 1950–

앙투안 볼로딘은 1950년에 프랑스에서 태어났다. 러시아 문학을
가르치고 번역했으며, 프랑스어로 글을 쓴다. 40여 편에 이르는
소설을 통해 문학적 평행 우주 '포스트엑조티시즘'을 구현했다.
『미미한 천사들』(1999)로 베플레르상과 리브르 앵테르상을,
『찬란한 종착역』(2014)으로 메디시스상을 받았다.

앙투안 볼로딘

작가들

워크룸 프레스

일러두기

이 책은 앙투안 볼로딘(Antoine Volodine)의
『작가들(Écrivains)』(파리: 쇠유 출판사[Éditions du Seuil],
2010)을 한국어로 번역한 것이다.

본문의 주는 모두 옮긴이 주다.

차례

마티아스 올반 9

유목민들과 죽은 자들에게 보내는 연설 23

시자카기 35

감사의 말 59

보그단 타라셰프의 작품 속 침묵의 전략 79

마리아 300-10-3의 이미지 이론 99

내일은 어느 아름다운 일요일이리라 127

옮긴이의 글 153

부록 173

작품 목록 179

마티아스 올반

매일 밤, 가장 고통스러운 시간에, 작가 마티아스 올반은 저녁 무렵부터 찝찝한 상태로 졸고 있던 침대에서 빠져나와, 몽상과 절망에 휩싸인 채, 또한 불도 밝히지 않은 채, 방의 거울 앞으로 가서 앉았다. 여름은 끝나지 않았고, 숨이 막힐 정도로 열기가 그의 주위를 감싸고 있었다. 고요한 가운데 이따금 가구들과 나무 바닥이 삐걱거리곤 했다. 먼지에서는 약품들, 마른풀, 병원 세탁물 냄새가 풍겼다. 마티아스 올반은 거울이 놓인 작은 가구의 서랍을 열었고, 자신의 권총을 숨겨 놓았던 속옷을 펼친 다음, 탄창이 제대로 끼워져 있는지 확인하고 나서 서랍을 도로 닫았고, 안전장치를 제거하고는 이 무기를 뺨에 대고 총구를 자신의 두개골 안쪽으로 조준했다. 그런 다음 그는 숫자를 세기 시작했다. 하나… 둘… 셋… 넷… 소리를 내지는 않았으나 입술로 숫자를 만들면서, 그는 천천히 세어 나갔다. 그의 입이 움직였고, 턱 아래, 총부리가 닿아 있는 부위에서는 피부가 팽팽해졌다가 다시 느슨해지곤 했다.

　숲과 집의 경계를 짓는 땅 위로, 빛을 뿜어내는 전등 같은 것은 바깥에 없었지만, 저녁 무렵 그가 방의 덧문들을 당겨 닫아 두지 않았기에 어둠이 완벽하게 스며든 것은 아니었고, 자신의 시선을 포갤 수 있을 만큼, 이따금 들판에서 빛이 새어 들어왔다. 그것은 강렬함 따위는 없는 시선이었고, 통상적으로 그는 무심하게 반응해 왔으나, 몇몇 경우에는 감정을 감추려 애쓰면서 자신을 관찰하고 있는 침입자 한 명과 마주하고 있는 듯한 느낌을 받았고, 반사된 그의 모습과 그 사이에 어떤 대결 같은 것이 시작되었다. 그 때문에 혼란스러워졌고, 그러면서 세던 숫자를 헷갈리는 일이 벌어졌으며, 자신이 어디까지 셌는지 더 이상 확신이 서지 않으면, 그는 모든 것을 0에서부터 다시 시작했으며, 그 뒤로는 두 눈을 들어 자기 자신의 모습을 다시 보려 하지 않았다.

　마티아스 올반의 생각은 자신이 이 기나긴 정신적 율독(律讀)의 한계로 정했던 숫자 444를 발음하기 전에 자살하는 데 성공하는 것이었다. 2초마다 숫자 하나의 비율이라고 보면, 거울 앞에서 생존할 수 있는 시간은 15분 언저리였고, 그는 이 시간이면 적당하리라 여겼다. 게다가 4와 44는 그의 할아버지가 부헨발트[1]에서 사망한 날짜, 1944년 4월과도 관련이 있었다. 수비학(數祕學)에 매료되었던 적이 한 번도 없었고, 수학에 각별한 존중심이라고는 조금도 가져 본 적 없었으나, 그는 자신이 예쁜 숫자들이라고 불렸던 것에서 뿜어져 나오는 완벽함을 좋아했고, 자신의 자살 의지를 어느 실종자에게, 자기 가족의 비극적인 실종자 중 한 명에게 보내는 오마주와 결합한다는 게 마음에 들었다.

여동생이 그를 위해 골라 준 작은 요양소는 모든 주거 지역에서 멀리 떨어진, 숲 한가운데 자리 잡고 있었다. 그는 사회보장 혜택도 전혀 받지 못했으며, 경제적 여유가 없다시피 했던 여동생의 자선에 의존해야 한다는 사실이 그에게는 슬픔이 늘어나는 이유가 되었다. 산들바람이 나무들을 어루만지면 반쯤 열린 창문으로 포플러와 자작나무의 속삭임이, 새벽 한 시까지 올빼미들의 울음소리가 들려왔다. 다른 소리는 거의 들리지 않았다. 간호 인력은 아침 식사 시간까지 어떤 서비스도 제공하지 않았다. 밤에, 간호사들과 환자들은 잠을 잤다. 방들은 상당히 고립되어 있었고, 누군가 코를 골거나 신음을 하거나 기침을 해도, 아무런 소리를 들을 수 없었다. 건물 내부는 그 건물의 주변이나 부속 건물들과 마찬가지로, 공동묘지 같은 고요함이 지배하고 있었다.

이곳에 받아들여지기 전, 마티아스 올반은 사반세기가 넘도록 규정이 엄격한 교도소들을 전전해야 했는데, 그건 인생의 전성기에 그가 여러 범죄를 저질렀기 때문이었다. 여기서 그의 재판을 다시 열지는 않겠다. 그는 암살자들을 살해했고, 이는 법의 처벌을 받을 일, 종신형으로 대가를 치를 일이다. 그는 자기 죄의 형기를 마쳤고, 쉰셋의 나이에, 교도소 담장 밖에서,

---

1. 1937년 7월 독일 바이마르 근처의 에테르스베르크 언덕에 세워진 나치 강제수용소. 포로들은 유럽 전역과 구소련에서 왔으며, 첫 번째 억류자 중 소비에트 공산주의자들이 있었다. 참고로 이 책에 나오는 지명이나 장소 등은 현실 세계의 실제 이름과 상응한다고 보장할 수 없다.

익명으로 조용히 늙어 갈 채비를 하던 중, 그만 병에 걸리고 말았다. 전조도 없이, 갑작스레 촉발된 끔찍한 유전적 퇴행이었다. 번개 같은 속도로, 병은 그의 얼굴을 보는 게 불쾌하게끔 심지어 괴물처럼 만들어 버렸다. 그의 피부는 갈라졌고, 상처 난 그의 입술에는 피 이슬이 맺혔으며, 군데군데, 판지같이 딱딱한 반점들이 나타나고 퍼지면서, 상상의 대륙들이 주민들에게 퇴화를, 목질화(木質化)[2]를, 죽음을 예고하는 세계지도 한 장을 그의 얼굴에 그려 나갔다. 의사들은 이 병의 극단적인 희귀성에, 그 끔찍한 증상과 불치의 성질에 동의했지만, 병명은 전문가에 따라 바뀌었다. 마티아스 올반은 그 병명 중에서 무작위로 하나를 채택했고, 예를 들어 악몽을 꿀 때나 새로 온 여자 간병인이 검사나 치료 결과에 관해 물어보았을 때처럼, 자신의 사례에 대해 정말로 말해야 할 때만 이것을 다시 사용했다. 그럴 때 그는 자신이 자가면역성 문양종양증[3]으로 고통받고 있다고 말하곤 했다. 하지만 이 용어는 그에게 혐오감을 주었고, 목소리를 높여 말하려고 노력하는 것만으로도 그는 거의 치욕을 맛보는 것과 가까운 상태에 빠졌다.

　　야간에 나타나는 자가면역성 문양종양증의 증상 중 하나는 두피 수축이었다. 자신의 어두운 모습과 마주한 마티아스 올반이 자신이 마지막으로 중얼거리게 될 숫자들을 하나씩 떼어 내 천천히 읊는 동안, 그의 두개골 피부가 오그라들고 모공이 조여 왔으며, 곳곳에서, 머리 안쪽으로 빨아들이듯, 뿌리부터 머리카락을 잡아당겼다. 이 빨아들임은 머리카락을 사라지게 하는 데까지 이르지는 않았으나, 고요함 속에서, 바스락거리는 소리, 벌레들의 움직임을 떠올리게 하고 토하고 싶은 욕구를 불러일으키는 비인간적인 소리를 유발했다. 이런 소리를 들으면서 마티아스 올반은 끝낼 때가 되었다는 사실을 가장

---

2. 식물의 세포막이 세포, 섬유질, 혈관에 스며드는 유기물질인 리닌을 흡수해서 나무처럼 보이게 되는 증상.
3. oncoglyphose. 'onco'는 '종양'을 의미하며 'glyphose'는 '문양(紋樣)'과 '증상'의 결합어다. 피부가 각질화되며 문양처럼 변해 가는 질병으로, 볼로딘의 신조어다.

13

처절하게 느꼈다. 그는 제 무기의 방아쇠를 당기기 시작했다. 한순간, 그의 몸이 돌연 식은땀으로 범벅이 되었다. 지금이야, 그는 생각했다. 지금 아니면 영원히 못 할 거야.

결정적인 한계에 다다른 것처럼 보였다 해도, 그는 이 순간들을 이용해 성급하게 제 삶 전체를 되돌아보지는 않았다. 그의 기억은, 마치 기억하고 나면 폭력적인 지적 마비의, 본질적인 것과 부수적인 것을 구분할 수 없는 어떤 무능함의 영향을 받기라도 한 것처럼, 그 무의미함을 가늠조차 하지 못했던 두세 가지 사건에 가로막혀 있었다. 그에게 나타난 추억들은, 종종, 서투른 추첨에서 연달아 솟아난 것처럼 보였다. 역시나 그는 화장실이 제대로 청소되지 않았다는 이유로 어느 동료 죄수와 벌였던 말다툼을, 이어서, 숲의 가장자리로 산책을 나갔다가 풀뱀 한 마리를 보았던 일을 회상하고 있었다. 풀뱀은 아주 작은 하천으로 미끄러져 들어가고 있었다. 이미지들이 변하지 않은 채로 반복되었고, 그런 다음 그는 방으로, 권총으로, 기다림으로 돌아왔다. 땀과 림프액이 뒤섞인 습기에 흠뻑 젖은 채, 머릿속으로 되뇌던 장면들에 흥미가 사라진 그는 자신이 지루한 숫자 나열을 중단했으며 방아쇠를 당길 좋은 기회를 놓치고 말았다는 사실을 깨달았다.

그는 권총을 자기 앞에, 니스로 끈적거리는 나무 쟁반에 내려놓고, 땀으로 범벅된 두 손을 잠옷 바지에 닦았다. 다시 그는 무기를 움켜쥐고 뺨에다 가져다 댔고, 끈질기게, 그러나 열의 없이, 0부터 숫자를 다시 세기 시작했다.

체포되기 전, 마티아스 올반은 작품을 많이 쓰는 작가는 아니었다. 청소년기부터 글을 쓰고자 하는 욕구에 사로잡혀 있긴 했지만, 명백한 결말을 위해 출간되는 작품에 담길 만한 산문을 제작할 필요성을 느끼지는 못했다. 그는 시적인 놀이, 단어들의 일시적인 조립, 이미지 속으로의 몰입이, 자신의 존재에는 중요한 차원이지만, 이런 활동은 아무리 시급하다고 해도 책장에 꽂혀 죽은, 규격화된 한 권의 책으로 귀결되면 곤란할 거라고 여겼다. 그는 원고를 방치된 상태로 놔두었고, 마무리하려 애쓰지 않았으며, 그의 작품이 어떤 상태인지 친구들이 물어보면 더러 미완성에 관한 이론을 주장하기도 했다. 이렇게 그는 출간할 만한 작품을 하나도 만들지 못한 채 몇 년을 보냈고, 그 뒤로는 무명 시인이라는 자랑스러운 계급에 속한다는 주장도 무뎌지기 시작하면서, 스스로에게 품고 있던 창작자라는 전망마저 사라져 버렸다. 문학적 출현에 전혀 도움이 되지 않는 이런 상황에도 불구하고, 그가 지하 투쟁과 테러 보복 준비에, 달리 말해 암살자들을 살해할 여러 가지 구상에 각별히 마음을 쓰면서 전념하고 있을 때, 또한 자신을 포함한 모든 사람들이 그가 글쓰기를 그만두었다고 생각하고 있을 때, 어느 날 그는 마음이 잘 맞는 어떤 출판사에 이야기 모음을 건넸고, 출판사는 그것으로 작은 책 한 권을 만들었다. 작품은 '보율가(家)의 어느 가을'이란 제목을 달고 있었고, 1천 부가 인쇄되었지만 그중에서 마흔 부도 채 팔리지 않았다.

책에는 화려하지는 않지만 흠잡을 데 없는 문체로 환상적이거나 기괴한 영감을 담아낸 여덟 편의 짧은 글이 담겨 있었다. 이 책은 포스트엑조티시즘과 어느 정도 혈연관계를 맺고 있으며, 이 포스트엑조티시즘의 세계에서는 앙트르부트[4] 모음집으로 여겨질 수 있을, 모음집이었다고 해 두자. 이데올로기적인 차원에서, 마티아스 올반은 관례적인 혁명가들을, 보다 일반적으로는 초현실주의자의 상투화된 마술적 행동을 일삼는 인물을 등장시키지 않는 것 외에는 어떤 제약에도 따르지 않았었다. 언론의 반응을 불러낼 수 있고 발굴해 내야 할 재능과 관련해 권위를 가지고 있었던, 유일하게 호의적인 비평가는 당황한 나머지 책이 출간되었다는 사실조차

---

4. entrevoûtes. "이 단어는 '벽토를 바르다'라는 의미의 동사 'entrevoûter'에서 파생되었다고 볼 수도, '사이의'라는 뜻의 전치사 'entre'와 '궁륭'이라는 뜻의 'voûte'의 합성어로 볼 수도 있다. […] 앙트르부트는 서로 다른 성격의 두 텍스트로 구성되며, 이들은 중심축을 이루는 일종의 '궁륭'에 의해 서로 연결되어, 순환의 구조, 메아리와 반복의 분위기를 형성한다.", 김희진, 「옮긴이의 글: 용어 설명」, 앙투안 볼로딘, 『찬란한 종착역』, 김희진 옮김, 워크룸 프레스, 2022, 461쪽.

언급하지 않았다. 한마디로 말해, 출판은 대참패였다. 어쨌든 2년 후, 마티아스 올반은 두 번째 작품에 마침표를 찍었고, 같은 출판사에 이 작품을 맡겼다. 출판사는 『보욜가의 어느 가을』의 안타까운 운명 따위에는 조금도 굴하지 않고 『쪽배의 찬란함』을 출간하기로 했다. 범죄 수사, 국제적인 혁명을 다룬 여러 개의 에피소드, 그리고 몽상의 세계로의 충격적인 기습을 동시에 기술한, 매우 능숙하게 구성된 픽션을 갖추고 있었기 때문에, 문학적 관점에서 볼 때 보다 야심 찬 소설이었다. 『쪽배의 찬란함』은 500부 발행되었다. 이 책의 판매는 첫 번째 책보다도 확연하게 좋지 않았다.

마티아스 올반의 문인으로서의 공식적인 이력은 여기서 멈추었다.

재판이 진행되는 동안, 그리고 불행에 책임이 있는 자들 중 몇몇 사람에게 허리띠 위로 총격을 가했다고 기소당하자, 마티아스 올반은 자신이 테러리스트 조직의 정회원이라는 사실을 강력하게 부인했다. 판사들의 비난과 조롱에도 불구하고, 그는 자신이 작가이며 펜으로 살아왔노라고 고집스레 주장했다. 『보욜가의 어느 가을』과 『쪽배의 찬란함』이 법정에 제출되었는데, 현실 자본주의 세계에 대해 경멸하는 부분도, 모호한 부분도, 호의적인 부분도 전혀 없는 여러 개의 단락이 정치적 살인에 대한 명백한 증거로 간주되었고, 가중처벌의 사유로 채택되었다.

유죄 선고를 받은 자는 스물네 살이었다. 26년 후 모범수로 2년 감형을 받아, 마티아스 올반은 교도소를 나왔고, 자신의 뒤편에서 도로 닫히는 거대한 문을 돌아보지 않았으며, 또한 병에 걸렸다. 자가면역성 문양종양증은 그가 석방되고 일주일이 지나서 발병했다.

사방이 벽으로 막힌 곳에 오래 머무는 동안, 마티아스 올반은 소설을 쓰지 않았고, 짤막한 글도 쓰지 않았으며, 시를 짓거나 하지도 않았다. 반면에 그는 초기에 자신이 탐색했던 시적 실험을 되살려 내어 방대하고 확연하게 눈에 띄는 매우 강력하고 독창적인 작품을 창조해서 이 시적 실험을 위대하게 만들겠다는 문학적 과제를 자신에게 임무처럼 부과했다. 그는 단어들을 발명했고 그 단어들을 미친 듯이 범주에 따라

분류했다. 이야기들을 서술하는 것은 더 이상, 하나도, 그의 관심을 끌지 못했다. 그는 창살과 철책 너머로 흘러가는 구름을 바라보았고, 그저 시선 가는 대로, 감방의 음산하고 칙칙한 배경을, 자신의 작은 공간에 동료 수감자들이 들어왔던 몇몇 해에는 낙담한 동료들의 실루엣을 바라볼 뿐이었다. 그는 외부에서 자신에게 당도했던 메아리들, 세상이 늘 최악으로 치닫고 있다는 걸 자신에게 알려 주었던 귀중하고도 자주 확인할 수는 없는 파편들을 곰곰이 생각하곤 했다. 그는 다른 죄수들의 불평이나 노래에 귀를 기울였다. 그것이 그의 삶이었다. 그러나 그것을 말로 재현한다는 생각은 그를 사로잡지 못했고, 게다가 그것을 배경으로 삼거나, 비겁하게도 그것과 동떨어진 픽션을 전개한다는 생각은 더 말할 것도 없었다.

항상 그랬던 것은 아니었으나, 이감된 몇몇 감옥에서 종이와 쓸 수 있는 무언가를 갖게 되었을 때, 예를 들어 그는 식물 이름, 사냥을 당했거나 학살을 당한 민중의 이름, 혹은 단순히 수용소 희생자들의 꾸며 낸 이름 같은, 상상의 단어들을 가지고 목록을 작성해 나갔다. 해를 거듭하면서 이 목록은 쌓여 두꺼운 묶음이 되었고, 그는 그것을 다시 읽지는 않았으며 그저 몽롱한 상태로 훑어보기만 했고, 압수당했을 때만 원칙을 따져 항의하거나 이송 중에 분실되었다는 사실을 담담하게 받아들이는 등, 이 목록에 애착을 느끼지는 않았다. 의심이 들 때조차 이 목록을 들여다보지 않았고 자신이 보존할 수 있었던 원본도 부득이하게 사라져 버렸기 때문에, 반복된 말들, 다시 옮긴 말들, 중복된 말들이 이 긴 신조어들의 반열에 포함되었다. 그 길이를 정확하게 추정하기란 터무니없는 만큼 헛된 일이 될 것이다. 그럼에도 불구하고 마티아스 올반의 사고 체계와 그가 사용할 수 있었던 시간을 근거로, 우리는 그가 26년의 수감 생활 끝에, 다음과 같이 분류해 놓은, 거의 10만 개에 육박하는 단어들을 벼려 냈노라고 단언하더라도, 커다란 실수를 저지를 위험은 피할 수 있을 것이다:

- 불행의 희생자들 성과 이름 6만 개
- 상상의 식물, 버섯, 풀 이름 2만 개
- 평행 우주에만 존재해 온 장소, 강과 지역 이름 1만 개

17

• 그리고 어떤 언어에도 속하지 않으나 음성적 논리를 갖추고 있어 귀에 익숙해지는 잡다한 장광설 1만 개.

마티아스 올반의 작품을 구성하는 것이 바로 이런 것들이었다.

동료 수감자들이 이따금 원고 몇 장을 화장지로 사용해도 딱히 그의 분노를 사지는 않았고, 그 자신조차, 화장지가 고갈되었다는 것이 확인되었을 때만, 목록의 앞이나 끝 부분을 비슷한 용도로 사용했다. 감옥의 포화 정도가 들쭉날쭉했기 때문에, 혼자뿐이던 몇 년 동안조차, 그는 악취 나는 양동이에 걸터앉아, 저 무수하고 괴물 같은 명부 중 하나에 손을 뻗는 것도, 엉덩이를 닦으려고 조금도 아까워하지 않고 한 장을 거기서 찢어 내는 것도 꺼리는 기색을 내비치지 않았다. 그는 한 번도 창작 활동을 신성하게 여긴 적이 없었고, 시집이라는 잉크에 착륙하는 순간부터 시는 그에게 죽은 것처럼 보였으며, 어쨌거나 그는 이 방대한 신조어 생성 작업을, 바깥 세계에서 여전히 예술 또는 문학이라고 불리던 것과 최소한의 관계를 유지하고 있는 무엇으로 간주하지 않았다.

석방되던 날, 간수들이 방대한 원고와 여러 권의 노트, 촘촘하고 세밀한 글씨로 뒤덮인 종이 뭉치를 싸라고 권유하자, 그는 경멸하는 몸짓을 취하고는 양동이 옆에 원고를 통째로 버렸다. 그를 존경하게 되었거나, 우리가 정신적 약자나 무해한 환상가를 인정하듯 그를 인정하게 되었던 이 사람들에게, 그는 일단 자신이 밖으로 나가면 모든 것을 제로에서 다시 시작하고, 간수들과 자신이 관성적으로 '그의 사전들'이라고 불렀던 것에 어떻게든 만족스러운 형태를 부여하고 싶다고 설명했었다.

그는 감옥에서 나왔고, 자신이 약속한 것과는 달리 어휘 만들기 활동을 이어 가지 않았으며, 자신의 사전들을 제로에서 다시 시작하지도 않았다. 그는 자신만의 방식으로, 되찾은 자유를 누릴 수도 있었고, 창살 없는 감옥의 삶과 견줄 만한 창작자의 엄밀한 삶에 착수할 수도 있었으며, 자신에게 남겨진 생을 위해 비장하지 않은 망명이나, 쓰라림이 전혀 없는, 균형 잡힌, 평화로운 고독을 무차별적으로 계획했지만, 이 소박한 꿈을 실행에 옮길 시간도 없이, 그의 삶은 예상치 못한 방식으로

고꾸라지고 말았다. 석방된 지 일주일 만에 그를 강타한
자가면역성 문양종양증은 과도기도 없이, 치유될 수 없을 만큼
즉각적으로, 그를 중독자와 불구자의 세계로 내던졌다. 그에게
비교적 충실했던 여동생이 선한 마음보다는 의무감으로,
보잘것없는 제 적금을 털어 숙소와 최소한의 의료 지원 혜택을
받을 수 있도록 도와준 덕분에, 그는 이 세상과 동떨어져,
살아남거나 죽기 위해, 이 요양원에 받아들여지게 되었다.

　　게릴라 시절부터 아주 오래된 동지였던 매제는 그에게
권총과 총알 몇 발을 마련해 주는 데 큰 어려움을 겪지 않았다.
현재 그는 사회민주주의를 무기력하게 옹호하고 있지만, 오래된
아나키스트적 충동을 여전히 갖고 있었으며 불법 무기상과
선이 닿는 사람이었다. 그는 마티아스 올반이 스스로에게만
총을 쏘리라고 생각했으며, 또한 여러 가지 이유로 이런 생각을
불편해하지는 않았다. 오히려 반대로 그는 그렇게 되기를 바라고
있었다. 권총에 관해서라면, 마티아스 올반의 여동생도 알고
있었다. 떠나려고 소지품을 챙기는 마티아스 올반을 도와주었을
때, 그녀는 속옷에 싸인 무기를 발견했지만, 도로 덮어
두고는 아무 말도 하지 않았다. 오빠의 자기 파괴적인 계획을
독려했노라고 누군가 그녀를 비난했더라면 그녀는 격렬하게
항의했을 것이고, 남편과 의논하면서조차 자신이 그랬다는 걸
인정하지 않았을 게 분명했으나, 그녀 역시 이제는 마티아스
올반이 사라져야만 한다고 생각하고 있었다. 사반세기 전, 그녀는
그를 다정한 눈으로 우러러보았고, 그의 재판이 벌어지기 전과
평결이 난 후 몇 달 동안, 정기적으로 그를 방문했지만, 그 후 그는
5천 킬로미터 떨어진 곳에 위치한 어느 교도소로 이감되었고,
실제로 그녀는 그와의 관계를 더 이상 유지할 수 없게 되어
버렸다. 그리고 세월은 무더기로, 6년, 10년 단위로 흘러갔고,
자신이 삶에, 슈퍼마켓 계산원 생활에 짓눌려 지내는 동안, 그녀는
그를 살아 있는 사람으로 생각하는 걸 포기했다. 그리고 이제
그가 마치 다른 행성에서 온 것처럼, 육체적 퇴화와 공동 묘혈[5]

---

5. la fosse commune. 빈민이나 무연고자의 시신, 재해 발생
시 가능한 한 많은 시신을 묻기 위해 사용되는 집단 무덤.

이외에는 생계 수단도 전망도 없이, 보기에도 끔찍한 모습으로 정상적인 세계에 다시 출현한 것이다. 모두에게 분명했던 것은, 그가 있을 자리는 이제 어디에도 없으며 그가 끝을 맺어야 하리라는 거였다. 어쨌든 사방 벽 너머에서 하루를 보낸다는 목표를 갖고 있었기에 수감 기간 동안은 삶을 이어 간다는 것이 어떤 의미가 있었지만, 외부에 있게 된 지금, 그의 시야는 죽음에 대한 욕구를 물리칠 이유가 되기에는 너무 좁아져 버렸다.

어둠 깊은 곳에서, 마티아스 올반은 세고 있던 숫자를 헷갈리지 않으려고 노력하고 있었다. 그는 천천히 숫자를 헤아려 나갔다. 그의 오른손에는 권총이 들려 있었다. 그는 여동생과의 관계가 현재 미지근한 것에 대해서도, 민중의 적을 쓰러뜨리는 데 사용되었던 것과 비슷한 마카로프[6] 한 자루를 자신의 손에 쥐여 준 매제의 냉소적인 배려에 관해서도 곱씹어 생각하지 않았다. 그는 가능한 한 최소한의 것만을 생각하려고 노력하고 있었다. 그는 공들인 자신의 셈을 망치지 않으려 애썼다. 그는 가끔, 자신의 통제에서 벗어난 게 분명한 어떤 자율 운동을 통해 머릿속으로 새로운 목록을 작성하고 있다는 사실을 문득 깨달았다. 그는 완성하지 못할 상상적 단어들의 목록을 보존하는 것에도, 이어 가는 것에도, 완성하는 것에도 집착하지는 않았으나, 습관이 너무 깊이 배어 있어서, 단조롭게 이어지는 숫자들이 부과하는 리듬 아래, 매 순간, 예를 들어 숫자가 열 개씩 바뀔 때마다 등장인물이나 희생자 혹은 동물의 이름을 떠올리게 하는, 거의 음악적이라고 할 유혹에 사로잡히곤 했다. 그는 이로부터 생겨날 수 있는 혼란을 경계하며 이 혼란과 맞서 싸웠다. 그는 주의가 산만해지지 않기를 바랐고, 오로지 어두운 현재만을 자신의 내부에서 일깨우는 데 집착하고 있었으며, 자신의 지성이 오래된 과거의 무미건조한 장면에, 낡은 셔츠가 찢겼던 감방에서의 세탁이나 샤워 중에 벌어졌던 난투극, 혹은 검방이 있던 날 마구잡이로 압수되었던 두 권의 노트처럼, 경멸적인 어떤 장면에 집중하고 있음을 다시 한번

---

6. 1951년부터 소련군이 채택한 작고 가벼운 반자동 권총. 개발자의 이름을 땄다.

20

확인했다. 지금이야, 그는 생각했다. 그걸 해야만 한다. 해야 할 일이 거의 없는 거나 마찬가지다. 그런 다음 숨을 헐떡거리는 소리가 들려왔고, 계속해서 세고 또 세면서, 그는 거울에 반사된 제 머리의 부정확한 이미지를 뜯어보았으며, 약간의 따다닥대는 소리를, 두개골의 피부가 머리카락을 집어삼키며 발산하는 저 끔찍한 따다닥대는 소리를 듣고 있었다. 그는 방아쇠를 당기지 않았다.

　　이렇게 밤들이 성과 없이 이어졌다. 밤들은 무더웠다. 비가 내릴 때는 소란스러운 빗소리가 열린 창을 통해 들려왔다. 소음은 강압적이었고, 방 안에서도 밖에서도 다른 모든 소리를 지배했으며 심지어 무효로 만들어 버렸다. 그러니까 각질이나 피부가 지글거리는 소리, 고뇌로 지글거리는 소리 없이, 그가 거울 앞에 자리할 수 있었던 시간은 이때뿐이었다.

　　그러나 비가 오지 않을 때는 끊임없이 이 소리가, 이 지글거리는 소리가 그에게 들려왔다.

　　그의 입술이 어둠 속에서 움직였고, 어금니들이 빠진 두 턱 사이에 총신이 끼어 있는 권총의 반사된 모습을 보는 데 어려움을 겪었던 것과 마찬가지로, 그는 거의 언제나 거울에서 자신의 입을 분간해 낼 수 없거나 입술이나 겨우 알아볼 뿐이었다. 너무 어두웠다. 250을 넘기자 앞으로 이어 갈 숫자들이 그에게는 점점 더 불안해 보였고, 노력을 했음에도 불구하고 그는 비극적이고 규칙적인 숫자 세기보다 자신의 불안에 대해 생각하기 시작했으며, 죽기 전까지 답파해야 할 짧은 길에 관해 숙고하면서 헤매고 있었다. 그는 10의 자리를 세다가 갑자기 머뭇거리더니, 자기 자신에 관한 쓸데없는 말에 되는대로 빠져들었다. 그의 등으로, 그의 허벅지 아래로, 그리고 그의 얼굴 곳곳으로, 얼음장처럼 차가운 땀이 다시 한번 지그재그로 흘러내리고 있었다. 그는 작은 땀줄기들이 생기는 걸 느꼈고, 자신의 살에서 배어 나온 액체가 땀만은 아니라는 걸 알았다. 가장 자연스러운 소금물보다 느리게 흐르는, 역겨운 기분이 그의 얼굴 표면으로 퍼져 이마에 구슬처럼 맺혔고, 그의 눈썹을 축이면서 눈꺼풀과 콧대를 타고 내려와 그의 관자놀이, 그의 광대뼈와 그의 목덜미, 그의 턱을 적시고 있었다. 시시때때로, 그리고 그가 끝으로 다가갈수록, 자신이 장터의 괴물이었으며, 살아 있는 그 누구도 편안하게 여길 수 없었던 사람이었다는 생각이 번개처럼 스쳐 지나갔고, 그러자 그는 거울을 마주한 자신의 자세, 더디게 풀려 나오는 숫자들, 결론 없는 자신의 기다림이 한심하기 짝이 없고 우스꽝스러운 짓이었다는 생각에 압도되어, 갑자기 숫자를 세던 행위를 멈추었다. 조금 더 침울해져 아무것도 생각하지 않은 채, 자신이 거꾸로 세고 있다는 것도 더는 알지 못한 채, 그는 숨을 헐떡였다. 그는 자신의 무기와 두 손을 잠옷 윗도리에, 줄진 바지에, 가슴 근처의 주머니에 대고 닦았다. 피부에서 배어 나온 핏방울에 그는 헛구역질을 했다. 그는 보지는 못했지만, 모양과 점도로 그것이 핏방울임을 알았고, 이 핏방울에 헛구역질을 했다.

그런 다음 그는 0부터 이 비참한 셈을 다시 하기 시작했다.

숫자 444에 이르렀을 때, 그는 몇 초를 더 흘려보냈고, 그런 다음 서랍장 서랍을 열어 권총집으로 사용했던 속옷으로 권총을 감싸고는 서랍을 도로 닫았으며, 한 차례 더 자살에 성공하지 못했기에, 그는 자리에서 일어나 자신의 침대로 돌아가서는 애써 다시 잠을 청했다.

22

유목민들과 죽은 자들에게 보내는 연설

그녀는 창살이 쳐진 유리창 아래 서 있다, 그녀는 하늘을 바라보지 않는다, 그녀는 시멘트 벽에 등을 기대고 있다, 그녀는 울고 있다. 그녀는 멋진 여자다. 그녀는 운다, 우리 사이에는 조금의 차이도 존재하지 않는다, 시간도 공간도, 그 무엇도 우리를 갈라놓는 데 성공할 수 없으리라, 나도 그녀와 함께 울고 있다. 12년 전이었다, 그녀는 그 무엇으로도 환원되지 말아야 마땅한 사람들, 모든 것이었거나 아니면 적어도 많은 것이었던 사람들을 죽였다, 그럴 용기가 있었더라면 많은 사람들이 죽이려 했을 민중의 적들을 그녀는 죽였다, 그러나 아주 적은 수의 사람들만이 정의를 실행할 용기를 지녔으며, 민중의 이름으로 복수와 보복에 참여하는 사람은 거의 없다. 그녀, 그녀는 그걸 해냈다. 그녀는, 내가 그렇게 하기를 바랐던 것처럼, 수십만 명의 사람들, 심지어 수백만 명의 사람들을 간접적으로 죽인 살인자들을 암살했다. 그녀는 체포되어 종신형을 선고받고 고립된 시설에 갇혔으며, 또한 패자들의 운명을 결정하는 집단에서는 그녀가 죽었다고 말했고 그녀가 죽었기를 바랐으나, 그녀는 잘 버텼는데, 어쩌면 그건 그녀가 파괴하기 어려운, 특별히 저항력이 강한 유전적 특성의 혜택을 받았기 때문일 수도 있고, 아니면 우리 조직 최후의 계획을 염두에 두었기 때문일 수도 있으며, 아니면 문제를 완전히 해결하러 그녀에게 암살자를 보내는 걸 사람들이 잊어버렸기 때문일 수도, 간수들이 그녀를 두려워했기 때문일 수도 있다.

그녀는 멋진 여자다.

그녀는 벌써 8년 동안이나 아무도 없는, 더럽고 비좁은 감방에 갇혀 지냈다. 그녀는 더 이상 견딜 수 없다. 그녀는 과거 수년 동안, 특히 감옥이 추워지고 습기가 많아지는, 살아야 한다거나 잘 버텨야 한다는 생각이 녹아내리는 겨울에 여러 차례 자해를 한 적이 있었다. 정신적으로, 그녀는 자신감을 많이 잃었다. 그녀는 잘 지내지 못한다. 그녀는 벽에 등을 기대고서, 자신이 벽을 넘어가고 있다고, 바람에 자신의 머리카락이 흩날리고 있다고, 일렁이는 저 풀밭 한복판, 스텝 지대의 흘러가는 하늘 아래에 자신이 있다고, 숨소리보다 더 크게 자신이 말하고 있다고, 자신이 세상을 말하고 있다고 상상하는

것을 좋아한다. 교도소 당국의 허가를 받아 종이와 볼펜을
소지할 수 있게 될 때면, 그녀는 자신만이 그 열쇠를 쥔 약어와
암호화된 언어를 사용해, 글의 형태로 세상을 말하고, 이야기를
하나 만들면, 문 앞에 쪼그려 앉거나 누운 채로 그 이야기를 몇
번이고 속닥거리고, 복도에 대고, 텅 빈 층에서 휘파람 소리를
내며 불어오는 바람에게 말을 건다. 그녀는 1614번 감방을
차지하고 있으며, 인접한 감방에서 마리아 이구아셀이 죽은 이후,
그녀에게는 더 이상 말을 할 사람이 없어졌다.

　　그렇기는 하나, 일주일에도 여러 번, 그녀는 세상을
말한다. 그녀는 꿈을 발명한다, 그녀는 자신이 썼던 이야기를
다시 시작한다, 더러 그녀는 우리의 투쟁을, 전사의 옷을 입고
우리가 치렀던 투쟁을, 포로의 옷을 입고 우리가 치렀으며 말로,
숨소리로, 환영으로 계속 이끌어 가고 있는 투쟁을 곱씹어 본다,
그러나 너무 고요하기만 해서 증오의 대상이 될 자가 누구인지,
나는 여전히 알 길이 없다. 어느 순간이나 기나긴 세월의 어느
한때 우리 모두 그랬던 것처럼, 그녀에게도 살해당한 자들에게
경의를 표하는 일이 종종 생긴다. 그러면 그녀는 자신이 직접
지은 것은 아니지만, 감옥 안을 돌아다녔고 남자 죄수들과
여자 죄수들이 망각을 피해 보고자 사랑으로 암송하곤 했던
나라[7] 한 편, 강의 하나, 혹은 로망스[8]에서 발췌한 대목 하나를

---

7. "나는 100퍼센트의 포스트엑조티시즘 텍스트를
'나라(narrat)'라고 부른다. 어떤 상황, 감정을 포착해서
고정해 주는, 기억과 현실 사이, 상상과 추억 사이의
흔들림을 포착해서 고정해 주는 소설적 스냅사진들을
'나라'라고 부른다.", 앙투안 볼로딘, 『미미한 천사들』,
이충민 옮김, 워크룸 프레스, 2018, 9쪽.
8. "프랑스어로 로망스(romance)는 8음절로 된 스페인
서사시, 혹은 감상적인 시나 노래를 가리키는데, 볼로딘의
로망스(românce)는 이와 표기가 다르다. 로망스 장르의
『뼈 무덤이 보이는 풍경』에 달린 설명에 의하면, '로망스는
소설적 형식들의 일파에 속하며, 음악적 구조 덕분에
인물들의 고뇌와 아름다움을 향한 동경을 동시에 다룰 수

반복한다. 대부분의 시간 동안, 그녀는 스텝 지대의 바람을 더 잘 느껴 보려고, 풀과 하늘의 세계를 더 잘 끌어안아 보려고 두 팔을 활짝 벌리고 있는 모습이나, 자기 앞으로 마음이 잘 맞는 유목민들이나, 지옥의 용광로나 무녀(巫女)들에게 사로잡힌 검은 까마귀들에게서 막 탈출한 붕대 감은 방랑자들이 모여드는 것을 상상한다. 그녀는 이 청중, 우리의 청중을 상상한다, 그리고 그녀는 세상을 말한다, 또한 세상을 말하면서, 그녀는 우리에 대해 말한다.

그녀의 이름은 린다 우. 그녀의 얼굴이나 외모를 그려 보려 한다면, 홍콩 영화 한 편을 생각해 볼 수 있다. 그녀는 「론리 드래건즈」의 도라 퀵을 닮았다. 실제로는 그녀가 훨씬 더 아름다운데, 열정이 그녀의 얼굴에 흔적을, 괴물들과 맞서 싸우는 의인들의 불꽃을 남겼기 때문이다. 고통과 고독의 가면 뒤에는, 햇볕의 결핍으로 추해진 피부 아래에는 무엇으로도 꺼뜨릴 수 없는 한 줄기 빛이 상존한다. 우리들처럼, 그녀도 모든 전투에서 패했다. 그녀는 멋지다, 그러나 그녀는 패배했다. 그리고 지금, 안으로부터 빛을 발하며, 그녀는 벽에 대고 노래를 흥얼거린다, 그녀는 부드럽게 두개골 뒤쪽을 벽에 부딪친다, 그리고 어느새 그녀는 바람을 맞으며, 저기, 바깥에 있다, 그리고 유목민들과 죽은 자들에게 연설을 속삭인다. 그리고 오늘 그녀는 옆 감방의 수감자, 마리아 이구아셀에게 경의를 표한다, 그녀가 입 밖으로 내고 있는 것은 강의, 포스트엑조티시즘 작가들이 강의라고 부르는, 환각에 사로잡힌 작은 형태 중의 하나다.

그녀는 마리아 이구아셀의 목소리를 취한다. 갑자기 그녀가 마리아 이구아셀이 된다. 나 또한.

"포스트엑조티시즘 작가들은," 그녀가 시작한다.

그녀의 목소리는 반대편에서 불어오는 바람 때문에 멀리

있다'.『10강으로 익히는 포스트엑조티시즘, 제11강』에 로망스 장르에 대한 자세한 설명이 실려 있는데, 일부분을 옮기자면 '극단주의적 절망, 극단적인 것과 연관된 호전적 원칙, 회귀 불가능에 대한 가설들' 같은 테마들을 환기시키는 것이 특성 중 하나다.", 김희진, 같은 책, 461쪽.

전달되지 못한다. 그녀의 다리 아주 가까이서 그녀가 이름을 알지 못하는 풀들이 서걱대며 흔들리고 있다, 또한 거기서 80미터 떨어진 곳에서, 그녀는 거대한 시체를 닮은, 졸린 얼굴에 기분이 좋아 보이지 않는, 뚱뚱한 남자가 어디선가 튀어나와 다가오고 있음을 알아차린다. 남자는 그녀를 쳐다보고 있지 않은데, 그도 그럴 것이, 그는 눈도 얼굴도 없다. 그녀는 그의 이름을 모른다, 그에 대해서도 마찬가지다. 그녀는 그가 자신의 말을 잘 듣지 못하며, 어쩌면 그녀의 말을 전혀 듣지 못할 거라고 짐작한다, 그러나 처음에 그녀가 주로 말을 한 건 그에게다:

"한때 포스트엑조티시즘 작가들이 정치와 문학에 참여했던 것은 그들 개인의 삶에서 안락함을 보다 많이 얻기 위함이 아니었으며, 요란하게 겸손을 떨며 세계의 높은 곳에서 모습을 드러내고 세계를 지배하며 세계를 호령하는 자들에게 다가가길 욕망했기 때문도 아니요, 주인의 이름으로 주인을 옹호하는 말을 할 권리를 누리기를 바랐기 때문도 아니며, 정치인이건 예술가건, 권력자들이 자기 하인들에게 건네는 입에 발린 칭찬, 등을 토닥거리는 격려, 달콤한 과자나 떡고물을 그 대가로 기대할 권리를 누리길 바랐기 때문도 아닙니다. 그렇지 않았습니다, 그들은 길들여지기로 자유롭게 선택했다고 생각하면서 주인들의 장화에 엎드려 비열하게 가르랑거리거나 제 얼굴을 다정하게 비비는 걸 원하지는 않았던 반면, 장화 근처에 있는 존재는 주인들의 논리에 따라 교육받아 왔던 자들 가운데에서 주인들이 선택한 결과입니다. 아닙니다, 그들이 참여한 근본적인 이유를 우리는 다른 곳에서 찾아야 합니다. 우리의 욕망을 달리 정의해야만 합니다."

그녀가 숨을 고른다. 그녀는 몇십 초를 기다린다. 그녀 주위의 풀들이 움직이고, 키 큰 줄기들 꼭대기에서 깃털들이 흔들거린다. 바람에서 토탄 냄새가 난다. 뚱뚱한 죽은 남자 다음으로, 중간 세계들에서 불쑥 나타난 불에 탄 자 두 명이 잠깐 모습을 드러내고, 그런 다음, 땅의 움푹 파인 곳에 앉으니 더 이상 보이지 않는다. 아주 멀리, 몇 킬로미터 떨어진 곳에서는 말을 탄 유목민 셋이 그들의 무리 옆으로 천천히 나아가고 있다. 아무도 그녀의 말을 듣지 않는다. 그녀는 이 사람 저 사람에게, 사라진 사람들과 엄청나게 멀리 떨어져 있는 사람들에게, 마치 그들 모두가 그녀와 아주 가까이 있고 그녀에게 집중하고 있기라도 한 것처럼 말한다.

"포스트엑조티시즘 작가들," 그녀가 말한다. "미리암 오소르고네, 마리아 클레멘티, 장 도예보데, 이리나 코바야시, 장 에델만, 마리아 슈라그와 또 다른 많은 사람들은 정치에 참여해, 지구상에서 영원한 것처럼 확립된 모든 것을, 영원한 불행을 조장하고 50억의 비참한 인간들이 진흙 속에, 먼지와 희망의 부재 속에 살도록 강요해 왔던 모든 것을 아래에서 꼭대기까지 뒤집어엎으려 시도했습니다. 그들은 불행의 뿌리와 씨앗을 파괴하기 위해, 무엇보다도 주인들과 주인들의 개들을 이 세계에서 끝장내기 위해 일어섰습니다. 포스트엑조티시즘 작가들은 조잡하고 재능 없는 작가들이 아닙니다, 그들은 무기를 들고 정치에 참여했습니다, 그들은 지하활동과 전복의 길을 택했고, 광기도 죽음도 두려워하지 않고 승리할 확률이 지극히 낮고 매우 희박한 전투에 몸을 던졌습니다, 이렇게 그들은 전쟁의 최전선에서 터무니없이 적은 수의 병사들로, 고독한 존재로 거듭났고, 투쟁에 투쟁을 거듭하다가 모든 것을 잃었습니다. 그들은 심지어 가난한 자들의 아이들이 언젠가는 컴컴하지도, 마피아 같지도, 불평등하지도 않은 세상에서 눈을 뜨게 되리라는 확신조차 잃어버렸습니다. 그러나 그들은 굴복하지 않았습니다, 그들은 투쟁을 계속 이어 갔습니다, 죽은 자들을 세고 또 세면서, 죽은 자들을 배반하길 거부하면서, 항복의 가능성을 완전히 부인하고 무기를 내려놓길 거부하면서, 이데올로기적이고 군사적인 포위가 너무 잔혹해서 자신들이 자유 속에 살아갈 수 없게 되었을 때조차 그들은 적 앞에서 자신들의 연설을 바꾸거나 자신들의 목표를 축소하길 거부했으며, 그 결과, 그들은 아주 필연적으로 죽은 자의 복도나 감옥의 복도로 끌려가게 되었고, 복종할 수 없는 해로운 돌연변이 짐승들이 갇히듯이 거기에 갇혔습니다."

그녀는 숨이 가빠져 온다. 바람이 그녀의 입에서 말을 앗아 간다. 열정적이고 멋진 그녀의 얼굴 위로 눈물이 흘러내린다. 그녀는 눈물을 닦으려고 팔을 구부리지 않는다.

그녀는 트랜스[9]에 빠져 있다, 그러나 그녀의 몸은 그녀를 저버리겠노라고, 무너지겠노라고, 찢어지겠노라고 끊임없이 그녀를 위협한다, 그녀는 되도록 최소한으로만 움직이는 게 낫다는 걸 알고 있다. 버티려면 꼼짝하지 않는 것이 더 낫다. 그녀는 하늘 아래, 하늘을 마주하고, 풀밭 한가운데 있다. 저 멀리 유목민들이 제 무리와 함께 어느 작은 골짜기로 미끄러져 들어갔다. 그녀에게는 더 이상 그들이 보이지 않는다. 그녀의 청중 중에서, 오로지 불에 탄 자들만이 목소리의 사정권에 남아 있다. 뚱뚱하고 못생긴 죽은 남자가 잠시 그녀의 말을 들었고, 이내 떨어져 나가 100미터쯤 가더니, 갈대밭에 처박혀서는 다시 나오지 않았다. 까마귀들이 몽골 이름을 가진 회록색, 회황색 풀들 사이를 깡충깡충 뛰다가 겨우 날개를 펴고는, 움푹 팬 도랑으로 가 불에 탄 자들을 살펴본 다음, 풀이 우거진 능선으로 돌아와 자리를 잡는다. 린다 우가 강의를 하는 건 이들을 위해서이기도 하다.

"이것이 바로 정치 참여가 우리에게 의미하는 바입니다." 그녀가 말한다.

린다 우가 울면, 나도 운다, 나도 말이다. 그러나 아무래도 상관없다. 우리 자신에 대해 연민을 느끼려고 우리가 여기 있는 건 아니다.

"포스트엑조티시즘 작가들은," 그녀가 다시 말한다. "20세기 내내 자행되었던 민족적이고 사회적인 전쟁과 학살을 빠짐없이 기억하고 있습니다, 그에 관한 어떤 것도 그들은 잊지 않으며 용서하지 않습니다, 마찬가지로 포스트엑조티시즘 작가들은 인간들 사이에 악화되고 있는 야만과 불평등을 영원히 마음에 간직하고 있으며, 그들의 선전을 현실과 현재에, 달리 말해 불행의 책임자들이 인식하는 그런 현재와 현실에 맞추라고 제안하고, 그들의 고루한 신념과 절연하라고, 패배를 인정하라고, 석방 절차를 거친 후, 정부의 선전가 진영에 합류하라고 그들에게 충고하는, 나아가 이 진영에서 차례가 되면, 예컨대, 현재의

---

9. "외부와의 접촉을 끊고 깊은 명상에 빠져 특수한 희열을 느끼는 상태.", 김희진, 같은 책, 52쪽.

장점들을 찬양하거나, 이 행성의 무수한 가난뱅이들에게, 만약 이들이 인내한다면, 만약 이들이 아무것에도 관여하지 않고 앞으로 천 년을 식물처럼 지내는 걸 받아들인다면, 모든 것이 이들에게, 아니 오히려 이들의 후손들에게 잘되리라 설명하면서, 그들이 자신들의 방식에 따라, 철학적이고 시적으로 불행을 윤색하는 일에 참여할 수 있을 거라고 충고하는 주인들의 개들이 하는 말에는 단 1초도 귀를 기울이지 않습니다. 포스트엑조티시즘 작가들은 주인들과 똑같은 악취를 풍기는 이 조언자들에게 등을 돌립니다. 포스트엑조티시즘 작가들은 20세기가 10년 단위의 열 가지 커다란 고통으로 이루어졌으며, 21세기도 같은 길로 접어들었다고 간주하는데, 그 이유는 이 고통의 객관적인 원인과 책임자들이 여전히 존재하며, 끝이 보이지 않던 저 중세에 그랬던 것처럼, 심지어 이것들이 강화되고 재생산되고 있기 때문입니다."

린다 우는 잠시 휴식을 취한다. 그녀는 바람을 맞으며, 벽에 기대어, 아득한 거리에 현기증이 이는 스텝 지대에서, 세 걸음도 못 가 한없이 단단하고 넘어설 수 없는 무언가에 부딪히고 마는 감방에서 고통을 느낀다.

그녀는 소리를 지르고 싶어 한다.

그녀는 목이 터져라 소리를 지르려 하나, 결국에는 이렇게 중얼거릴 뿐이다:

"이게 바로 반란이라는 급진적인 생각에 우리가 갇혀 있는 이유로구나."

그녀는 두 눈을 감는다. 그녀의 눈에 보이는 게 무엇인지 우리는 더 이상 알 길이 없다. 까마귀들이 그녀 앞에서, 도랑에서 쪼아 대고 있는지 아니면 날아가 버렸는지, 죽은 자들이 그을린 붕대를 감은 채 여전히 거기 있는지, 그들이 그녀의 말을 듣고 있는지 우리는 더 이상 알 길이 없다. 우리가 듣고 있는 게 무엇인지 우리는 더 이상 알 길이 없다. 무한한 하늘 아래 바람 소리인가…? 린다 우의 강의 소리인가…? 아니면 마리아 이구아셀의 강의 소리인가…? 혹은 빈 계단에서 불어오는 바람 소리인가…?

"한 차례 짓밟히고 유죄를 선고받은," 그녀가 다시

말한다. "포스트엑조티시즘 작가들은 보안이 철저한 격리 구역이나 최종적으로 죽음에 이르는 폐쇄된 수용소에서도 여전히 고집스레 살아갔습니다. 이제 그들의 호흡은 쓸모없는 몸, 말하자면 의식을 가진 폐, 수다스러운 폐로서, 생존을 보장하는 데만 사용되었을 뿐입니다. 그들의 기억은 꿈의 모음집이 되었습니다. 그들의 중얼거림은 마침내 명확히 확인된 저자가 없는 공동 저서로 제작되었습니다. 그들은 지키지 못한 약속을 되새기기 시작했으며 여러분이 현실 세계라고 부르는 곳에서처럼 체계적이고 쓰라린 실패가 존재하는 세계들을 고안했습니다."

그녀는 잠시 중단한다. 그녀 주변의 바람도 이제 더는 풀들을 흔들지 않는다. 모든 것이, 심지어 까마귀들조차 움직이지 않는다. 그럼에도 불구하고 그녀는 그녀 앞에 누워 있거나 어쩌면 앉아 있는, 땅 구덩이 속에 있어 보이지 않는 사람들, 여전히 거기 있는 게 분명하지만 모습을 전혀 드러내지 않는 불에 탄 자들이 보고 싶으리라.

"죽은 자들이 현실 세계라고 부르는 곳에서," 그녀가 설명한다.

그녀는 생각하느라 잠시 시간을 보낸다, 그런 다음 벽에 기대어 있다는 느낌이 들자, 머리를 시멘트까지 가져가, 뒤통수로 한두 차례 시멘트를 쏠어내린다. 그러더니 충격음이 들릴 때까지, 고통이 느껴질 때까지, 그녀는 제 머리를 세차게 흔든다. 그녀는 연설의 흐름을 잃지 않으려면 이제부터는 빨리 진행해야 한다는 걸 알고 있다.

"죽은 자들은," 그녀가 말을 더듬는다.

그녀는 아프다, 고독이 그녀에게 지독히도 상처를 입힌다.

그녀가 운다. 나도 그녀와 함께 운다.

"그들의 말은 산 자들을 찾아보기 어려운 공간에 울려 퍼졌습니다." 그녀가 고통스러워하며 말한다. "포스트엑조티시즘 문학은 이렇게, 오로지 이렇게 인식되어야만 합니다. 소진된 자들 혹은 죽은 자들에 의해, 그리고 죽은 자들을 위해 발성된, 쓸모없고 몽환적인 최후의 증언처럼 말입니다. 이것이 우리들의 말입니다."

32

시간이 조금 흐른다.

"물론입니다," 그녀가 다시 말한다. "우리들의 말은 불행의 악순환에 빠져 있는 50-60억 명의 사람을 거기서 해방시키기 위해, 벽 밖에서 이끌어 가는 게 타당할지도 모르는 구체적인 평등주의 투쟁에 어떤 유용성이 있다고 주장하지 않습니다. 어떤 방법의 군사적 행동으로도 타격을 입히지 못한 것을, 작가들의 말로 위협하거나 부술 수는 없습니다. 이는 우리도 알고 있는 바입니다. 우리는 이러한 사실에 대해 어떤 환상도 품고 있지 않습니다."

그녀는 잠시 움직이지 않는다. 그러더니 그녀는 자신이 기대고 있는 시멘트 벽에 대고, 몇 번이고 제 머리를 박는다.

"우리는 주인들의 수다스러운 노예들이 한바탕 쏟아 내는 맹목적인 재간 따위와 우리의 시(詩)가 비교될 수 없다는 것을 알고 있습니다, 그러나 말을 다루면서 우리는 거기에 어떤 자부심도 품지 않습니다. 우리는 우리의 무의미함을 압니다. 불행의 당사자들이 번성하는 토양 위로 언어가 증식하고 있는 어떤 세계에서, 모순된 논쟁들이 확산되는 냉소적인 장면 뒤로 주인들이 두 손을 자유롭게 보존하고 있는 저 가증스러운 연극 무대에서, 언어는 영향력도 힘도 가지고 있지 않습니다. 우리는 더 이상 이런 세계에 살고 있지 않지만, 우리의 감옥 같은 요새도 더 이상 무언가를 말하면 무언가가 바뀌는 장소는 아닙니다. 우리 중의 마지막 작가가 죽으면 포스트엑조티시즘의 말도 멈추게 될 것이며, 그 누구도 그 어디에서도 이 사실을 알아차리지 못할 것입니다. 그럼에도 불구하고, 우리에게 아직 숨이 조금이라도 남아 있는 한, 우리는 이 말의 터무니없는 마법을 몇 번이고 고안해 낼 것이며, 낱말들 속으로 들어가서 세상을 말할 것입니다."

린다 우는 갈기갈기 찢겨 있다, 바람과 고독이 그녀를 다시 한번 찢어 놓았다, 그녀는 땀과 눈물로 흠뻑 젖어 있다. 나 또한.

"강의를 마칩니다." 그녀가 마지막으로 말한다.

시작하기

그는 떠올리고 있다, 교실의 높은 창문들 너머 운동장에서
넘실거리던 회색빛을, 그는 떠올리고 있다, 반 친구들 주위를
떠다니던, 아이들이 입었던 어린애 속옷과 애들이 지리던
오줌 때문이라기보다는 아마도 제때 청소하지 않았던 바닥과
책상들에 들러붙어 있던 습기가 그 원인이었을 지독한
지린내를, 그는 떠올리고 있다, 유쾌한 저항을, 연필심 아래 살짝
오톨도톨하던 종이를, 그는 떠올리고 있다, 두 뺨과 상반신에
두루 퍼졌던 어떤 열기의 느낌을, 긴박함에서, 욕구에서,
절대적인 필요에서 솟아났던 그 느낌을, 그는 떠올리고 있다,
여자 교사가, 학교 규율의 끈을 그가 끊어 버렸다고, 더는 그가
말을 듣지도 않는다고, 해야 하는 문제 풀이에도 더는 관심을
두지 않는다고 생각하면서, 이제 겨우 글자를 깨친 다섯 살짜리
남자아이가 제도상의 모든 규율을 이렇게 보란 듯이 벗어나고,
공책 표지 안쪽을 펼쳐 거기에 듣도 보도 못한 이야기를
하나 쏟아 내기 시작하는 게 흔한 일은 아니었기에, 무언가
범상치 않은 일이 일어나고 있으며, 아이가 수업을 존중하는
게 더 낫겠다고 속으로 생각하면서, 자신의 곁을 아주 가까이
지나가면서, 뭐라고 말도 하지 않고, 방해도 하지 않으면서,
자신을 지켜보고 있었던 일을, 그리고 그는 떠올리고 있다,
첫 번째 공책 표지의 빈 곳, 그 안쪽 공간을 까맣게 만든 다음,
서툴고 엉성하고 뒤죽박죽인 글씨로 그 공간을 가득 채운 후,
어떤 대가를 치르더라도 자기 글을 계속 써야겠다고 결심하고서,
별안간 주어진 순서나 용법을 더는 따르지 않으면서, 아이가
모든 권위에서 벗어나, 자신의 이야기에 필요했던 모든 노력을
기울이면서, 조심스레 자신의 임무에 집중하고 있었기에,
아이의 곁을 지나가다가 아이가 무엇을 하고 있는지 호기심이
생겨서, 잠시 멈춰 서서, 무엇보다도 아이의 머리 위에서
지켜보던 교사의 권위를 무시하면서, 두 번째 공책 표지를,
그다음에 세 번째 공책 표지를 재빨리 집어 들었던 일을, 그리고
그는 떠올리고 있다, 머릿속에서 소용돌이치다가 굳어 버렸던
이미지들을, 머릿속에서 이어지고 있어서 어떻게 받아 적어야
할지 알지 못했던 어른들의 대화를, 그는 떠올리고 있다, 정글을,
숲을, 화재를 반사하는 듯했던 구름들을, 그는 떠올리고 있다,

동물들을, 비명을, 공포에 질려 달려가던, 지나치게 헐렁하고
갈기갈기 찢긴 상의만 입고 있던 아이들을, 그리고 그는 떠올리고
있다, 자신의 눈을 찔러 왔던 더위를, 아직은 너무 어렸기에 언어
표현, 감정, 이미지, 꿈과 현실, 지식 등 모든 것이 새로웠던 제
삶의 어느 시기에, 최대한 빨리 문자들을 조합해 보고 지금까지
자신이 한 번도 사용해 본 적 없던 낱말들을 배열하면서 지배하려
시도해 보았던 뜨거운 열정을, 그리고 마침 그는 떠올리고 있다,
스스로 만드는 이야기의 세계에 자신이 이제 막 들어섰다는
생각에, 마찬가지로 자신의 나이에 자연스럽게 썼었을 글보다
더 복잡한 글을 만들어 냈다는 생각에, 자신을 전위(前衛)에
서게 해 주었다는 천진난만한 승리의 기분을, 또한 이 점에 관해
자신이 분명 뿌듯한 기쁨을 느꼈던 것을, 그리고 마찬가지로 그는
떠올리고 있다, 자신의 손가락 아래 쌓여 갔던, 문어(文語)라는
장애물 앞에서 멈추지 않겠노라고, 또한 중요한 것 중에서도 가장
중요한 것은 여자 교사를 흡족하게 할 맞춤법에서 쾌거를 이루는
것이 아니라 급류가 흐르듯 격렬하게 글을 내려놓는 것, 여타의
모든 고려 사항을 무시하고서 글을 내려놓는 것이며, 무수히
많을 거라고 스스로 의심해 왔던, 규범에 어긋나거나 문법적
근사치에 불과한 용법과 관계없이 글을 존재하게 해야겠노라고
결심했던 것을, 게다가 그가 이 글을, 이후 성인들에게는
물론이거니와 대다수가 두 음절 이상의 단어들을 해독하는
데에도 아직 어려움을 겪고 있던 반 친구들에게는 더더욱 읽어
보라고 제안하려는 은밀한 계획 따위는 가지고 있지 않았다는
것을, 그리고 그는 떠올리고 있다, 글을 그 자체로 존재하게
만들겠다는, 어떤 청중을 위해서도 작업하지 않겠다는 확신,
이러한 신념은 그가 첫 번째 공책 표지에 글을 쓰기 시작한
순간부터 그에게 힘이 되어 주었다는 사실을, 그리고 마찬가지로
그는 떠올리고 있다, 이 일이 10월에 일어났다는 것을, 아침
햇살이 찾아들자마자 운동장에 이상한 비가, 성모마리아의 실[10]

---

10. "고대 전설에 따르면, 아기 예수의 어머니의 방추에서
나온 실이다. 아이가 잠자는 동안 성모는 앉아서 방추 끝을
손가락으로 돌려 실을 뽑고, 공중에 흩어지게 해서, 겨울

같은 비가, 그 시절 가을이면 간혹가다 수천 개의 길고 섬세한 거미줄로 이루어진 부드러운 비, 아니 그보다는 눈이 내리곤 했던 것처럼, 내리기 시작했었다는 것을, 그리고 같은 순간, 그는 떠올리고 있다, 여자 교사와 대부분이 여자아이였던 반 친구들 몇몇의 이름을, 그리고 그의 머리가 후려갈겨지면서, 칼칼하고 심상치 않은 목소리로 자신에게 방금 던져진 질문에 대답하려고, 그는 이렇게 말한다.

"기억이 나지 않습니다. 기억나는 게 아무것도 없습니다. 내 머리는 비었습니다."

이어서 그를 심문하는 자들의 불신이 몇 초 동안 이어지더니 한 번 더 따귀가 날아왔는데, 이번에는 얼굴 한복판이다.

그들은 남자 한 명, 여자 한 명, 이렇게 둘이다. 그들은 번갈아 가며 질문했다. 뺨을 때린 후, 여자가 날카로운 목소리로 질문을 반복한다. 심문은 10분 전에 시작되었다. 상식적으로 납득할 수 없는 심문이 진행된다. 그들은 그가 무엇을 자백하길 바라는 걸까? 그는 그걸 끝내 알아내지 못했을뿐더러 그것에 관심도 거의 두지 않는다. 그는 그들의 손아귀에 있고, 그는 협력할 마음이 없으며, 취조관에게 단 한 번도 협력한 적이 없었고, 그들이 어느 정도 그의 편이라 해도, 그들이 지적으로, 사회적으로, 실질적으로 부랑자에다가 볼 장 다 본 범주에 속한다 해도, 그는 자신의 오래된 반체제 전술을 재개한다. 그는 아무것도 이해하지 못하는 척하고 있지만, 무엇보다 자신이 멍청해 보이게 하려는 목적으로, 아무것도 이해하지 않을 것을 자신에게 강요한다. 그는 자신이 수동적이고 어리석다고 마음속 깊이 느끼려고 노력한다. 그는 고함과 학대를 면전에서 겪고 있다. 그는 분명 이것을 부정할 수는 없다. 그러나 동시에 그는 현실과 거리를 둔 채, 모든 것과 거리를 둔 채 떠다니고 있다.

어린 새들의 둥지를 더 따뜻하게 만들었다. 비유하자면, 가을에 허공에 흩날리는 거미줄을 의미한다.", 조르주 뒤보스크(Georges Dubosc), 『성모마리아의 실(Les fils de la Vierge)』(1899) 참고.

그는 자신이 떠날 수 있는 곳으로, 어쩌면 아주 견고하지는 않을 테지만 현재와, 심지어 과거로부터도 아주 멀리 떨어진, 최후의 보루 중 한 곳으로 도피했다. 그는 어린 시절의 한 순간으로 피신했다. 그는 이 은밀한 탈출 기술을 과거에도 개발한 적이 있었다. 경찰서 취조실에 있을 때, 그는 이 기술을 실행에 옮겼다. 그는 재판 도중에, 판사 앞에서, 그리고 한참 지난 후에는 정신과 의사들이 있는 가운데 이 기술을 계속해서 썼으며, 자신의 정신 나간 동지들, 정신이 나가 아모크[11] 상태가 되어 버린 동지들과 마주하게 된 지금, 그는 어른들의 잔혹한 세계로부터 멀리 떨어져 내면 깊숙한 곳에서, 가장 밑바닥에서, 근원적인 곳에서 자신을 방어하는 것이 더 낫다고 판단한다. 사람들이 그를 구타한다. 사람들은 그가 말하기를, 자신들이 듣고 싶은 것을 그가 말하기를 원한다. 그는 이들이 자신을 때리거나 자신에게 화를 내게 놔둔다. 그는 다른 곳을, 다른 비밀스러운 어딘가를 떠다니고 있다. 그는 멀찍이 떨어져, 먼 곳에서, 초등학교 수업이 진행되는 어느 교실에서 표류하고 있다.

　　그는 떠올리고 있다, 글을 쓰고 있던 공책 표지가 움직이지 않게 왼손으로 붙잡고 있는 동안, 학급 뒤쪽에, 자기 주위에, 거의 스물다섯 명 이상의 아이들이, 아마도 스물예닐곱 명쯤일 테지만, 서른 명은 안 되는 아이들이 있다고 헤아렸던 일을, 그 아이들 가운데 운동장의 공범, 화장실의 공범인 세 여자 친구, 린다 우, 엘리아니 슈스트, 무르마 요고단을, 이들과 마찬가지로 자신의 뒤에 앉아 있던, 기껏해야 여섯 살이었던, 그러나 나이답지 않게 고집이 셌으며, 환상적이고 전복적인 제안에는 절대 빠지지 않았던, 그러나 분명 10월의 포근한 분위기에, 그 10월 아침의 고요함에 젖어서, 그날은 조용히 졸고 있었던, 총살당한 자의 아들, 어린 장 도예보데를 알아보았던 것을, 또한 자신의 삶의 일부였던 이 존재들이, 이 친구들이 근처에 있던 것을 자신이 알아보았으나, 글쓰기에 깊이 빠져 있던 자신을, 학교가 더 이상 존재하지 않는 평행 우주에 관한 글쓰기 탐구에 몰두했던 자신을

---

11. "급격한 흥분으로 살인 등을 범하게도 하는 급성 착란증.", 김희진, 같은 책, 331쪽.

그녀가 인정했음에도, 또한 개입하지는 않는 게 적합하다고
그녀가 판단했음에도, 자신의 일탈적인 태도가 기름때처럼
퍼져 나가지 않는 것에, 자신이 다른 학생들을 자신의 '노 맨스
랜드'로 끌고 가지 않는 것에 집착하고 있었기 때문에 그녀가
행사했던 감시의 무게를 자신이 느끼고 있었던 것을, 그리고 그는
마찬가지로 떠올리고 있다, 창 너머 저 하늘의 색깔을, 서글픈
양털 색깔을, 잿빛 아래 매우 수줍어하며 뚫고 나온 쪽빛 색조를
띠면서, 아침 안개에 싸여 여전히 둔중해 보이던 어느 하늘을,
그리고 그는 떠올리고 있다, 성모마리아의 실을, 흔들리던 가는
줄들을, 역광 때문에 보이지는 않았으나 운동장 나무 잎사귀
앞에서 날아오를 때, 밤나무와 참나무 앞에서 느릿느릿 날아오를
때, 가느다란 은백색이 아주 또렷하게 풀려 나오던 극도로 가는
머리카락을, 그는 떠올리고 있다, 글쓰기를 제외하고 정신적인
활동은 모두 소홀히 하라고 자신에게 명령했던 격렬한 흥분으로
활활 타오르면서도 세상의 기이한 것들에, 어른들조차 확신하지
못했던 초자연적인 현상들에 관심을 갖고 있었기에, 바깥 공기의
부드러운 질감으로 인해, 기적적인 이 비로 인해 자신이 잠깐
산만해질 뻔했던 것을, 그리고 가을날 출현한 성모마리아의 실도
그중 하나였는데, 이를 두고 어떤 사람들은 미세한 거미들이
이동한 흔적이라고 그에게 말한 반면, 다른 사람들은 또 다른
한편으로 천사들의 머리카락에 대해 좀 더 자발적으로 말하면서,
그것들의 대량 출현을 밤의 마지막 시간에 일어났던 변화와 연관
지으며, 인간 및 하위 인간과 관계를 유지하기를 바라지는 않으나
이들을 관찰하고 이들을 평가하고 있던 생물체가 거주하는,
우리가 알지 못하는 별들에서 온 우주 함선들에 관해 말하면서
머뭇거렸고, 한편으로 장 도예보데의 어머니와 같은 또 다른
사람들은 학자들이 이 주제에 관해 의견이 일치한 적이 없고,
그중 일부 학자들은 천사의 머리카락은 동물이 그 기원이 아니라
확실히 식물이 기원이었다고 규명한 바 있으며, 이렇게 해서
거미의 가설이 배제된 반면, 일단 땅에 놓이면 거미줄은 재빨리
사라져 버리고 증발하고 날아가 버리는 게 사실이었으므로,
일종의 안개 방울 결정화가 일어난다고 주장했던 라마르크
이론이 실제로 반박된 적이 없었다는 것을, 그래서 그는 떠올리고

있다, 잠깐 동안, 자신의 마음과 손가락이 최선을 다해 아이의
말로 번역하고 있었던 이미지에 온전히 집중하는 대신, 그 유령
같은 구름의 움직임을 따라 고개를 들어 올리려 했으나, 곧이어
어려움 없이 유혹을 견뎌 내고 작가로서의 제 일로 돌아왔던
것을, 그리고 마찬가지로 그는 떠올리고 있다, 집중력이 잠시
흐트러졌던 바로 그 순간 막 끝내려던 문장을, 그는 대략적인
표기를, 수평을 유지하는 데 성공하지 못한 선들을 눈앞에 다시
보고 있다, 그는 손가락으로 움켜쥐고 있던 끈적거리는 검은색
연필에서 전해져 오는 온기와, 두개골 밑에 불씨가 남아 있기라도
한 것처럼 그의 안구 뒤쪽에서 타오르던 자부심과 필연성을
느낀다, 그는 자신의 초고가 담긴 공책의 종이보다, 어쨌든
더 노랗고, 더 두꺼운 색종이 위로 다시 몸을 숙인다, 그리고
힘들이지 않고 자신의 글, 일부를 읽는다, 갑자기 그들은 우엥 우엥
우엥 우엥 우엥 소리를 드럿다 사자 보아뱀 크다란 거북이와 함께 숲에서
나온 것은 붉은 경찰이엇다 그리고 갑자기 그는 아침에 날라갓고 사라젓던
비행기를 보앗다 그리고 붉은 경찰은 그들에게 하얀 경찰이 숲의 모든
동물을 죽였다 햇다고 말햇다 모든 아이들과 모든 개미들이 그들에게
비행기가 폭풍우에 휩싸인 바닥가에 남파햇다고 말햇다, 그는 떠올리고
있다, 이 문장과 머릿속을 휘젓고 다니던 이미지들을, 그리고
자신이 이야기를 하나 쓰던 중이었다는, 해야만 했던 것을, 정확히
말해서 해야만 했던 방식으로 쓰던 중이었다는 생각에 자신에게
흘러들었던 뜨거운 취기를, 그는 떠올리고 있다, 손가락이
아직 기초적인 반사 신경과 코드를 익히지 못했기에 유려하진
않았으나 공들여 글을 썼을 때 자신을 찾아왔던 만족감을, 그는
떠올리고 있다, 글을 직접 쓴다는 즐거움이 겹쳐 자신을 후끈
달아오르게 했던 저 은밀했던 자랑거리를, 또한 어른이나 그렇게
할 수 있었던 것처럼, 예를 들어 여자 교사가 자신의 어깨 너머로
가만히 서 있을 때, 그건 그녀가 뒤에서 걸어 다니다가 멈춰
서는 소리를 그가 들었기 때문인데, 그렇게 할 수 있었던 것처럼,
외부에서, 호감을 가지고, 자신을 위에서 내려다보며 관찰했던,
저 설명할 수 없는 감정을, 그리고 그는 떠올리고 있다, 자신이
그때까지 어둠 속에 남겨 두었던 여자 교사의 이름, 몬지 부인,
프라우 몬지를, 그리고 그는 이렇게 말한다.

42

"나는 당신들에게 대답할 수 없습니다. 내 기억은 텅 비었습니다. 그들이 전기 충격기로 내 기억을 지워 버렸어요. 내겐 이제 아무 기억도 남아 있지 않습니다."

그들이 다시 그를 때리기 시작한다. 주먹이 쏟아지고, 따귀가 날아오고, 정강이에, 장딴지에 발길질이 가해진다. 그는 이리저리 떠밀린다, 그들은 그를 휠체어에 묶어 놓았다, 그는 아무것도 피할 수 없다, 그들은 그를 벽에다가 떠다민다, 그들은 그를 버려둔다, 그들은 그를 다시 데려온다. 그들은 의료진에게서 훔친 흰 가운을 입고 있었지만, 두 눈을 감는다 해도, 정신과 의사나 정신과 의사로 위장한 경찰로 여길 수가 없다. 그들의 냄새가, 그들의 미친 눈길이, 그들의 신경질이 그들임을 드러낸다. 그들은 교도소 특별 진료소에서 권력을 장악한 두 명의 환자일 뿐이다. 그들이 가진 권위라고는 폭력의 권위뿐이다. 그들은 그가 평행 우주와, 외계인들과 접촉하고 있다는 것을, 태어날 때부터 그가 이중생활을 해 왔다는 것을, 그들처럼 그 역시 미친 척한다는 것을, 다음에 벼락을 맞을 사람들의 명단을 그가 알고 있다는 것을, 그가 책을 쓸 때 각 장(章)마다 비밀 지령을, 인내를 비밀스럽고도 범죄적으로 실행하라는 권고를 담았다는 것을 그가 실토하게 하려고 악착같이 매달린다. 그들은 그가 인간을 거미로 변형시킬 준비를 하고 있다는 것을 인정하기를 원한다. 그들은 그가 이러한 종류의 악행을 저질렀다고 자백하기를 기다린다. 이 모든 것이 정신적인 혼란, 방백, 중얼거림을 동반하고, 이것이 심문을 모호하게, 심지어 기괴하게까지 만들어 버린다. 그는 그들이 살인적인 광기에 사로잡혀 있으며 통제할 수 없는 아모크들이라는 것을 알고 있으며, 처음부터 그는 체념하며, 감옥과 병원에서의 저 끝나지 않는 여정에서 자신이 그들과 함께 또 하나의 고통스러운 단계를 경험하고 있고, 이것이 마지막이리라고 모든 것이 알리고 있다 하더라도, 거기에 너무 많은 중요성을 부여하지 않는 것이 낫다고 여기기로 한다.

흰 가운을 입은 남자는 젊은 시절에 저지른 일련의 정치적 암살로 유죄판결을 받았고, 가혹한 체제 아래 28년을 감옥에서 보낸 뒤 특수정신과의 세계로 이송되었다. 그는 쉰일곱 살이

43

되었고, 시체가 되지 않는 한 이 시설에서 빠져나가지 못할
것이다. 오래전부터 그는 외부 세계에 대해 아무것도 이해하지
못한다. 그의 정신적 여과 장치는 때가 잔뜩 끼었고, 그를 둘러싼
것을 해석하는 데 있어 오로지 분노와 공포라는 동기 외에는
더 이상 그에게 아무것도 보내지 않는다. 장소들의 지배자가 된
다음, 그의 말에 따르자면, 수감자들을 전부 몰살하고 반죽으로
빚은 조각상으로 대체할 계획을 세우고 있었던 의료진을
참수한 다음, 그는 계속해서 탈출을 바라지는 않았고 지금의
관리 업무를 맡는 것에 만족하고 있다. 그는 숙련된 식인종
팀에게 건물 방어의 책임을 위임했다. 그에 대해 말하자면, 그는
생존자의 분류 작업을 진행하고, 용의자를 심문하며 약식 판결을
내린다. 같은 방을 쓰는 동지들이 가장 위협적인데, 그것은 그가
수년 동안 동지들을 믿지 않는 법을 배워 왔기 때문이다. 이들
중에서, 그는 벌써 두 명을 때려죽였다. 그의 이름은 브루노
하차투리안이다. 그의 두개골에는 전기 충격의 자국이 선명하게
보인다.

흰 가운을 입은 여자의 이름은 그레타, 그녀의 성은 알 수
없다. 그녀는 비교적 새내기 수감자이며, 특수 병원에 입원한
지 10개월밖에 되지 않았으나, 이 시간은 브루노 하차투리안의
신뢰를 얻거나, 적어도 그가 그녀의 애인이 되어 떨떠름한 열의로
그녀의 살인 제안에 귀를 기울여 주기에는 충분했다. 그녀는
끔찍한 폭행으로 유죄판결을 받았다. 그녀는 평범한 강제수용소
환경에 적응할 수 없었으며, 감옥은 특수 의사들의 보호에 그녀를
맡김으로써 마침내 그녀를 떨구어 냈다. 병원 직원들은 그녀가
여자 병동에서 가장 위험한 환자이며, 겉보기엔 평온하게 지내는
시기에도 기회가 주어지면 언제든 튀어 나올 준비가 되어 있는,
교활한 분노를 감추고 있다고 종종 주장했다. 그레타는 방금
일어난 봉기의 가장 피비린내 나는 예기치 못한 사건들에서
브루노 하차투리안과 몇몇 사람들을 적극적으로 도와주었다.
브루노 하차투리안의 수상쩍은 작업물들에 그녀 특유의 황당한
혐의를 가져다 붙이면서, 그녀는 이제 분류와 심문 작업을
주재한다. 한때는 분명 까마귀같이 아름다운 칠흑색이었던
그녀의 머리카락은 이제는 그녀가 몸짓을 하고 분주히 움직일

때 사방으로 날아다니고, 검은색의 상당 부분이 더럽고 불쾌한 먼지투성이 회색으로 바뀌었음을 볼 수 있다.

폐허가 된 병원장 사무실에서, 병원장, 병원장의 여자 조수, 감시인 두 명의 시체 위에서, 그레타와 브루노 하차투리안 사이의 대화가 다시 시작된다. 두 사람 모두 악몽처럼 소름 끼치는 목소리를 가졌다. 이따금 그들은 자신들이 표현하는 걸 용납하지 않거나 그들의 입을 비틀어 버리기도 하는 내면의 공포에, 틱 장애에 잠식되어, 자신들 연설의 지지자들과 도달점에 대한 잘못된 인식으로 엉망이 되어 이따금 말을 더듬기도 한다. 심지어 가장 완고한 동료 수감자 중 한 명을 대상으로 인성 검사를 실행하는 중이었다는 사실을 까맣게 잊을 정도로 그들이 횡설수설하는 순간도 있다.

"무엇보다도 달이 내려오면 안 돼." 그레타가 말한다.

"어떤 달?" 브루노 하차투리안이 묻는다.

"달 말이야," 그레타가 말한다. "밤에 뜨는 달. 그게 내려오면 안 돼. 달에 불이 붙지 않았잖아. 악취를 풍기는 달이야."

"오래된 낙농장에서 악취를 풍기는 달이지." 브루노 하차투리안이 확언한다.

"맞아, 오래된 낙농장." 그레타가 기뻐 날뛴다. "낡은 젖소 양동이들, 도랑의 거머리들. 그것들은 모든 것을 해 봤어. 달에는 불이 붙지 않았어. 불 냄새가 나지도 않아. 불 냄새가 한 번도 나지 않았다고."

"그럼 달은 언제 내려오지?" 브루노 하차투리안이 말을 더듬는다.

"달은 내려오지 않아!" 그레타가 화를 낸다. "달은 악취를 풍겨! 달은 필리프 수녀의 앞치마처럼 악취를 풍겨!"

"그 늙은 쌍년," 브루노 하차투리안이 대담하게 말한다. "달은 내려오면 안 돼!"

"너는 이해하지 못하는구나," 그레타가 비웃는다. "필리프 수녀의 앞치마. 그 쌍년의 앞치마. 그년이 코앞에서 그걸 흔들면, 우린 좆 된다고!"

그들이 그에게 다가온다. 그들은 그를 밀친다. 브루노 하차투리안이 그의 가슴을 가격한다. 그가 권투 선수의 자세를 취한다, 그는 팔랑개비처럼 불안하게 흔들며 한쪽 팔로 겨눈다, 태양신경총[12]에 끔찍한 타격을 가하려고 집중하는 것처럼 보이지만, 결국 그는 헛방을 날린다.

"그리고 너 말이야," 그가 죄수에게 묻는다. "너 그 여자, 필리프 수녀, 알아?"

"아무도 그년을 몰라," 그레타가 말한다. "날 죽인 게 바로 그년이었어, 그 쌍년이었다고. 내가 어렸을 때였어. 그년이 세력들과 동맹을 맺고 있었어. 내 코밑에서 그년이 앞치마를 흔들댔다고."

"이, 이 새끼가 그년을 알 거야." 브루노 하차투리안이 추측한다.

그레타는 방에서 왔다 갔다 한다. 머리카락이 그녀 주위로 날아다닌다.

"그년이 날 죽였다고, 그 늙은 쌍년이 말이야," 그녀가 반복한다. "그년이 내 코밑에서, 씨발, 더럽고 낡은 앞치마를 흔들댔다고. 내가 아주 어렸을 때였어. 그년은 다른 사람들과 함께 있었어. 그들 모두가 날 죽였다고."

"이 새끼도 마찬가지야, 세력들과 동맹을 맺었어." 브루노 하차투리안이 말을 받는다.

그는 휠체어를 발로 차며 자신의 주장을 곁들인다. 휠체어는 반 미터 정도 미끄러지며 벽에 부딪힐 태세다. 죄수가 신음을 흘린다.

"우리가 이 새끼 멱을 확 따 버리는 거야," 그레타가 다짐한다. "달이 내려오거나 말거나 기다리지도 않을 거야. 그런 다음에는 남아 있는 사람들과 내 부모도 죽일 수 있어…. 내 부모라니, 이 개 같은 인간들…. 그들은 필리프 수녀와 동맹을 맺었어. 그들도 이 새끼랑 똑같아…. 우리가 모두 죽여 버릴 거야!"

---

12. 동물체의 특정한 부위에 신경세포가 그물을 이루어 모여 있는 곳을 신경총이라고 부른다. 그중 경추신경총, 상완신경총, 허리신경총, 엉치뼈신경총, 복부신경총을 태양신경총이라고 말한다.

"이 새끼가 우리 부모들과 어울려 다녔지," 브루노 하차투리안이 알아들을 수 없게 중얼거린다. "어둠의 세력들이랑. 악마들이랑."

"달에다 오줌을 갈기는 악마들이랑," 그레타가 마무리한다. "자본주의 악마들이랑, 악취를 풍기는 악마들이랑."

"너 이 새끼, 자백할 거야, 말 거야?" 브루노 하차투리안이 고함을 지른다.

"자본가들이랑, 필리프 수녀랑." 그레타가 울부짖는다.

그들은 도로 와서 그를 두들겨 팬다.

그는 불운에 맞서며 용기를 잃지 않는다. 그리고 평온하다 할 만큼 조용히, 그들의 분노가 새로운 단계로 넘어갈 때까지, 그들이 자신의 먹을 따 버릴 때까지 그는 기다린다. 그는 끝이 다가오고 있음을 알고 있으며, 자신의 삶을 되돌아보는 대신, 길고도 단조로운 일련의 싸움과 허탈한 나날로 각인된, 정신병원에서 지낸 10년이나 특별한 의료 세계에 앞서 벌어졌던 일들, 가령 게릴라전, 출판되지 못했거나 제대로 출판되지 못한 소설들, 보안이 철저한 구역에서 감금된 채 보냈던 삶을 떠올려 보는 대신, 프라우 몬지의 교실로 피신하는 걸 선호한다.

10월의 어느 아침.

아직 끝나지 않은 여명처럼 운동장에 남아 있는 햇살.

회색빛, 푸르스름한 회색빛이 감도는 하루.

제 동료들의 지린내, 책상에서 나는, 매일 저녁 닦고 가을에는 마르지 않는 바닥에서 나는 오줌과 걸레의 썩은 냄새.

유리창들 너머로, 바람이 없을 때 떠다니는 수천 개의 신비로운 가는 줄들.

몬지 부인, 학생들을 가르는 통로를 돌아다니고, 학생들에게는 초보적인 산수 문제를 받아쓰게 하고는 옆 사람이 그를 방해하진 않는지 똑똑히 감시하고, 그의 뒤에서 흥분하기 시작하는 장 도예보데를 꾸짖고, 심지어 장 도예보데의 소지품 중 네 번째 공책 표지를 빌려다가 그가 중단 없이 작업을 이어 갈 수 있게 그의 옆에 내려놓는 프라우 몬지.

그는 떠올리고 있다, 문학 창작의 이 초기 회차를, 그는 떠올리고 있다, 첫 번째 공책 표지에 자신이 숫자 1을 적은

다음, 종말에 관한 질문이 제기될 어느 날이, 끝내야 한다고
불릴 어느 날이, 그러나 나중에, 훨씬 나중에, 그렇게 말할 어느
날이 올 거라는 흐릿한 직감을 갖고서 '시자카기'라는 제목을
거기에 덧붙였던 것을, 그리고 그와 관련해 그는 떠올리고 있다,
앞을 향해 나아가도록 자신을 밀어붙였고, 다른 친구들과 함께
계산 연습을 하는 대신 집단의 법칙, 계급의 법칙을 거부하도록
자신에게 허락해 주었거나 오히려 자신을 구속했던, 세 번째
공책 표지를 채운 다음, 네 번째를 채우도록 자신을 밀어붙였던,
되돌림 불가라는 저 강렬한 감정을, 그리고 그는 떠올리고 있다,
공책에 번호를 매기던 순간, 그런 다음 거기에 글을 쏟아 내기
전 손바닥으로 그 공책들을 매끄럽게 매만지는 동안, 자신이
기획했던 작품에, 자신에게 방대해 보였던 그 작품에, 새로운
한 권을 추가하고 있었다는 사실 때문에 아주 또렷하게 열광의
물결에 휩싸였던 것을, 그리고 그는 떠올리고 있다, 네 번째
권을 쓰기 시작할 무렵, 그리고 점점 더 도취해 가는 동안,
무르마 요고단의 캐묻는 시선과 마주쳤지만 그에게 대답하지
않고서 자신이 하고 있던 일로 되돌아갔던 것을, 그리고
무르마 요고단을, 그는 떠올리고 있다, 어른들과는 동떨어진,
어른들에게는 알려지지 않았던, 더할 나위 없이 현실적이지만
사적인 영역에서, 프라우 몬지 반의 아이들, 주로 무르마 요고단,
장 도예보데, 린다 우, 그리고 엘리아니 슈스트로 구성되었고,
어쨌든 그 자신도 속해 작은 패거리 하나를 만들었던 아이들
여럿이, 정기적으로 성적인 경험에 참여했기에, 자신의 혀에
무르마 요고단의 이가 닿았던 것을, 그리고 그는 떠올리고 있다,
그들이 때때로 화장실에 함께 들어박히곤 했으며, 거기서 흥분은
하지 않고, 그러니까 단순한 호기심일 뿐 흥분은 하지 않고서,
필요한 무언가를 행하고 있다는 느낌을 나누어 가지며 유치한
에로티시즘의 기초를 발전시켰으며, 그러나 어른들과 동떨어져,
어른들처럼 행동했다는 희열 정도를 제외하고는 그들이 이를
통해 딱히 얻은 게 없었던 것을, 그리고 갑자기 그는 동시에
떠올리고 있다, 화장실의 성욕과 자기 작품의 세 번째 권을
시작하던 문장을, 그는 시비 년 후 도라와서 보아뱀, 크다란 거북이,
화성인들 주려고 독 탄 음식을 가져왔고 그는 마을 주변 나무들이

48

빨갓고 거리에서 경찰들이 주것고 화성인들이 그들을 주긴 걸 보앗다, 그는 동시에 떠올리고 있다, 이 어린 시절의 문장에서 잘못된 철자 하나하나를, 화장실에서 몰두했던 비밀스러운 활동 중 하나가, 임무 완수의 성취감 외에는 즐거움이 없었던, 각자의 차례에 서로가 서로의 이를 핥아 주는 것이었기에, 그의 혀에 닿았던 무르마 요고단의 이를, 그리고 그는 떠올리고 있다, 더 이상 그들에게 열광을 불러일으키지 않았던 또 다른 행위들을, 필수적인 일인 만큼 마음의 동요도 하지 않고, 금기를 깬다는 생각에 방해받지도 않은 채, 금기와 터부라는 생각 따위는 품어 보지도 않은 채, 단지 어슴푸레한 화장실 불빛이 평상시와 다를 바 없는데도 편안하지는 않았으나, 그럼에도 불구하고, 자신들의 행동은 자연스럽고 논쟁의 여지가 없는 욕구들에 반응하는 것이라는 생각에만 사로잡힌 채, 침묵 속에 그들이 장난질을 쳤던 것을, 바로 이런 이유로 60년이 지난 지금, 거북함도 부끄러움도 없이 그는 떠올리고 있다, 엘리아니 슈스트가 자기 앞에서 팬티를 내렸고 그녀의 엉덩이에 대고 자신이 코를 킁킁거렸던 것을, 린다 우가 자기 앞에 쪼그리고 앉아 한참 동안, 생각에 잠긴 듯, 그리고 아무 말 없이 자신의 생식기를 눈여겨보고 만지작거렸던 것을, 그리고 어느 날 장 도예보데가 자신의 입에 오줌을 쌌던 것을, 그리고 그는 떠올리고 있다, 무르마 요고단의 캐묻는 시선이 자신의 시선과 마주친 순간, 화장실의 회합에 대한 기억이 그에게 떠올랐으나, 어떤 경우에도 자신의 상상력이 횡설수설 지껄이게 허용해서는 안 된다는 걸 의식하고서, 또한 한 시간 전에 착수했으며 중단할 것도 끝낼 것도 전혀 고려하지 않았던 이 터져 나오는 이야기를 단 1초라도, 그 어떤 대가를 치르더라도, 포기해서는 안 된다는 것을 의식하고서, 자신이 이 기억을 쫓아 버렸던 것을, 그리고 얼마 지나지 않아 쉬는 시간 종소리가 울려 퍼졌던 것을, 그리고 그는 떠올리고 있다, 교실이 비어 가는 동안 반 친구들이 아무 말도 하지 않고, 놀란 표정으로 자신을 잠깐 주시할 뿐이었는데, 그 이유가 한편으로는 그가 자리에서 일어나지도 않고 고개를 들지도 않은 채 글을 계속 쓰고 있었기 때문이고, 다른 한편으로는 몬지 부인이 그에게 화를 내지도 않고 아무런 지적도 하지 않았으며, 오히려

그의 소매나 머리카락을 잡아당기면 안 된다고, 교실에 그가
혼자 있게 돼야 한다고, 세상 밖에서, 쓰고 있는 이야기와 함께
그가 오롯이 홀로 있어야 한다고, 그녀가 낮은 목소리로 장
도에보데에게 설명하면서, 그를 방해하지 말고 어서 밖으로
나가라고 아이들을 부추겼기 때문인데, 그렇게 해서 아이들이
운동장에서 소리를 지르고, 다투거나, 서로를 쫓으며 놀고 있는
동안, 바로 그 15분 동안 그 자신은 완전한 고독을 누릴 수 있었던
것을, 그리고 그는 떠올리고 있다, 자신이 더 잘 그리고 더 빨리
글을 진척시켜 쉬는 시간이 끝나기 전에 장 도에보데가 여분으로
가지고 있던 공책에서 그가 아무런 거리낌 없이 훔친 다섯 번째
공책 표지를 펼쳤고, 그 다섯 번째 권의 서두에 곤충들에 관한
주제를 전개했던 것을, 그리고 아이들은 방향을 바꿨고 그는 하늘에서
화성인들을 보앗고 화성인들은 숲속의 벌들 위에 말벌 위에 타려 햇지만
그는 그러케 하지 못햇고 그래서 그는 그것들을 주겠고 호박벌들이 왓고
그는 화성인들을 둘러쌋고 아이들은 아우 아우 아우 아우 아우 외첫고
그는 도망치려고 크다란 나비들도 마찬가지로 죽엿다, 그리고 그는
떠올리고 있다, 쉬는 시간이 끝날 무렵, 자리로 돌아오려고
아이들이 줄을 섰는데, 아이들이 하나같이 자기와 닿지 않으려고
조심하기라도 하는 것처럼 자신을 몰래 쳐다보고 있었던 것을,
그걸 보고 자신이 병에 걸렸다고, 자신의 얼굴을 달궜던 열이
어쩌면 글쓰기라는 내면의 불이 아니라 다른 원인 때문일 거라고
생각했던 것을, 그리고 어른들이 그 존재를 자주 언급했던, 당시
자신이 그 증상은 물론 철자도 알지 못했던, 척추 회백질염,
장티푸스, 골결핵, 금권정치의 탐욕, 페스트 같은, 끔찍한 질병 중
하나에 어쩌면 감염되었을 수도 있었다고 생각했던 것을.

　　그의 옆에서, 희생자들이 죽기 전에 내뿜었던 악취가
진동하고, 땀과 피의 고약한 냄새를 뿜어내는 자취를 따라가면서,
병원장과 여자 조수가 그들 밑에서 했던 일 때문에 자신들이
살아남지 못하리라는 걸 깨달았을 때, 그레타와 브루노
하차투리안은 인내심을 잃고 만다. 그들이 다시 한번 달려들어
그를 밀친다, 그들은 그의 의자를 벽을 향해 던진다, 그들은
있는 힘을 다해 그의 뺨을 갈긴다. 그들은 그가 협조하지 않으면
처형하겠다고 다시 한번 협박한다. 그들은 그의 책을 한 권도

읽어 본 적이 없으나, 그가 10년 동안 무기와 폭발물로 경찰과 맞선 사람이라는 명성을 가지고 있다는 사실은 그래도 잊지 않고 있었다. 그는 그들에게 깊은 인상을 주는 오라를 갖고 있다. 그는 베를린장벽이 무너진 후 모든 사람이 평등주의 이론 또한 시대에 뒤떨어졌다고 생각하고 있을 때, 민중의 적들을 사살했던, 정의를 실현했던 특공대원들을 이끌었다. 그들은 그가 어둠의 세력들을 천 년 전부터 이끌었던 비밀 지도자였다고 자신들에게 고백하거나, 아니면 그들을 최후의 승리로 이끌어 줄 전략을 그들을 위해 세워 주면서 그들과 합류하기를 속으로 바라고 있으리라. 그들은 사실상 그가 설득해야 할 동맹인지 아니면 적인지 도무지 알지 못한다. 그들은 무엇보다도 그가 정신병원에서 어두운 세력들을 몰아내도록 그들을 도와주기를, 밀고자들의 목록을 작성해 주기를 바란다. 그들은 그가 최악의 간호사들, 화성인들, 식민주의자들, 자본주의 세계 전반을 제거해 주기를 바란다. 그들은 그가 달에 대고 오줌을 갈기는 자본가들, 구내식당의 요리사들, 필리프 수녀에 대해 자신의 의사를 또렷하게 밝히기를 바란다.

"나는 모릅니다." 그가 이따금 중얼거린다. "더 이상 생각이 정리가 안 돼요. 필리프 수녀가 누군지 난 모릅니다. 여기서 한 번도 본 적 없습니다. 그건 어쩌면 완전히 다른 이야기일 겁니다."

그들은 그를 두들겨 팬다, 그들은 시체들을 겅중겅중 뛰어넘으며 그의 주위를 맴돈다, 그들은 간혹가다 그 위로 넘어진다, 그들은 소리를 지른다, 그들은 화를 낸다, 그들은 그의 휠체어를 붙잡는다, 그리고 그들은 휠체어를 장롱에, 탁자에, 벽에 처박는다. 그들은 중얼거린다, 그들은 울부짖는다. 그들은 그를 괴롭히지만, 불규칙적이며, 때로는 또다시 자신들이 그를 고문하고 있다는 사실을 잊어버린 것 같은 인상을 준다. 갑자기 그들은 보고 있는 사람이 전혀 없는 것처럼 서로 대화를 나누거나 다투기 시작한다. 대화는 머리도 꼬리도 없이 지리멸렬하고 그들은 겁을 주며 을러댄다.

"필리프 수녀가 미쳐 날뛰기 직전이야." 그레타가 말한다.

"그 늙은 쌍년," 브루노 하차투리안이 고함을 내지른다. "그년이랑 우리랑 엮어서 너 지금 무슨 짓을 하려는 거야? 그년이

식인종들과 같이 내려올까 봐 무섭냐? 그년이 오줌에 찌든 달과 함께 올까 봐 무섭냐?"

"너는 아무것도 몰라," 그레타가 화를 낸다. "필리프 수녀는 내 부모와 함께 있어. 그년이 그들을 죽여 버릴 거라니까. 그년이 모두를 죽여 버릴 거야. 그년이 간호사들을 죽여 버릴 거라고."

"그럼 이 새끼는, 이 새끼가 간호사들과 작당하기라도 했다는 거야?" 브루노 하차투리안이 죄수를 때리면서 묻는다.

"둘에 둘을 더하면 넷이 되는 것처럼 확실해," 그레타가 부르짖는다. "이 새끼는 필리프 수녀의 스파이야. 이 새끼가 그 쌍년이랑, 우리 부모랑, 간호사들이랑, 세력들이랑 작당했다고."

그녀가 그의 뺨을 때린다, 그러다 그를 버려둔다, 말을 더듬거리면서, 병원장과 여자 조수의 시체들을 발로 차면서, 그녀는 이쪽저쪽으로 돌아다닌다. 아니면 그녀는 창문으로 향한다, 그녀는 바깥쪽을 바라보며 얼굴을 찡그린다, 그리고 되돌아간다. 그녀의 희끗희끗한 머리카락이 그녀와 함께, 그녀의 뒤에서, 어지러이, 흔들리고, 펄럭이고, 날아간다.

그녀가 그에게로, 휠체어로 돌아온다.

"어쨌든 넌 좆 됐어." 그녀가 말한다.

그녀가 심술궂게 웃기 시작한다. 그녀는 병원장 사무실에서 주운 스테이플러를 가지고 장난을 친다. 그녀가 스테이플러로 그의 머리를 한 차례 때리지만, 두개골을 부수려는 건 아니다.

"그건 필리프 수녀 이야기도 아니잖아." 브루노 하차투리안이 투덜거린다. "이 새끼, 화성인들과 작당했어. 화성인들과 작당한 거라고, 자, 이걸로 끝."

그는 죄수를 쥐어박는다. 그는 죄수의 머리를, 목덜미를 때린다.

"화성인들과 네 부모와 만나서," 브루노 하차투리안이 짜증을 낸다. "이 새끼가 진실을 털어놓게 만들자. 다른 놈들과 마찬가지로 개자식이라니까."

"이놈은 화성인들이 우리에게서 없어지기를 바라지 않아." 그레타가 말한다. "어렸을 때부터 이놈은 화성인들을 보호해 왔어. 늙은 암탉처럼 아래에다가 그들을 품고 있었다고."

"이 새끼는 배 속과 머릿속에 그들을 가지고 있어." 브루노 하차투리안이 말한다.

"그들을 품고 있지," 그레타가 소리친다. "마찬가지로 필리프 수녀도 갖고 있다고! 머릿속과 배 속에, 이 새끼는 필리프 수녀도 갖고 있다고!"

"그들은 처음부터 우리를 죽이려고만 했어!" 브루노 하차투리안이 분개한다.

그들은 다시 구타하기 시작한다. 그들은 30분 동안 그를 악착같이 못살게 군다. 그는, 그는 앉은 자리에서 비틀거리고는, 입을 다물고 있다.

여기서 빠져나갈 가능성이 거의 없다는 것을 이해할 만큼 그는 매우 명석하다. 두 미치광이는 기분이 조금만 바뀌면 누구든지 죽일 수 있다는 것을 벌써 충분히 보여 주었다. 권력을 잡은 이후, 그들은 아침부터 공포가 지배하게 만들었다. 그들 뒤로, 피가 강물처럼 흐르고, 그들과 함께, 한 줌의 정신 나간 폭도들과 무슨 짓이든 할 준비가 된 식인종들, 그리고 그들만큼이나 정신이 나간 몇 명의 아모크들이 있다. 그들 앞에는, 아무것도 없다. 그는 그들이 어떤 추론에도 다다를 수 없으며, 반대로, 그들과는 어떤 토론에도 임하지 않는 것이 더 낫다는 걸 알고 있다. 어느 쪽에게건 전달된 문장은 하나같이 그들의 종말론적 세계관과 밀접하게 일치하지 않는 한 도발처럼 받아들여진다. 그들이, 갑자기, 예고도 없이, 휴게실로 그를 끌고 가서, 다른 환자들과 인질들과 함께, 철제 덧문이 모두 내려진 방에, 외부에서 개입할 경우 불을 지를 수 있도록 알코올 세 통을 벌써 쏟아부어 놓은 방에 그를 감금할 가능성이 농후하다. 그들은 또한 경비원들과 직원들을 참수했을 때처럼, 갑자기 심문을 중단하고, 의자나 유리 조각으로 그를 처형할 수도 있다. 권력 장악이 지나치게 진전되고, 상황이 너무 멀리 가 버렸다.

권력 장악이 지나치게 진전되었다.

특수정신병원은 전쟁터다.

상황이 너무 멀리 가 버렸다.

되돌리는 것은 전혀 가능하지 않다.

멀리서, 요란한 경찰 사이렌 소리, 칼로 무장한 조현병 환자 무리와 경비원 숙소 근처에서 매복하고 있는 식인종들과 교섭하며 경찰관들이 확성기에 대고 반복하는 경고의 소리가 들려오는 걸 알 수 있으며, 그는 비상사태 전문가들이 현장 통제권을 되찾으려고 전술을 궁리하고 있으리라 가정해 보지만, 경찰이 자신을 구출하기 위해 제시간에 출동하진 않을 것이며, 작전이 완료될 무렵이면 그레타도, 브루노 하차투리안도, 자신도 살아 있지 못하리라는 걸 그는 내심 알고 있다.

"경찰이다," 브루노 하차투리안이 말을 더듬거린다. "다들 들었어?"

"설마." 그가 말한다.

"소리가 들리잖아," 브루노 하차투리안이 말한다. "경찰이 가까이 온다."

"우리 모두 미쳐 날뛰기 일보 직전이야," 그레타가 말한다. "우리는 강해. 상황을 손아귀에 쥐고 있는 건 우리야. 경찰은 감히 우리에게 함부로 할 수 없어."

"그들이 소들보다 달을 먼저 내놓으면 우리 어떻게 하지?" 브루노 하차투리안이 묻는다.

"필리프 수녀가 앞치마를 흔들면, 모든 것이 불에 타 버린다고." 그레타가 호언장담한다. "경찰은 우리 손아귀에 있어. 지금, 경찰은 별거 아니야. 우리가 주먹을 꽉 쥐기만 해도 그냥 사라져 버린다고."

"그들이 접근해 오면, 그들의 대장을 우리가 붙잡고 있다고 말하자." 브루노 하차투리안이 제안한다.

"그들은 자기들 나팔에 대고 숨을 내쉬어." 그레타가 말한다. "그들은 자신들이 갖고 있는 종말의 나팔에 대고 숨을 내쉰다고. 우리는 그들에게 겁먹지 않아. 우리도 종말을 뱉어 낼 수 있잖아."

"우리를 자극하기에 충분하네." 브루노 하차투리안이 더듬거리며 말한다.

"네가 뭘 알겠어." 그레타가 격분한다.

"그들한테는 외계인이 있어," 브루노 하차투리안이 말한다. "우리한테는 그들의 대장이 있지. 그들은 우리한테 아무 짓도 할 수 없다니까."

"우리 모두 미쳐 날뛰기 일보 직전이야," 그레타가 다시 인상을 찡그린다. "저 개자식들, 다가오지 않는 게 좋을걸."

54

진료실을 사방으로 돌아다니고, 무엇을 하든 장애물에 직면하기에, 이제는 비좁아 보이는 진료실에서, 그들은 점점 더 빨리, 점점 더 초조하게 이동한다. 네다섯 걸음마다 그들은 어떤 벽에, 어떤 가구에, 어떤 시체에, 심지어 의자에 묶여 있는, 그들이 보지 않으려고 애쓰는 자기들 죄수와도 부딪친다.

그는 그들의 더러운 속옷 냄새, 그들의 미친 땟국물 냄새, 그들의 미친 땀 냄새, 그들의 피 냄새를 맡는다.

운명의 순간이 다가오고 있고 이 점에 관해 그는 어떤 환상도 품고 있지 않지만, 이를 슬퍼하거나 두려워하는 것을 거부한다, 그는 처형의 순간이 다가온다는 생각으로 불필요하게 비탄에 잠기는 것을 원치 않는다, 그는 처형의 부조리함을 곱씹어 보는 것을 원치 않는다, 그는 망상과 아모크 상태에 사로잡힌 동료 수감자들이 자신에게 가할 사형 집행을 개탄하는 것을 거부한다, 자신의 책들에서, 확실하게, 상상할 수 있었을, 어느 로망스에서 무대에 올릴 수 있었지만 자신이 예측하지 못했던 상황이다, 그리고 그는 옛 동지들이나 자신과 비슷한 자들, 어쩌면 이데올로기의 차원에선 그 자신보다 덜 명확하지만 근접해 있는 자들, 제거나 환각, 광기의 고독을 자신과 함께 나누면서 똑같은 불행에 빠진 자들의 손에, 이렇게 어리석게 자신이 죽어야만 한다는 것에 대한 실망감을 극복하려고 노력한다, 그는 또한 얼마 전까지도 소중히 어루만졌으며, 그의 내부에 여전히 흔적의 형태로, 경찰이 자신을 풀어 주는 것으로 마무리되는 폭력적인 장면들의 형태로, 군용 가죽, 튀김용 기름, 화약과 피 냄새를 풍기는 군복을 입은 적군들, 그 적들과의 포옹으로 완성되는 구출 장면들의 형태로, 여전히 잔존하고 있는 같잖은 희망을 전전하며 시간을 보내는 데 집착하지 않는다, 그렇기 때문에 그는 자신의 죽음에 대한 이미지나 가능성이 거의 없는 구출의 이미지에 빠지지 않으며, 일단 그것에서 멀어진 다음, 실패한 자신의 삶에서 소중했던 에피소드들의 화면을 빨리 돌려 다시 보고자 하는 유혹을 다시 한번 거부한다, 그는 작가와 투사로서, 패배한 어느 전쟁에서, 패배와 허무로 화관을 두른 어느 전쟁의 땅에서 끝없이 방황하는 예술가-전사로서, 자본주의에 맞서서, 군사 산업 장치들과 자본가들의 지식인

55

광대들에 맞서서 급진적으로 투쟁해 온 자신의 여정을 요약해
줄 숭고하고 그로테스크한 영화를 자신의 내면에 투사하는
것을 원치 않는다, 그는 이 극한의 순간들에, 패배한 전투,
망쳐 버린 몇십 년, 패배와 배신, 체포, 탈출, 투옥, 감옥살이,
수용소 생활, 특수정신병원 시스템에서의 마지막 감금이 다시
살아나는 것을 바라지 않는다, 그리고 이와 동시에 그는 제목을
벌써 잊어버린, 불분명한 덩어리의 형태로 재능 없이 엉켜
있는 이야기들만 떠올릴 수 있을 뿐인, 몹시 불규칙하고 몹시
조롱받은, 작가로서의 모든 작업을 영원히 잊기를 바란다, 그러나
바로 이 순간 그의 의식 속에서 무언가가 저항하기 시작한다,
그리고 그는 깨닫는다, 자신의 모든 텍스트를 다시 모으고,
그것을 최후의 이야기 한 편으로, 심지어 전체에 종지부를 찍을
최후의 한 문장으로, 심지어 이 최초 이야기의 첫 단어에 부응할,
첫 공책 표지에 제목으로 배치된 '시자카기'에 부응할 최후의
장광설 하나로 구체화할 것을 목표로 삼는, 자신이 결코 포기한
적 없었던 문학 기획 하나가 머릿속을 계속해서 휘젓고 있다는
사실을, 그리고 그는 떠올리고 있다, 아직 글을 쓰고 있었을 때,
구속복을 입고서도 글쓰기를 포기하지 않았던 시기에, 그가
'마치다' 또는 '끝내다' 동사로, 이것이 필요했던 명백히 소설적인
맥락에서, 자신의 문학적 건축물을 끝맺을 생각을 했었으며,
그런 다음 문어(文語)에 대한 걱정을 완전히 떨쳐 낼 생각을
했었던 것을, 그런 다음 그는 자신의 계획이 유치하고, 어쨌거나
지나치게 형식적이며 지나치게 거만하다고, 또한 자신이 죽기
전에 마지막 페이지에 '마치다' 혹은 '끝내다'를 쓸 수 없었던 것은
오로지 또 하나의 패배, 중요하지 않으며 아주 사소한 개인적인
패배, 미세한 패배일 뿐이라고 자신에게 말한다, 그리고 그는
머릿속으로, 10월의 그날 아침 프라우 몬지의 교실로 돌아간다,
그는 그곳에 다시 있게 된 걸, 처음에는, 좋아한다, 그리고 그는
쉬는 시간, 빈 교실에서, 혼란스럽고 설명할 수 없으며 은밀한,
아이 이야기의 토대를 열에 들떠 빚어내면서 다시 한번 자신을
돌아본다, 그리고 그는 자신이 열이 나기 시작한 최초의 순간으로
돌아온다, 그리고 문득 그는 떠올리고 있다, 자신이 이 첫 단어를
정했을 때 갈색 연필을 사용했고, 그다음에는 흑연 연필만

56

사용하는 걸 선호했다는 것을, 그는 떠올리고 있다, '시자카기'를
쓰면서 일시적이나마 현기증 나는 감정을 느끼고 있었다는
것을, 표현하거나 이해하지 못한 채 실제로 무언가를 자신이
계속하고 있었다는 것을, 이전의 어떤 체험과, 이전의 어떤
존재와 자신을 연결해 주는 어떤 가교 위를 자신이 걷고 있었다는
것을, 그리고 그는 떠올리고 있다, 심지어 언뜻 보이지도
않던 이 가교가 곧바로 사라져 버렸다는 것을, 그리고 그는
마찬가지로 떠올리고 있다, 자신이 얼마나 자신 있게, 종이로
된 공책 표지에서 잡기장과 연습장을 뜯어냈었는지를, 마치
당연한 행동이기라도 하다는 듯, 오래전부터 자신의 일상에 속해
왔으며, 심지어 오래전부터 자신의 일상을 정의해 왔던 장인적인
몸짓이기라도 하다는 듯, 일상에서 픽션들을 추적하려는 의도로
공책 표지를 집어 들었던 것을, 손바닥으로 종이를 매끄럽게
매만지고 곧바로 길을 하나 열었던 것을, 곧바로 엉성한 문자들과
엉성한 낱말들로, 먼 아주 먼 어떤 나라에 아주 못댄 흑인들이 잇고
야마닌들이다, 라고 말했던 것을, 그리고 그는 떠올리고 있다, 공책
표지의 색깔인 색 바랜 진홍색과 색 바랜 초록색을, 그리고 첫
페이지를 장식했던 삽화를, 뒤에서 바라보았던 소년과 소녀를,
용기에 담긴 프로판가스와 부탄가스가 제공했던 기술적 진보와
편리함에 감탄하고 있던 그들을, 그리고 그는 마찬가지로
떠올리고 있다, 공책 표지 뒷면에 곱셈표가 적혀 있었던 것을,
공책 표지 안으로 접혀 있던 날개들에 모형 집이, 냄비 위로 몸을
기울인 소녀와 모형 가스통들이 다시 보였다는 것을, 그리고
그는 종이 냄새를, 구정물이 뿌려진 나무 바닥에서 나던 냄새를,
손가락으로 움켜쥐고 있던 연필 냄새를, 책상에서 나던 걸레와
왁스 냄새를 다시 찾아낸다, 그러나 지금 그는 쉬는 시간 전이나
쉬는 시간 내내 자신을 사로잡고 있던 이 이미지들을 자신에게
되돌아오게 하려고 헛되이 애쓰고 있다, 그는 이 이미지들을
떠올리는 데 더는 성공하지 못하는데, 어쩌면 그것은 점점
불어나는 현재의 소문에 그가 정신이 팔렸기 때문이거나, 어쩌면
현실의 급류가 갑자기 그의 주위로 불어나면서 그를 따라잡고
있기 때문일 것이다, 그것은 그가 공책도, 공책 표지도, 자신의
삶도 이 세상에서 특별한 의미가 없다고 혼잣말하는 동안,

57

잔디밭에서, 병원 진료실 아래쪽에서, 비명이, 휘파람 소리와 폭발음이 들려오고 있기 때문이다, 그는 진료실에서 헐떡거리며 사방으로 미쳐 날뛰고 있는 그레타와 브루노 하차투리안을 발견한다, 그리고 그는 여전히 떠올리고 있다, 그날 적었던 글의 한 문장, 그러자 그는 숲의 동물들이 겁먹거서 나무들과 수녀 사이로 다라나는 걸 보앗고 그는 마을에 아이들에게 눈을 감으라고 말햇고 그는 아이들을 주겻고 또 붉은 경찰이 숲에서 나왓을 때 그들은 공겨카라 공겨카라 소리 질럿고 또 그는 그들을 주겻다를, 그리고 그의 기억에 이 문장이 떠오르자마자, 그레타는 오늘 아침 의사의 두개골을 부수어 버린 망치를 움켜잡는다, 그레타는 망치를 휘두르며, 진열창을 부수고 잔디밭을 질주하는 특공대원들을 향해 창을 두드린다, 그레타는 유리 파편들, 뒤집힌 가구들, 시체들과 피와 최루탄의 강렬한 냄새 한복판에서 그저 하피[13]에 지나지 않는다, 그리고 이 하피가 울부짖는다, 그녀는 필리프 수녀가 최후의 말을 하지 못하리라고, 어차피 곧 끝나리라고 울부짖는다, 그리고 그는 만족감이 희미하게 자신에게 내려앉는 것을 느낀다, 그는, 기어코, 자신의 삶이 어떤 특정한 논리에 복종했으며, 반대의 상황에도 불구하고 원점으로 어느 정도 잘, 되돌아가고 있다고 생각한다, 그리고 그레타가 그에게 다가온다, 그녀는 자신의 망치로 그의 쇄골을, 그의 머리를 내리친다, 그리고 그녀는 그를 죽인다, 그리고 살인의 광기에 사로잡힌, 비인간적인 목소리로, 몇 번이고 그녀는 비명을 지른다, 곧 끝날 거야 곧 끝날 거야 곧 끝날 거야.

아, 그는 생각한다. 그리고 그녀는, 다시 한번, 울부짖는다: 곧 끝날 거야.

---

13. 여자의 머리, 맹금류의 몸을 한 괴물 혹은 폭풍의 여신.

감사의 말

제 원고가 들어 있는 가방을 든 채 실수로 빠졌던 웅덩이에서 저를 끌어내 주셨던 마르타와 보리스 비엘루긴 님이 아니었다면, 저는 결코 문학적 기획을 끝까지 이끌어 나갈 수 없었을 것이며, 『보율가에서의 약속』의 최종 원고를 편집자에게 넘겨줄 수도 없었을 것입니다. 이 자리를 빌려 제가 정신을 되찾을 수 있도록, 엄청난 기지를 발휘하시어, 밧줄과 구명판은 물론, 아름다운 스코틀랜드 무늬 담요를 찾으러 가 주셨던 탁월한 두 분, 마르타와 보리스 님에게 뜨거운 감사의 말씀을 전하고 싶습니다.

제가 아마존 여행을 준비하는 데 귀중한 조언을 해 주셨던 라비알과 에드마 마와시 님, 그리고 제가 타고 있던 비행기가 납치되어 부에노스아이레스에 착륙했을 때, 자신의 아시엔다[14]에 저를 너그럽게 맞아들여 주셨던, 두 분의 친구이신 돌마르 동 님도, 당연한 말이 되겠지만, 저는 잊을 수 없습니다.

저녁 작별 자리에서 감미로운 가슴을 만지게 해 주셨고, 키스도 할 수 있게 해 주셨으며, 그렇게 『천국의 플라텔포펙』의 결말에 영감을 불어넣어 주셨던 밀리야 포르반 님에게도 감사의 말씀을 드립니다.

그라드 리트리프 님과 동반자 리우드밀라 님은 저에게 마르바슈빌리 기록보관소의 책임자를 소개해 주셨는데, 두 분이 소개해 주신 덕분에 저는 마르바슈빌리 화산의 일지에 접근할 수 있었으며, 또 그 덕분에 기록보관소를 지진이 집어삼켜 버리기 바로 직전에 제 이야기 『오랫동안 이른 시간 잠자리에 들어』에 필요한 몇몇 문장을 그 일지에서 제가 옮겨 적을 수 있었습니다. 이 세 분에게 감사드리며, 안타깝게도 이름도, 시신도 잔해 속에서 다시 찾을 수 없었던 기록보존관에게는 죄송할 따름입니다.

저의 소설 『저녁 작별 자리』는 올리우다 알라요미안, 드림

---

14. 라틴아메리카의 대농원.

67

리우라비엔코, 드림 리프치츠, 비엘라 카말레야, 미히 다자날, 롤라 가브라키스, 티리안 발라프론, 이디이네 타라메지안, 이리나 감, 이리나 니르바니안, 키리우차 갈바르, 도드나야 드란츠, 미마 크론슈타트, 솔로니아 카라카시안 님에게 커다란 덕을 입고 있으며, 이분들에게 진심으로 감사하다는 말씀을 드립니다. 때로는 일시적이고 제한적이었지만, 때로는 이와 반대로 상당했던 이분들의 도움이 없었더라면, 저는 글쓰기 계획을 끝까지 밀고 나갈 수 없었을 것입니다. 저의 감사한 마음이 크고도 결코 변함없으리라는 것을 이 여인들 모두가 알아주셨으면 좋겠습니다.

제가 『정의로운 자들의 태양』의 중심 주제로 선택하기 전까지 한 번도 소설적 반향을 불러일으킨 적이 없으며 대중과, 심지어 호수의 보호를 책임지는 당국에조차 전혀 알려지지 않았던 블루 호수의 비극적 탐험을 담은 미카 슈미츠의 모험을 이야기해 보라고 최초로 저에게 제안해 주셨던 그리고리아 발사미안 여사에게 감사드립니다. 조사에 착수할 수 있게끔 미카 슈미츠의 엽서를 마음껏 볼 수 있게 허락해 주신, 그리고리아의 부친 되시는 율리우스 리츠만 님에게도 감사의 말씀을 전합니다. 또한 기차역에서 자신의 시골집까지 몇 번이나 저를 데려다주시고 『정의로운 자들의 태양』의 첫 몇 페이지를 풍요롭게 해 줄 은밀한 대화를 그리고리아와 나눌 수 있었던 기나긴 오후에, 빌라에서 멀찍이 떨어진 곳에 머무시는 신중함을 보여 주셨던 그리고리아의 남편, 베르나르도 발사미안 님에게도 감사드립니다. 마지막으로, 어느 날 그리고리아와 제가 함께 샤워를 마치고 옷을 다시 입는 동안, 베르나르도 발사미안 님을 과수원에 붙잡아 두는 기지를 발휘해 주셨던 그리고리아 발사미안 여사의 정원사, 할파르 샤라노가르 님에게도 감사의 마음을 전합니다.

퐁디셰리[15]에서 우울증에 시달리던 27개월 동안 저를 맞아

---

15. 인도 동부 타밀나두주(州)에 인접한 도시. 17-18세기에

주셨고, 숙식을 제공해 주셨으며, 보살펴 주셨던 디아만테 자리알리안 님이 없었다면, 저는 결코 『무익한 금붕어』를 집필할 수 없었을 것입니다. 이 자리를 빌려 그녀에게 감사의 말씀을 전합니다. 또한 저의 회복과 이야기 선택에 있어서 의미가 없지 않았던, 환상적인 오렌지에이드를 매일 저녁 해 질 녘에 제공해 주셨던, 디아만테 자리알리안 님의 여동생, 미라 자리알리안 님에게도 감사드립니다.

저녁 작별 자리가 이어지는 동안, 제가 전혀 예상하지 못했던 순간에, 제 앞에서 알몸이 되셔서, 801호실로 가는 길을 제게 보여 주기 전에 하던 대로 똑같이 하라고 저를 격려해 주시고, 저를 데리고 손수 방으로 들어가는 친절함을 보여 주신 시바드라한 님에게 감사드립니다. 이 달콤한 만남이 없었더라면 『내일 수달들』의 열여섯 번째 장(章)은 쓰일 수 없었을 것입니다.

엄청난 정치적 식견과 북유럽 전복 세력과의 접촉으로, 제가 커다란 오류를 저지르지 않고 지하조직 '발폴리첼라'[16]뿐만 아니라 지하조직망 '흰-송곳니'[17]와 아이슬란드 급진 좌파 활동가들을 그려 낼 수 있게 해 주신 미리암 분더시 님이 포함되지 않는다면, 오늘 이 감사의 말은 아주 엉성해질 게 분명합니다. 만에 하나라도 저의 묘사에 부적절한 부분이 스며 있다면, 그 잘못은 그녀에게 있지 않을 뿐만 아니라, 그 책임은 오로지 작가인 저의 경솔함에 있을 뿐입니다. 조금도 주저하지 않고 미리암 분더시 님이 제게 제공해 주신 귀중한 정보에 더하여, 저는 생생하고 영원한 감사를 받을 만한 미리암 분더시 님의 우아함, 그녀의 웃음, 매 순간 그녀가 보여 주었던 가용성, 절대 그냥 지나칠 수 없는 그녀의 송아지 정강이 찜 요리 알라

프랑스령 인도의 수도였다.

16. 이탈리아 베로나 지방의 지역명이자, 이곳에서 생산되는 와인의 이름이다.

17. 잭 런던의 소설 『흰 송곳니(White Fang)』에서 가져온 이름.

로마나[18]를 덧붙이고자 합니다.

어려운 시기에 저를 지지해 주셨던, 제가 엄청난 신세를 진
여러 분들 가운데, 아주 특별한 자리를 마련해야만 하는 분들이
계시는데, 이분들은 바로 제가 이분들의 23층 집 발코니 난간에
다리 하나를 이미 걸친 다음, 아래로 투신할 생각을 하고 있을
때, 저를 위해 아낌없이 용기를 북돋워 주신, 타티아나 비달 님,
그녀의 남편 올라프 님, 그리고 두 분의 아기 카르멜리타입니다.
위로가 돼 주었던 이지적이고도 적절했던 두 분의 말씀과 귀를
찢는 듯한 카르멜리타의 울음소리가 없었더라면, 소설 『천국의
맥베스』를 저는 끝마치지 못했을 거라고 생각합니다.

제 단편소설 「두개골들의 목소리」의 등장인물 티모시 케리간과
프랑코 살리에리가 활용할 수 있게끔, 제게 스도쿠와 바둑의
규칙을 설명해 주셨던 로제 샤베르 님, 감사합니다.

제 소설 『팬데믹의 경야(經夜)』는 '파투'로 알려진 파트리시아
무라벤 여사가 영광된 희생정신으로, 자신의 어깻죽지에,
사타구니와 발목께에 난 흉터들을 저에게 보여 주지
않으셨더라면, 의학적으로 뛰어난 사실성을 갖추지 못했을
것입니다. 이 자리를 빌려 그녀에게 뜨거운 감사의 말씀을
드립니다.

소설 『길 가는 노파들』 초반부에 형사 쥘리앵 가르델에게
상당한 궁금증을 유발하는 인도 돼지 박제 컬렉션은 어떻게
보면 카사블랑카의 알차야 부부가 제게 빌려주신 것입니다.
개인 소장품이 경건하게 보관되어 있는 방에 들어갈 수 있도록
해 주시고, 사진을 찍을 수 있게 허락해 주셨으며, 여든여덟
마리 인도 돼지 각각의 존재와 성격상의 특성을 저에게 상세히
들려주시는 수고를 마다하지 않으셨던 두 분에게는 무슨 말로도

---

18. 뼈가 붙은 송아지 정강이 고기를 토마토와 백포도주와
함께 찐 이탈리아 요리.

충분히 감사를 표할 수 없을 것입니다.

상파울루 중앙도서관에서 소설『쿠루구리의 난파선』을 위한 자료 조사에 제가 열중하고 있을 때, 동일한 종류의 괴상망측한 박사 학위급 서적들과 함께 처박혀 있던 무거운 책 한 권이 위 칸에서 떨어지는 일이 발생했는데, 그 책이 제 얼굴 앞으로 떨어지면서 그만 이마를 베였습니다.『현대 브라질 문학 속 채소와 구근류의 이름』을 조사하고 설명하기 위해 투피-과라니어[19] 사전을 거덜 내는 데 몇 년을 바친 이 책의 저자에게 저는 그 어떤 감사의 표시도 하지 않을 것입니다. 반면에, 철철 흐르는 제 피와 일부 대학들의 쓸모없는 작업에 깜짝 놀란 상태로, 제가 양차 세계대전 사이에 쓰인 이 저서의 검은 강낭콩들에 할애된 160페이지 분량의 어느 장(章)을 뒤적이고 있을 때, 제 상처를 틀어막아 주었던 젊은 견습 사서, 베누스 비에이라 양을 언급하려고 합니다. 응급처치를 마치자, 베누스 비에이라 양은 제 상처의 상태를 면밀히 살펴보려고 자신의 집으로 저를 초대했습니다. 그녀와 함께 보낸 며칠 밤을, 그녀의 머리카락에서 나던 계피 냄새도, 저의 이마는 물론 다른 곳도 극적으로 달래 주었던 그녀의 대담한 애무도, 저는 결코 잊지 못할 것입니다.

이 자리를 빌려, 저는 욕야카르타에서 40주 동안 수감 생활을 함께했던 동료 수감자들에게, 공로에 따른 서열을 정하지 않고 진심으로 감사드리며, 특히 침대 위층의 수감자들이 저를 강간하는 걸 금지해 주셨고, 플라스틱폭탄[20]에 심긴 감속제의 까다로운 사용법을,『구름이여 안녕』에서 상세히 기술했던 바로 그 까다로운 사용법을 저에게 가르쳐 주셨던 감방장 무슬림

---

19. 브라질의 아마존강 유역과 브라질 동해안, 파라과이에 이르는 남아메리카 동부의 광대한 지역에 퍼져 있는 언어. 브라질에서 쓰이던 투피어와 파라과이에서 쓰이고 있는 과라니어에서 왔다.

20. 타이머가 달린 사제(私製) 폭탄. 5초부터 1분까지 폭발 시간을 설정할 수 있다.

펑에게 특별히 감사드립니다.

프로스펙트 샤우미아나-네프스키 프로스펙트[21] 왕복 전동차에서
저를 위해 자리를 양보해 주신 분에게 진심으로 감사드리며,
그분 덕분에 레닌그라드에서 저는 마리아 로바노바가 옆에서
흥얼거렸던 노래 「단풍나무」의 가사를 받아 적을 수 있었습니다.
아울러 이 자리를 빌려, 러시아 가곡에 대한 수많은 정보를
주시고, 찾을 수 없는 예세닌의 여러 시를 옮겨 적어 주셨으며,
또한 저와 함께 라도가 호텔에서 환상적인 이틀 밤을 함께 보내
주셨던 그녀에게 감사드립니다.

마찬가지로, 제가 『천국에 있는 지옥』을 끝마치는 데 성공하지
못했을 때 비탈길을 다시 올라갈 수 있도록 도와주셨던 분들
가운데, 보페 형제에게 감사의 마음을 표현하지 않을 길이
없는데, 보페 형제는 자신들의 뿌리인 슬라브어와 루이지애나의
노래를 결합한 음악과, 제가 이 자리에서 온 마음과 두 귀를 다해
사후(死後)에 감사를 드리는 음악가, 구스타프 말러의 교향곡
아홉 곡을 번갈아 연주해 확실히 저를 달래 주셨습니다.

이 감사의 말들은 저녁 작별 자리에서 『황혼의 연기(煙氣)』의
9장에서 제가 묘사하고 있는 성행위를 하기 위해 불이 밝혀지지
않은 한적한 어느 규방으로 저를 데려가, 남편과 남편의 경호원
세 명이 그녀가 어디로 사라졌는지 알아내려 애쓰는 동안, 어느
옷장에 저와 함께 숨어들어 거기서 계속 성행위를 함께했던
리타 보티첼리 씨를 빼놓는다면, 상당 부분 그 가치를 잃고 말
것입니다.

술탄 라비비의 개인 코끼리를 탈 수 있게 도와주셨을 뿐만
아니라, 막다른 길로 향하고 있는 저희를 보시고는 코끼리에서
내릴 수 있도록 도와주셨던 프란다 투마라라나 님에게

---

21. 러시아 상트페테르부르크 주요 대로의 이름과 같지만,
이 도로명이 현실의 이 대로를 가리킨다고 말할 수는 없다.

감사의 마음을 전하는 것은 오늘 저만의 특별한 기쁨입니다. 이 에피소드는『굿바이, 로메오』에서 사실에 거의 부합하게 반영되었습니다. 프란다 투마라라나 님이 없었더라면, 분명 작품은 끝을 제대로 맺지 못했을 겁니다.

저는 도시 지역에 위협적인 종족들, 특히 식인종, 이절단(耳切團)원시족,[22] 폴포트주의자[23]와 두개골축소종족[24]을 다시 들이자는 저의 제안에 대해 당국이 후속 조치를 취하지 않은 것을 유감스럽게 생각합니다. 이 재영입으로 대도시에서 생물의 방대한 다양성이 보장될 게 확실시되며, 저는 그것이 제 소설『원점』과『끝없는 터널』에 더욱 사실적인 입체감을 부여할 수 있으리라 기대했습니다. 같은 병동에서 저와 2년 동안 감금되어, 저의 이런 견해를 공유해 주셨으며, 외압에도 굴하지 않고 우리들의 무조건적인 석방을 주장함과 동시에 감금 조치에 항변하는 탄원서 하단에 자신들의 이름으로 서명해 주신 정신병원 입원자 여섯 분에게 감사드립니다.

이리가엘 버그볼, 다마 버그볼, 사슈카 버그볼, 안데리아 버그볼, 그리고 어린 아비마엘 버그볼의 도움 덕분에, 저는 근처 공장에서 폭발이 일어난 이후,『가짜 5인 가족』의 집필과『팬더모니엄의 일기』의 초고에 필요한 자료들과 나탈리아 버그볼을 묻어 버린 잔해를 걷어 낼 수 있었습니다. 이분들의 사심 없는 도움이 없었다면, 저는 이 두 책을 다시 작업하는 데 필요한 용기를 내지 못했을 겁니다. 비록 그녀의 상태로 인해 잔해를 걷어 내는 작업에 참여하지는 못했을지라도, 저는 당연히 제 감사의 목록에 나탈리아 버그볼 양을 포함시킬 것입니다.

---

22. 귀를 절단하는 의식을 행하는 아프리카 원시 부족.

23. 캄보디아의 독재자이자 '킬링필드'의 주도자인 폴 포트의 추종자들.

24. 두개골을 주먹 크기로 축소하는 의식을 행하는 아마존 인디언.

디오도라와 반제르 말펑할 부부는 당연히 종말의 초기 단계로 여겨지던, 저 유명한 운석 비가 라트비아의 엘가바에서 내리는 동안 저에게 문을 열어 주셨습니다. 당시 저는 두 분에게 완전히 낯선 사람이었으며, 저는 이분들의 행동에서 대도시들의 인류가 불리한 상황과 대격변에도 불구하고 명예롭게 살아남을 수 있으리라는 증거를 목도합니다. 관대하게 문을 열어 주신 덕분에, 저는 다음 날부터 엘가바에서 저의 남은 삶을 이어 갈 수 있었고, 훗날 『푸른 우간』 2부의 마지막 대목을 쓸 수 있었습니다. 도시의 화재와 뒤따른 공황 상태로 인해 제가 이분들을 영원히 잃고 말았지만, 두 분을 제가 잊지 않는다는 것을 디오도라와 반제르 부부가 알아주셨으면 합니다.

『살인자의 변신』을 집필하는 동안 불평 없이 저를 지지해 준 제 여동생 비르지트와, 저를 지지해 주지는 않았지만 이듬해에 이 두꺼운 책의 교정쇄를 인내심 있게 다시 읽어 준 매제 로베르토에게도 감사를 전하며, 십중팔구 풀릴 것 같지 않았던 문법상 일치의 문제들[25]과 관련해, 그의 현명한 조언을 따를 수 있어서 기뻤습니다.

이 자리에서 고마운 마음을 표하고 싶은 이들 중에, 여러 차례 불청객들의 접근을 저에게 경고해 주었고, 제가 손님방에 숨어서 죽은 척하고 있는 동안 보기 드문 영리함으로 이들을 붙잡아 두었던, 여동생 비르지트의 강아지 람세스를 언급하지 않는 것은 제게는 다소 부당한 일로 보입니다.

저녁 작별 자리에서 술에 취한 상태에서였건 다른 이유에서였건 자신들의 경이로운 육체의 희열을 맛보게 해 주겠다고 제게 약속하셨던, 라일라 드롬셀, 마리온 테르베니안, 지나 무르마둑 님에게도 감사드립니다. 비록 그 약속은 지켜지지 않았지만, 제 마음속에 영원히 새겨졌고, 약속했다는 사실만으로도 저에게

---

25. 프랑스어에는 여성/남성 혹은 단수/복수에 따라 문법적으로 까다로운 각종 '일치'의 문제가 발생한다.

깊은 감동을 주었습니다.

홍콩의 벨기에 영사관 소속 기상학자 모르헌플라트 부인의
설명을 주의 깊게 듣지 않았더라면, 제 소설 『대홍수』는 폭우가
쏟아지는 장면에서 개연성을 하나도 확보하지 못했을 것이며,
부인은 태풍에 관한 저의 어설픈 지식을 모두 꼼꼼하게 수정해
주셨고, 영사관에서 제공한 저녁 만찬 이후, 동남아시아의 열대성
폭풍과 저기압 현상과 관련해 영사관과 벨기에 전반에 관한 모든
비밀문서를 열람할 수 있도록 저에게 허락해 주셨습니다.

현재 모든 활동에서 은퇴해서, 마샤와 스테판이라는 신분으로
지극히 정상적인 삶을 살아가고 있는 제 전직 기관 동료들의
아들, 어린 페티아를 저는 언급하지 않고 넘어갈 생각이
없습니다. 어린 페티아는 제가 『공장 속의 얼굴들』의 첫 장을
쓰기 시작했을 때 말을 하기 시작했습니다. 어린 페티아와 그
아이의 네발로 기어다니던 수많은 친구들과 나눈 대화는 『공장
속의 얼굴들』의 살인자들이 붙잡는 데 끝내 성공하지 못하는
소년, 두블롱이라는 작중인물을 설정하는 데 커다란 도움이
되었습니다. 만에 하나 부모의 잊힌 잘못에 대한 보복으로
어느 날 살인자들이 그 아이를 찾는 일에 착수하겠노라
마음을 먹더라도, 물론 저는 어린 페티아가 이 살인자들로부터
도망치기를 간절히 바랍니다.

프라하 유대교회당의 기록관리원 A. T. 양에게 감사드립니다.
저와 함께 프란츠 카프카의 생년월일을 찾아보는 일이 헛수고로
돌아간 이후, 그녀는 느닷없이 저녁 식사를 하자며 동네
술집에 저를 초대했는데, 그녀의 남자 친구가 술집으로 난입해
자신이 직접 그녀를 데려다주겠다는 의사를 분명히 표출하지
않았더라면, 저는 그곳에서 그리 멀지 않은 곳에 위치한 그녀가
사는 건물까지 그녀를 데려다주는 걸 어쩌면 수락했을지도
모르겠습니다.

첫 소설 제목으로 제가 '이중성에 관한 에세이'를 염두에 두고

있었을 때, '모아 놓은 고기들에게'로 제목을 달자고 제안해 주신, 당시 저의 편집자였던 맬컴 오카다 씨에게 감사드립니다.

저의 형사 호러스 허시가 사건의 핵심을 되찾는 데 전혀 도움이 되지 않았던 미로 같은 추론 속에서 제가 길을 잃고 헤매고 있을 때, 난항을 겪고 있는 저를 보았던 사브티에에로이크가(街)의 카페 주인은 직권으로 계피향 뱅쇼를 다섯 잔이나 계속해서 제게 따라 준 적이 있습니다. 제가 『모리투리』의 열세 번째 장에 나오는 온갖 쓸모없는 잡담을 취소하고 호러스 허시를 죽이기로 결정한 것은 기운을 돋워 주는 이 음료를 마신 직후였으며, 덕분에 책의 가독성이 훨씬 좋아졌습니다. 중요하고도 극적인 전환과 명백히 연관되어 있기에, 감사드릴 분 중에서 사브티에에로이크가의 카페 주인을 반드시 언급해야 하겠습니다.

제가 영원히, 아니면 적어도 앞으로 계속 감사드려야 할 또 다른 분은 바로 타라셴코 부인인데, 비슈케크[26]에서 격리되어 있을 때 저는 그녀가 의료 비서로 근무하던 산부인과 맞은편에 위치한 병원에서 그녀와 자주 전화 통화를 하곤 했고, 3주간의 긴 강제 격리 기간에 그녀는 비슈케크에서 저의 유일하고도 진정한 대화 상대였습니다. 우리가 나눈 대화의 내용은 제 단편소설 「키르기스스탄의 혼돈」에 부분적으로 재현되어 있으며, 잠재적 페스트 환자였던 저의 병실로 그녀가 수고를 마다하지 않고 몇 번이나 친절하게 배달해 주셨던 양고기 꼬치에 대한 설명도 여기에 실려 있습니다.

가장 큰 열정과 감동으로 일리니아 얌과 밈나 아갈디부크에게 감사드려야 할 시간이 왔습니다, 두 분이 아니었더라면, 그녀들의 포주이자 사촌이었던 자들이 저를 가두었던 헛간에서

---

26. 소비에트사회주의공화국연방을 구성하는 공화국(1936-1991)이었다가 소련 붕괴 후 독립한 키르기스스탄 공화국의 수도.

저는 절대로 빠져나오지 못했을 것입니다. 그녀들의 결정적인 개입이 없었더라면, 저의 후속 작품들은 줄줄이 사후에나 출간되었으리라고 저는 감히 말씀드릴 수 있습니다. 또한 일리니아 얌의 엉덩이였는지, 밈나 아갈디부크의 엉덩이였는지 더 이상 알 길이 없어 애석하긴 하지만, 저는 그녀들 중 한 명의 왼쪽 엉덩이에 있던 아름다운 점을 제가 죽을 때까지 기억할 것입니다.

제가 『'타이타닉' 좌현에서』를 집필할 당시, 다른 신분으로 살고 있었으며 단 한 번도 '마르타'라고도, '골단스카'라고도 불리지 않았던 마르타 골단스카 양에게도 마찬가지로 진심으로 감사드립니다. 공개적으로 언급되는 것을 그녀는 싫어했을 게 분명하지만, 저는 만약 그녀가 이 글을 읽는다면, 자기 애기임을 알아차리리라 확신합니다.

원고가 든 제 여행 가방 세 개를 분실한 마나과[27] 공항의 수화물 담당자와, 그 가방을 전해 받고서도 아무런 반환 조치를 하지 않아 5년간 공들인 작업의 결실을 저에게서 앗아 갔던 마나과-테구시갈파[28] 비행기에 탑승했던 묘령의 여성 여행자를 여기서 언급할 필요가 있겠습니다만, 이들이 저에게 어떠한 감사도 기대해서는 안 된다는 걸 여러분은 이해해 주실 것입니다.

저는 아벨 다라단스키, 도널드 복스, 로움 마르차디안, 올레그 스트렐니코프, 치코 라우시, 아나벨라 장비에, 일다 로르카, 가말 트레티아코프, 사이먼 타샤, 야크 페리칼리, 우르반 자왈리프스키, 앙리 루비에, 페르난다 사오리, 미나 르갈랭, 마루시아 베그얀, 윌프리드 리베로, 노르만 헤드라드, 위베르 플리소니에, 로랑 우댕, 장클로드 카메롱에게는 감사하지 않는데, 이들의 악의적 비판과 천박하고 같잖은 비평, 용서하기 어려운 침묵은 제 책들이 실패하는 데, 제가 속해 있지도 않으며

---

27. 니카라과의 수도.
28. 온두라스의 수도.

전혀 공감하지도 않는 난해한 작가들의 그룹 한복판으로 제가 추락하는 데 엄청난 영향력을 행사했습니다.

반면에, 제가 발파라이소[29]의 최하층 세계를 발견할 수 있게 해 주셨고, 또한 일이 잘못되었을 때 거기서 저를 빼내 줄 방법을 알고 계셨던 리자 파바로티 님에게는 정말로 감사드립니다. 그녀 덕분에, 저는 선원들의 소굴에서 세 차례의 구타와 컨테이너선 리골레토호의 조종사가 예고했던, 마침내 단명하고 만 저의 술친구 람 아퀼리노를 난자했던 열여덟 번의 칼질을 피할 수 있었으며, 여기서 제가 리자 파바로티 님에게 그리운 안부 인사를 전하는 것은, 제 소설 『악당들의 학교』에서 등장하는 눈부신 무명의 매춘부가 그녀와 아무런 연관이 없는 건 아니기 때문입니다. 과부가 된 람 아퀼리노의 아내에게는, 이 자리에서 그녀의 슬픔을 달래거나 몹시 비통한 제 마음을 그녀에게 확인시켜 줄 어떤 말도, 저는 그녀에게 건넬 수 없습니다.

리에나 바벤코 님은 제가 체르노빌 금지 구역을 탐험하는 동안 저의 세면도구들과 수첩을 보관해 주셨습니다. 리에나 바벤코 님의 집에서 기운이 회복되는 샤워를 한 다음, 저는 면도 후에 바를 화장품과 깨끗한 시트를 기쁜 마음으로 다시 발견했고, 그녀는 저의 피폭을 전혀 탓하지 않고 아주 적절한 순간에, 시트 사이로 주저하지 않고 미끄러져 들어오셨습니다. 이렇게 제 물건을 맡아 주시고, 기대하지 않았던 포옹도 해 주셨으니, 리에나 바벤코 님은 관대하고 사심 없는 우크라이나식 애정의 본보기로 제 기억 속에 남아 있을 것입니다.

이 기회를 빌려 제 유일한 희곡 작품 「드잔의 깨어남」을 공연 목록에 용기 있게 포함시켜 주시고, 완전히 빈 객석을 앞에 두고 이틀 밤을 연달아 이 작품을 공연하셨으며, 더구나 공연의 즐거움을 마다하지 않고 관객들의 확연한 부재 따위에는 전혀

---

29. 칠레의 수도 산티아고에 가까운 항구도시. '천국의 골짜기'라는 뜻.

중요성을 부여하지 않은 채, 애착을 갖고서 그다음 토요일에도 세 번째 공연을 감행해 주었던, 극단 '아름다운 나날들'의 작업에 애정 어린 찬사를 보내지 않는다면, 저는 제 자신을 끔찍이도 배은망덕한 인간이라고 느끼게 될 게 분명합니다.

눈보라가 치는 와중에 거의 알려지지 않은 원격 통신 기술을 다룬 점자 작품들을 제공해 주셨던 북부 캐나다 시각장애인협회의 강력한 지원이 없었다면, 제 책들에서 시각장애인들이 등장하는 장면은 결코 지금과 같지 않았을 것입니다. 게다가 제가 나운이라고 부를 수 있게 허락해 주고 놀라운 속도로 점자를 번역해 주신 도서관 사서 나운란 론스달 양의 숙련된 손가락이 없었더라면, 저는 이 작품들을 해독할 수 없었을 것입니다. 나운란 론스달 양의 부드러운 목소리는, 열심히 배울 수 있었던 그 시간을 제가 회상할 때면, 잊히지 않고 여전히 울려 퍼집니다. 저는 제가 수집했던 정보들을 사용하지 않았고 눈 폭풍이 포효하는 한복판에서 구조를 청할 수단도 없이, 제 여자 주인공 마리아 바흐만을 그렇게 포기하고 만 것을 지금은 후회하고 있지만, 같은 책 『마들렌 폴포의 폭풍우』에서, 마을의 어느 머저리 앞에서 독백하는 젊은 시각장애인 여인에게서 나운란 론스달 양을 어려움 없이 알아볼 것입니다.

저를 위해서 『네크로노미콘』의 저자, 아랍인 광인 압둘 알하즈레드의 거주지 주소를 찾아 주셨고, 그곳에 직접 가서 책이 실제로 존재했으며 이 책의 유명한 저자가 743년 다마스쿠스에서 사망하지도 않았고, 미치지도 않았으며, 전설적인 인물도 아니었다는 것을 확인해 보라고 단호하게 저를 부추겨 주었던 제 친구 프레도 창에게 감사를 전합니다. 비겁하게도 저는 브뤼셀의 몽타뉴오쇼드룽가 9번지를 방문하려 서두르지 않았는데, 프레도 창에 따르면, 그 시인은 거기에서 상당히 큰 아파트에 살고 있었다고 합니다. 저는 그 대신 러브크래프트[30]적인 요소가

---

30. Howard Phillips Lovecraft (1890-1937). 미국의 호러·판타지·과학소설가.

전혀 없는 그 호화로운 저택에 대해 메모했고, 제 소설『새로운 삶』에서 그 저택을 묘사한 바 있습니다.

저녁 작별 자리에서, 아름다운 에밀리아 토글리아티 씨는 제가 수작을 걸자 응해 주셨고, 15분이 세 번 흐르는 동안 우리는 9층의 어느 욕실에 들어박혀 그곳에서 환상적인 육체관계를 맺을 수 있었습니다. 그 고립된 시간 동안 일어난 일에, 제 주위 사방으로 날아다니던 에밀리아 토글리아티의 머리카락에, 그녀의 창의적인 광란과 탐닉에, 마찬가지로 환영 행사가 열리고 있던 층으로 우리가 다시 내려가면서 그녀가 저에게 했던 말에, 예외적인 이 여인에게 저는 영원토록 감사할 것입니다. 그녀가 엘리베이터 안에서 제 귀에 대고 속삭였던 사랑 고백은, 의도적으로 조금 덜 개인적인 방식으로나마『선창(船倉)의 미광』의 말미에 재현되었습니다.

잉카의 어느 유적지로 함께 여행을 갔던 사파타 서커스 곡예사들에게 저는 잊지 않고 감사를 전하려 하는데, 이분들은 제가 소설『천국의 말론』에 몰입하고 있던 순간에, 보다 정확히 말하자면, 어리석게도 제가 작중인물 모르데카이 말론의 현기증을 떨쳐 내는 능력을 시험해 보고 싶어서, 가장 가까운 오솔길에서 5미터 아래, 와이나픽추와 마추픽추 사이에서 공포에 질려 기절했던 바로 그 순간에 결정적으로 개입하신 바 있습니다. 곡예사들은 인간 사슬을 만들어 모르데카이 말론과 저는 물론, 향후에 발간될 책, 이 모두를 구해 주셨습니다.

라다 페티그로스, 밀리야 산탄덴, 비키 뮐러, 아나스타샤 루코바야, 라야 우르둑 양에게 진심으로 감사드립니다. 그 이유는 이분들이 알고 계십니다.

호랑이에게 감사하는 건 이례적일 것입니다. 그럼에도 불구하고 저는 싱가포르 동물원의 암컷 호랑이 한 쌍에게 감사의 말을 전하려 하는데, 마오타이주를 잘 마시는 저보다 자기가 위스키를 훨씬 잘 마신다고 주장하던 마리오 부마푸트락이라는 작자와 함께 술을 정말로, 정말로, 정말로 많이 마시며 저녁을 보낸 후, 야밤에 저는 두 마리의 이 멋진 짐승이 사는 곳에 침입했습니다. 일단 울타리 안으로 들어간 저희에게 더 이상 마실 것이 없어지자, 제 동료가 제게 시비를 걸어왔습니다. 수컷이 우리 안에서 으르렁거렸으나, 주정뱅이들의 싸움에 관심을 보인 두 마리 암컷과는 달리, 수컷은 우리 밖으로 나오지는 않았습니다. 저는 마리오 부마푸트락을 갈기갈기 찢어 죽임으로써 그 즉시 제 편을 들어 준, 더구나 마오타이주 냄새로 잔뜩 전 제 입냄새를 매우 역겹다고 여겨 주었던, 그 두 마리의 힘센 암컷 동물에게 감사드립니다. 그 암컷 호랑이들은 마리오 부마푸트락을 나누어 가졌고, 제가 울타리를 다시 넘어가 바깥세상과 구덩이를 구분하는 철조망을 천천히 기어오르게 내버려두었습니다. 저에게 베푼 그들의 호의에 대해, 이 자리에서 그 두 마리 암컷 호랑이를 언급할 필요가 있을 것 같습니다.

저는 아주 당연하게도, 텔레비전 진행자 오메르 파라오네 씨에게는 감사하지 않습니다. 그 이유는 그가 알고 있습니다.

부파리크[31]의 신비한 조류 묘지의 관리인, 와실라 사르파던 부인에게 감사드립니다. 무덤 사이에서 제가 길을 잃었을 때 저를 안내해 주었을 뿐만 아니라, 저를 위해 대머리따오기의 불협화음 노래를 흉내 내려 애써 주셨기 때문인데, 저는 『조개 무더기』의 마지막 부분에 이 노래를 삽입하는 걸 단념하고 말았지만, 그럼에도 불구하고 이 작품에서 따오기들은 무시할 수 없는 역할을 합니다.

저의 시각장애인 친구들, 이리나와 빅토르 다르박체예프 부부에게 저는 이론의 여지가 없을 정도로 엄청난 신세를 졌다고 느낍니다. 제가 『무덤으로 가기 전 마지막 총살』에서 보고하려 했던 볼로그다 대학살 당시, 두 분은 자명한 이유로 총격전에

---

31. 알제리 블리다 지방에 있는 마을로, 수도 알제에서 약 30킬로미터 떨어져 있다.

직접 참여하실 수는 없었지만, 반드시 필요했던 탄약통과 탄창을 몇 시간 동안 저에게 내주셨습니다.

저는 몹시 그리운 나디엔카 김과 19년 동안 사랑의 서신을 주고받았습니다. 제 편지가 모두 들어 있던 여행 가방 두 개를 저에게 돌려주겠다고 제안해 주신 그녀의 남편 김병천 씨에게 감사드립니다. 여행 가방은 운송 중에 파괴되었는데 저는 그렇게 함으로써 운명이 현명함을 보여 주었다고 생각합니다. 사실 제 서간체소설 『미래의 과부』에 이 편지들을 그대로 수록하면 저는 양심의 가책을 느끼게 될 게 뻔했고, 다른 한편으로 이 편지들을 다락방에 방치해서 처참히 훼손되게 놔두고, 먼지와 망각에 노출되게 하는 일도 저는 질색했을 것입니다.

작성하는 게 몹시 즐거운 이 목록이 어쨌든 끝나더라도, 익명으로 출현해 제 소설의 이러저러한 에피소드에 참여했거나 자신감을 잃지 않도록 저를 도와주셨던, 개별적으로나 집단적으로나 사안들에 대한 저의 인식을 바꿔 주신 제 책의 독자분들을 포함해 수천 명의 사람이 이 목록에 없음을 저는 유감스럽게 생각합니다. 이 수천 명의 생존자에다가 제가 수백만의 사망자를 추가하기에 셀 수 없을 정도라고 말해야 할 이 대중 가운데에서, 저는 남성들, 여성들 모두의 깃발을 들고 계신 분이요, 남성들, 여성들 모두의 이름으로 받아들여지고 있는 분인 게라심 프로코피에프 씨에게 이 모든 사람을 대신해 매우 각별한 감사의 말씀을 드리며, 부토프스키 수용소[32]의 처형자 목록에서 발견할 수 있는 그에 대한 통지문을 여기에 옮겨 적어 봅니다: 프로코피에프 게라심 이바노비치, 1880년, 모스크바 지역, 자고르스크 지구, 골리기노 마을 출생, 러시아인, 초등교육, 소속 정당 없음, 시립 병원 2호

---

32. 군부대 사격 훈련장으로 쓰이다가 1937-1953년 스탈린의 테러 정치 시기, 특히 1937-1938년에 거의 21,000명의 사형수가 사격 연습하듯 처형되었다. 이 책의 마지막 단편 「내일은 어느 아름다운 일요일이리라」의 '부토보'에 해당한다.

간호조무사. 주소: 모스크바, 칼루츠카야주(州) 울리차, 22번지, 5동, 45호 아파트. 1938년 3월 1일 체포. 1938년 6월 3일 지역 내무인민위원부[33]의 트로이카에 의해 재판. 기소 내용: 1937년 12월, 자신에게 맡겨졌던 소책자「소비에트 최고 회의 선거 규정」을 파기하고, 근무시간과 근무 일수 연장에 대해 불만을 표명함. 1938년 6월 27일 총살. 모스크바 지역 부토보에 매장.

---

33. 1934년부터 1946년까지 존재했던 소비에트사회주의공화국연방의 내무부이자 최고 정보기관. 재판, 판결, 사형선고는 특별히 임명된 3인의 관리위원회인 내무인민위원부 트로이카에 의해 이루어졌다. 훗날 국가보안위원회(KGB)가 된다.

보그단 타라셰프의 작품 속 침묵의 전략

장 발바얀이라는 필명으로 알려진—작가와 관련해 '알려진'이라는 단어가 어떤 의미를 갖는다면—보그단 타라셰프의 서거 50주년을 기념하는 어떤 행사도 열리지 않을 것이다.

우리는 여기서 이 독특한 작가의 여정을 환기하고, 지금까지 견줄 만한 작품이 없었던 것으로 보이는, 그의 작품이 갖는 특이성을 아주 각별하게 살펴볼 것이다. 등장인물들에 주어진 이름에서 다양성의 결여를 나타내는 기법이 바로 그것이다. 극의 수준에서 잘 정립되고 명확하게 구별되는, 주인공들과 심지어 조연들조차 독자들이 혼동하는 경향이 있을 정도로 음성적으로 아주 인접한 정체성을 갖고 있다. 우리가 나중에 언급할 산문들에서, 예를 들어 타라셰프는 자신이 연출하는 살아 있거나 죽은 모든 형체들을 불프, 발레프, 볼루프, 블라프, 그리고 폴프라고 명명하고, 또한 최후의 텍스트에서는 오로지 볼프라는 이름만 사용했다.

등장인물들 이름의 이와 같은 획일화는 예술가의 단순한 변덕에 해당하지 않는다. 이 획일화는 단호한 문학적 방향성처럼 분석되어야 하며, 우리가 알고 있는 타라셰프의 삶과 연관 짓는다면, 또한 가장 급진적인 무(無)의 철학들을 고수하려는 몸짓처럼 이해되어야만 한다.

보그단 타라셰프는 2017년 장 발바얀이라는 이름으로, 어떤 추리물 시리즈의 글을 출간하면서 작가로서의 경력을 쌓기 시작했다.

그의 형사들은 원폭 이후의 도시 밀집 지역들과 유사한 범세계적이고 불확실한 도시들에서 활동하며, 전쟁 이전에 여행자가 티베트나 몽골고원을 아직 여행할 수 있었던 것처럼, 감시 없는 수용소들과 사방으로 열린 대초원들을 부차적인 배경으로 삼는다. 문학적 아방가르드의 인공적인 복잡성과 보조를 맞추지는 않지만, 타라셰프의 글쓰기 방식은 대중적 리얼리즘의 스타일이나 심지어 그 전통과도 단절한다. 추리소설의 범주를 벗어나지 않으며, 이야기에서 범죄 수사가 중심을 차지하지만, 그 설정이 예사롭지 않다. 배경은 항상 정치적 혼돈과 밤이다. 등장인물들은 거의 말하지 않는다.

독자에게 알려진 어떤 세계에서 활동하기보다 그들은 혼탁한 지옥으로 뛰어들며, 모호한 의식(儀式)을 완수한다. 활동이 전개되는 세계는 지적인 야만, 선전과 거짓 위에서 굴러가는, 그 자체로 폐쇄된 전체주의적인 사회를 기반으로 삼는다. 형사들, 희생자들과 살인자들은 그 안에서 길을 잃고, 몇몇의 드문 포스트엑조티시즘 추종자들을 제외한다면, 독자들은 마지막 페이지까지 그들과 함께 방황하려 하지 않는다.

추리물의 독자가 글을 제 것으로 만들고 독서에서 즐거움을 맛보려면, 독자는 반드시 독자 개인의 세계와 책의 세계 사이에 친숙한 관계를 확립할 수 있어야 한다. 형사는 정의의 승리나, 적어도 진실의 승리를 목표로 하는 명확한 수사를 주도해 나가야 하며, 인물들은 도덕적 가치가 가시적으로 드러나는 규칙들에 따라 움직여야 한다. 독자는 제 삶을 이끌어 가면서 혹은 다른 책들을 읽으며 자신이 구체화한 자기 고유의 경험과 연관 지으면서, 자신이 읽고 있는 것을 번역할 수 있어야 한다. 이러한 조건들이 타라셰프의 서술 장치에서는 무시된다. 독자는 갑갑하고, 불안하고, 불투명한 어떤 모험 속에서 호의적인 구석이라고는 전혀 없는 존재들과 어울리고 있다는 인상을 받으며, 모험에 합류하도록 진짜로 초대받지는 못한 채 메아리와 두려움을 맞이한다.

돌이켜 보면, 지금 우리는 이 글들이 이례적인 독창성을 가졌다고 평가할 수 있다. 보그단 타라셰프는 평행 공간을 하나 만들었고 독자를 지속적으로 사로잡을 만한 강렬한 이미지들을 솟아나게 하면서 그 공간을 탐험했다. 그러나 완전히 솔직해지려면, 우리는 이 책들의 극적인 짜임새가 추리소설의 도식들을 전적으로 존중하면서도 추리소설 애호가들이 기대했던, 조마조마하게 만드는, 예의 그 특성을 갖추고 있지는 않다는 사실을 인정해야만 한다: 일화의 추리적 차원이 어둠과 침체의 초현실적인 효과들로 걸핏하면 방해를 받았던 것이다.

요약하자면, 장 발바얀이 서명한 이 다섯 권의 책은 대중에게 호소하지 않는다. 비평가들로 말하자면, 그들이 발바얀에 관해 견해를 표명하는 일은 거의 없다시피 했지만, 그랬을 때는 교수형에 처하는 것보다 훨씬 더 고약했다.

비평가들의 견해에 따르면, 발바얀은 추리 문학 작가들 사이에서 자신의 자리를 갖고 있지 못했고, 다른 곳에서는 더 말할 것도 없었으며, 서스펜스의 규칙에 숙달하지 못한 작가였고, 그의 이야기에는 꼬리도 머리도 없었으며, 주인공들에게는 사실성이 없었고, 더구나 소위 문학적 비순응주의라고 하는 것 뒤에 숨어, 모종의 분위기를 조성하거나 환경을 묘사하고 성격을 채색하는 데 있어서조차, 자신의 무능을 제대로 감추지 못하는 작가였다.

출판사는 발바얀의 작품을 좋아했지만, 총서의 평균치를 훨씬 밑도는 판매 부수와 관련된 부정적인 반응에 타라셰프가 제안했던 여섯 번째 원고를 받아들이지 않기로 했다. 분노에 사로잡힌 타라셰프는 원본을 회수해서 파기해 버렸다. 그는 통탄하는 목격자들 앞에서 과장된 태도로 원본을 불태우거나 하지 않았다, 그는 어느 야채 껍질 위에 떨어질지조차 살펴보지 않은 채 원고를 그냥 쓰레기통에 던져 버렸다. 그는 책을 되살릴 수 있을 초안들과 자기(磁氣) 플로피디스크 두 장도 똑같이 처리했다.

2021년이었다. 4년간의 출간 활동과 다섯 편의 비범한 소설을 끝으로, 장 발바얀은 사라지기로 결심했다.

보그단 타라셰프가 장 발바얀이라는 필명으로 집필한 작품들의 제목은 다음과 같다: 『공주와의 만남』, 『영혼들의 목동』, 『마야요는 로베르 마야요를 부른다』, 『탐지르의 하녀들』, 『세상의 모든 독극물』.

어떤 흔적도 남기지 않은 것으로 미루어 짐작하건대, 장 발바얀에 대한 기억은 재빨리 지워졌다. 출판계에선 마치 그가 존재하지 않았던 거나 다름없었다. 저작권을 소유하고 있던 블랙섬 출판사가 2025년에 규모가 더 큰 어느 출판사에 매각되었을 때조차 다섯 작품 중 어떤 것도—심지어 블랙섬의 카탈로그에서, 명백히, 가장 아름다운 작품으로 꼽혔던 『탐지르의 하녀들』조차—재출간되지 않았다.

보그단 타라셰프는 출간 경험을 수동적으로 겪어 냈다. 그는 그것을 기쁨 없이 겪어 냈고 무엇보다도 그것이 그에게 당혹감과 실망감, 굴욕감을 가져다준 바 있었으므로, 출간 경험을 되풀이하려고 애쓰지 않았다. 그는 침묵을 선호했고, 입을 다무는

쪽을 선택했다. 그는 23년 동안 입을 다물고 있었다.

우리는 책의 출간이 책에 서명한 자의 사회적 지위를 변화시킨다고 생각하는 지나친 경향이 있다. 우리는 성공을 생각하며 환상을 품고, 책 더미 뒤에서 황금과 호사를 보곤 한다. 우리는 갑자기 불어난 작가의 재산을 보면서 작가를 부러워하기도 한다. 그러나 실제로, 사회적 차원에서는 아무런 일도 일어나지 않으며, 예외적인 경우를 제외하고 출판사가 지급하는 금액은 솔직히 말해 아주 모욕적이다. 타라셰프-발바얀의 경우, 다섯 권의 책으로 그가 벌어들였던 돈은, 말하자면 건물 관리인이 새해 선물로 보름 동안 모을 수 있는 금액에도 채 미치지 못했다. 소위 명망이 높다고 여겨졌던 이 사회 활동의 결산은 이렇게 웃음거리밖에 되지 않는 한 줌의 달러로 환원되곤 했다. 여기에 지독한 몇몇 언론 기사, 그리고 그 이후 난처함이나 질투로 인해 친구들 대부분이 그와 결별했거나 그를 냉대했다는 사실까지 더해졌다.

보그단 타라셰프는 회계사 교육을 이수한 바 있었으며, 그것이 이미 심각했던 경제 위기에도 불구하고 그에게 안정적인 직업을 보장해 주었다. 2019년에 그는 처음에 자원봉사로 일했던 빈민을 위한 국제구호단체에 고용되었다. 그는 사반세기 동안 쾌적함이라고는 찾아볼 수 없는 어떤 사무실에서, 우리를 지배하는 자들의 국제적 범죄와 이 범죄가 지배당하는 자들을 상대로 벌이는 관용의 운동들[34]을 숫자의 형태로 지켜보면서 지냈다.

우리는 당시 그가 몇 편의 글을 썼다고 가정할 수는 있지만, 그 오랜 기간 그가 작가 활동을 했다는 구체적인 증거는 갖고 있지 않다. 겸손했기에, 그러나 또한 기회가 주어지지 않았기 때문에, 글쓰기 방식과 책을 통해 그가 전달하고자 했던 것에 관해 그에게 제때 물어보는 사람이 없었기 때문에, 보그단

---

34. 부유한 국가들이 가난한 국가에 제공하는 경제적 원조를 의미하며, 서구의 부유한 국가들은 이 운동을 통해 이들 국가를 지배하면서 더욱 가난에 빠트리는 범죄를 저지른다.

타라셰프는 작가의 삶에서, 창작과 자신의 관계에서, 상상력과 자신의 관계에서, 이 끝없는 침묵이 실질적이고 이론적으로 무엇을 의미하는지 어디에서도 이야기한 적이 없었다.

우리가 확인할 수 있는 한에서 말하자면, 그의 옛 편집자인 윌 필그림도, 어떤 독자들도, 가까운 지인들도, 다시 글을 쓰고 새로운 책을 출간하면서 계속해서 소설 세계를 구축해 나가라고 타라셰프에게 압력을 가하지는 않은 것 같다. 어떤 작가에게 이 같은 무관심의 낙인이 찍힐 수 있다는 것이 믿기지는 않지만, 현실은 그렇다. 세상사는 바로 이렇게 진행된다.

이 절대적인 침묵의 시간이 지난 후, 타라셰프는 어쨌든 문학의 현장으로 돌아온다. 그는 더 이상 가명 뒤에 숨지 않는다, 그렇다고 해서 자신이 이미 다섯 권의 책을 출간한 바 있노라고 어디서도 밝히지 않는다, 그는 자신이 장 발바얀의 작품을 쓴 장본인이라고 주장하지 않는다, 그리고 그의 진짜 이름, 보그단 타라셰프—문단에서는 완벽하게 알려지지 않은 이름—로, 그는 2044년에 새로운 작품 『여자 거지들의 거리』를 선보인다.

원고는 여러 출판사를 떠돌다가, 당시 프랑크 마르코비치가 이끌고 있던 람다 프레스에 간신히 받아들여졌다. 『여자 거지들의 거리』는 주제가 충격적이었기 때문에 망설임 끝에 받아들여졌으나, 도서검토위원회의 내부 보고서는 "문체의 차원에서 전혀 흔들림 없이 표현되는 독창적인 목소리"를 상찬하며 "평범하지 않은 문체의 격렬함은 언론의 놀라움과 상업적 반향을 크게 불러일으킬 것"이라고 평가한다.

출간 날짜가 엇비슷한 책들과 『여자 거지들의 거리』를 비교해 보면, 높은 수준의 글, 유달리 성공한 문학적 주제와 우리가 직면하게 되는 건 분명하지만, 이와 동시에 이 작품은 배경에 오점을 남긴다는 사실을 깨닫게 된다. 타라셰프의 소설은 사회적 재앙, 지구 한 지역 전체의 절대적인 빈곤을 묘사한다. 소설의 등장인물들은 군대와 마피아가 통제하는 식량 배급망에 접근하기 위해 서로를 죽이는 정신적으로 불구가 된 남자들과 여자들이다. 주인공들이 자신을 표현하는 시대, 도시들, 제도들, 언어들은 상상력의 산물이지만, 현대 서구 세계의 모든 요소를 담고 있는 하나의 반죽에서부터 고안되었다.

황폐하고 비참하게 변한 어떤 미래를 그리는 것 자체는 문학적으로 새로운 시도는 아니다. 미래예상문학[35] 작가들은 경제적 위기로 인한 사회적 불안이나 우리 지배자들의 정치적이고 호전적이거나 마피아적인 방황을, 때로는 세태문학의 위대한 고전만큼이나 강력하고 잊히기 어려운 이미지들이 훨씬 풍부한 작품들로 바꿔 놓음으로써 이 주제를 자주 다루었다.

그렇기는 하나, 『여자 거지들의 거리』는 미래예상 소설들과 같은 방식으로 구성되지 않았으며, 이 작품들과는 반대로, 어려움 없이 해독할 수 있도록 독자에게 제공되는 은유가 풍부하지 않다. 『여자 거지들의 거리』에서 등가와 유추는 존재하지만, 의도된 일치라기보다는 우연과 좀 더 관련이 있으며, 서술에 의해 설정된 세계는 오로지 그 세계 자체에만 연루될 뿐이다. 그 세계는 닫혀 있고, 더 이상 뒤바뀔 수 없을 정도로 완전히 왜곡된 익숙한 현실로 만들어졌다. 우리는 그것을 있는 그대로 인정해야만 하며 거기서는 우리의 세계와 동떨어진 어떤 묘사를 보지 말아야 한다.

다른 한편으로, 『여자 거지들의 거리』에서 산책은 미래예상문학이 일반적으로 제안하는 기분 전환 같은 것과는 비교할 수 없을 정도로 어둡다는 특성을 보이는데, 이는 배경이 어둡기 때문만이 아니라 공포가, 강렬한 내면의 혐오가, 특히 서술자 볼프의 정신적 붕괴가 소설에 강박적으로 스며들어 있기 때문이다. 서술자의 압도적인 말이 이 책의 첫 번째

---

35. '미래예상문학(la littérature d'anticipation)'은 미래의 이야기를 다룬 작품으로 구성된 문학 및 영화 장르를 일컫는다. SF와 연관 짓지만, 이 둘이 같지는 않다. 미래예상문학 작품은 가까운 미래(몇 년 또는 수십 년) 또는 더 먼 미래(수 세기 또는 수천 년)의 세계를 설명한다. 또한 작가들은 일반적으로 미래에 대한 현실적인 견해를 제공하려는 목적으로 미래에 발전되었을 것으로 추정되는 사실적 정보를 가져온다. 미래예상문학 작가들의 미래 리얼리즘에 대한 묘사는 시간이 지나 구체적 현실로 나타나기도 했다.

구상을 차지하며, 말은 사건이 전개되기 이전에 다른 모든 것보다 우선하여 제기되는데, 이것은 이야기를 알아 가는 데 반드시 요구되는 어떤 필터. 그렇기는 하나 『여자 거지들의 거리』의 처음부터 끝까지, 독자는 피가 낭자하고 진흙투성이인, 절대적으로 참기 어려운 어떤 불행의 내부로, 서술자에게로 이동한다. 독자는 볼프와 동시에 그 안으로 끌려가 진흙탕에서 벗어날 수도 없고, 기억과 반추, 또한 막힘과 침묵으로 가득한 볼프의 연설과 거리를 둘 수도 없다. 우리는 볼프의 말이 덫과 같은 기능을 한다는 말로 이러한 현상을 분석할 수 있다: 이 덫의 입구는 즉각 나타나고 발을 들이기 쉽지만, 탈출—이 말을 픽션 세계의 불편함과 독자의 편안함 사이를 오가는 일종의 왕복이라고 이해하기로 하자—은 독서가 진행되는 동안에는 가능하지 않다. 볼프의 세계는 끔찍한 횡단으로 귀착된다. 『여자 거지들의 거리』를 읽다 보면 정신이 몽롱해지지만, 그것 또한 끔찍한 횡단이다.

　『여자 거지들의 거리』는 전통이나 21세기의 40년대에 출간되는 작품의 서술 관습과는 아무런 관련이 없다. 이 책의 주제보다 이 도드라진 차이에 기대를 걸고, 프랑크 마르코비치는 소설이 주목받을 것이며 판매 수치가 평균 이상이리라 평가한다.

　그러나 람다 프레스의 상업적 예상은 헛된 것으로 판명된다. 출판사는 문학계에서 호의적인 선입관으로 혜택을 받고 있으며 실제로 미디어 네트워크가 정기적으로 출판사 카탈로그의 작품들을 지원하고 있지만, 기자들은 『여자 거지들의 거리』를 외면한다. 그들은 찬사를 보내든 비난을 하든, 한 건의 기사도 이 작품에 할애하지 않고, 그 어디에서도 이 작품의 존재를 언급하지 않는다. 놀랄 만한 침묵이 출판계에 다시 출현한 타라셰프에게 인사를 건넨다.

　그러나 타라셰프는 지나치게 신중하고 늦은 이 부활을 씁쓸하게 겪으며 지내지는 않는다. 이런 것은 그에게 영향을 미치지 않는다. 이런 부활은 23년이라는 말 없는 은둔 기간 동안, 출간에서 기대할 것이라고는 아무것도 없다는 걸 이해할 만큼 충분히 명상했던 저자에게 어울린다. 이런 부활은 이제는 명성에 대한 희망을 모두 비워 버리거나, 반대로 그의 글을 둘러싼 적대적인 맥락을 무시하고 미래에 그리고 다른 곳에 있는 가상의 독자들을 꿈꾸면서, 가능한 한 가장 덜 요란스러운 방식으로 그의 글을 살아남게 할, 그의 특별한 문학적 전략에 어울린다. 문학 여정의 이 시점에서, 우리는 그가 개인적인 용도의 시학—끔찍한 수용이 그의 책들의 특성과 존재에 필요한 조건이 되는—을 고안했다고 간주할 수 있다.

2044년에 보그단 타라셰프에게 출간하고자 하는 의지가 명백하다는 건 어쨌든 사실이다. 타라셰프는『여자 거지들의 거리』의 발간을 기다리지 않고서, 책의 편집자가 이 소설에 대해 상당한 결과를 기대하고 있는 순간에, '살해 장소로 돌아가기'라는 제목이 달린 두꺼운 분량의 원고를 람다 프레스에 소개한다. 여섯 주 동안 검토한 후, 프랑크 마르코비치는 지나치게 야심적이며 별개의 소설 두 편으로 나뉠 수 있을 거라는 이유를 들어 타라셰프에게 원고를 다시 손봐 달라고 요청한다.

람다 프레스의 반응은『여자 거지들의 거리』가 서점에 배포된 지 얼마 되지 않았고, 책이 성공하지 못하리라는 사실이 이미 분명해진 순간에 나온다. 출판사는 스스로 걸었던 내기에서 졌으며, 이는 타라셰프와의 관계에도 영향을 미친다. 우리는 그때부터 람다 프레스가 타라셰프의 작업을 무관심으로 대할 뿐이며, 한편으로 그를 옹호했던 마르코비치도 타라셰프가 실제로 어떤 인물인지 알아차렸다고 생각할 수 있다: 그는 언론에서도 쓸모없고, 독자도 없는, 지친 50대였다.

타라셰프는 한 달이라는 이례적으로 빠른 속도로 자신의 원고를 수정하는데, 이는 그가 다소 냉소적으로 이 모든 사태에 미리 대비해 왔음을 시사한다. 그는『살해 장소로 돌아가기』를 두 편의 짧은 소설『약탈』과『치명적인 동맹』으로 쪼갠다. 그는 적절한 호흡을 불어넣고, 필요했던 몇 가지 완화 작업에 착수하며, 무엇보다도 작중인물의 이름을 바꾼다. 그의 초고에서 남자 주인공들의 이름은 타나즈 비엘고리안, 프리슈바인, 팀, 골로비엔코, 이슈트반 크라나흐였다. 이 첫 번째 원고를 대체하는 두 소설에서, 이 다섯 명의 등장인물들은 발레프, 블라프, 그리고 볼프라고 명명된다. 이 마지막 이름(우리가 말했다시피『여자 거지들의 거리』의 페이지마다 이미 등장했던)은『약탈』의 주요 서술자인 골로비엔코와 『치명적인 동맹』의 여자 주인공과 사랑스럽게 동행하는 팀에게 부여된다.

따라서 우리는 볼프라는 자의 말에 어느 정도 주도되어 전개되는 세 편의 소설을 갑작스레 갖게 된다. 『여자 거지들의 거리』에서, 볼프는 나이를 알 수 없는, 커다란 화상을 입은 자다. 『약탈』에서는 거리의 아이다. 마지막으로, 『치명적인 동맹』에서 볼프는 도망 중인 스파이, 밀리 플랜더스의 오빠로, 그녀와 근친상간의 관계를 유지한다. 이 모든 책에서 볼프는 상호 간에 공통된 특성이 전혀 없는 인물들을 맡고 있으며, 이 인물들의 목소리는, 세 가지 이야기가 전개되는 동안, 보그단 타라셰프 자신의 내면의 심층이 아닐 때, 군중의 심층에서 나오는 엇비슷한 말들, 저 독백들이 바로 옆에서 솟아나고 있다 하더라도, 극단적으로 다르게 울린다.

아마 타성에 의해서였는지, 아니면 타라셰프의 모든 작품을 거부하기로 결정할 시간이 아직 없었기 때문인지, 아니면 『여자 거지들의 거리』의 미미한 판매가 작가에게 선금을 지급하지 않아도 좋을 구실이 되었기 때문인지, 람다 프레스는 『약탈』과 『치명적인 동맹』을 위한 계약서에 서명한다. 타라셰프는 서술자의 이름을 바꾸라는 식의 권고를 받지 않았는데, 만약 그러자는 제안을 받았더라면 이 상식적인 견해를 받아들여야만 했을 것이며, 한편으로 저자는 『여자 거지들의 거리』가 실제로 대중적인 존재감을 가져 본 적이 없으므로, 나머지 두 이야기에 주요 등장인물의 이름을 도로 붙여도 불리한 점이 없을 거라며 방어를 소홀히 하지 않았을 것이다. 마찬가지로 새 원고 두 편을 도서검토위원회 담당자들이 필요한 만큼의 주의를 기울여 읽지 않았을 가능성도 있다.

보그단 타라셰프의 두 소설은 2045년과 2046년, 1년 간격으로, 어떤 가치 있는 작품도 이 두 작품과 동시에 출판 시장에 등장하지 않는다는 점에서 객관적으로 유리할 수 있는 상황 속에 나타난다. 어떤 독창적인 목소리도 이 두 작품과 경쟁하지는 않는 것이다. 그러나 언론의 기사는 드물고 또 실망스럽다. 비평가들은 타라셰프가 다루는 주제에 전혀 매력을 느끼지 못하며, 책을 열어 보지도 않았음에도 형식과 내용을

앞다투어 단죄한다. 그들은 확실히, 언젠가 찬사를 받을지도
모를 작가 중 한 명으로 타라셰프를 받아들이려는 마음이라고는
갖고 있지 않다. 그들은 최소한의 개인적 의견도 제시하지
않은 채, 신간 목록에서 그저 제목을 언급하는 걸로 만족한다.
타라셰프의 문체, 인명학(人名學)의 적용과 이미지 체계를
불쾌하게 여기면서도, 비평가들은 그를 언급하는 수고조차
하지 않는다. 그들의 씨눈 같은 언급은, 책을 알기에는 충분하지
않으며, 독자에게 거의 영향을 미치지 않을 뿐만 아니라, 서점도
무관심하게 만든다. 그러나 작은 기적이 하나 발생한다: 저주받은
시인들과 젊은 잡지 편집자들의 모임에서 타라셰프가 주목해야
할 작가라는 은밀한 명성을 얻은 것이다.

　　건선 관절염과 호흡기 질환으로 고통받으며, 타라셰프가
반일제 노동에 이어서 연금을 신청하는 시기다. 그는 금세 엄청난
고립의 상황에 부닥친다. 그래도 그는 괴롭지 않으며, 그가 항상
한계 상황과 망명의 취향을 자신의 등장인물들과 공유해 왔다고
우리는 생각해 볼 수 있다. 그는 람다 프레스와도, 그리고 더
일반적으로는, 친절한 한두 문장을 그와 주고받을 수 있는 소수의
사람과도 관계를 거의 유지하지 않는다. 그는 이제 공개 석상 그
어디서도 모습을 드러내지 않는다.

　　그는 이 수도사의 은거와도 같은 시간을 두 가지 활동에
할애한다. 우선 그는 걸작『볼프』를 집필한다. 이어서 일을
의뢰받은 잡지들에 보내기 위한 글을 집필한다. 그의 이름은
적은 부수만 찍는, 항상 순응적이지는 않지만 항상 호의적인,
출간 종수가 아주 적은 출판사들과 수명이 짧은 잡지들의
편집자들 사이에서 회자되기 시작했다. 이들 가운데에서,『밀랍』,
『여성 물치료사』,『진홍색 바벨탑』,『새까만 원숭이들』을 예로
들 수 있겠다. 그는 때때로 공동 작업을 요청받고, 이 요청에
긍정적으로 대답한다.

　　이 글들을 넘긴 후 발행되기까지 지연 시간이 길고, 일정하지
않았기 때문에, 타라셰프가 아마도 직관적으로 원하고 있었거나,
어쩌면 그 편의 우연한 계산이나 교묘한 조작의 결과일 수도 있는
일이 발생한다: 그가 이 다양한 잡지들에 보냈던 모든 산문들이
2048년 가을 동안, 거의 시간차 없이, 한꺼번에 등장한 것이다.

그의 글은 반드시 짧다고는 할 수 없으나 글쓰기 차원에서 흠잡을 데가 없으며, 항상 어둡고 고통스럽고, 범상치 않은 환각들과 이미지들이 교차하는, 타라셰프 고유의 세계에 자리한 밀도 있는 이야기들이다. 줄거리는 겹치지 않으며, 인물들은 매우 뚜렷하게 구별되지만, 여러 편의 이야기를 연달아 읽기 시작하면 그들의 이름을 더 이상 기억할 수 없게 된다. 주인공들의 이름이 너무나 비슷해서 헷갈릴 정도다: 중심인물 하나에 네 번 연달아 붙인 볼프는 물론이고, 마찬가지로 보올프, 볼포, 불프, 발레프, 볼루프, 볼로프, 불브, 홀프, 홀루프, 불루프, 블로포, 블라프, 발포, 볼브오, 폴프, 폴로프, 불브오, 불보, 그리고 보루프도 있다.

이 괴짜 같은 작품은 엄청난 주목을 받아 40년대를 통틀어 매우 저명한 공식 작가 중 한 명이자 『미래』지(誌)의 논단에서 매주 문학과 관련된 거의 모든 주제에 관해 대가급의 강의를 하는 엘머 블로트노에게도 알려지게 된다. 블로트노는 타라셰프의 작품을 항상 무시해 왔으나, 2048년 11월 18일 '보그단 타라셰프에 따른 주인공의 종말'이라는 제목의 글이 그의 권위 있는 서명 아래 펼쳐진다. 이 글은 깊이는 없으나 재치 있게 호의를 갖고 쓴 글이며, 요약하면 타라셰프가 사용한 기법을 "독창적-허위모사술"[36]로 규정하면서 블로트노는 칭찬을 아끼지 않는다. 블로트노는 자신이 군소 잡지들을 정기적으로 읽으며—파렴치한 거짓말—, 『약탈』뿐만 아니라 "타라셰프의 최근 소설들"도 읽었다—두 번째 거짓말—고 믿게 하려고 이 기회를 이용한다. 그의 성찰은 세속적이다. 그의 성찰은 서점에서 찾을 수 없고, 산만하며, 『미래』의 독자들에게 알려지지 않은 소재에 초점을 맞춘다. 그의 성찰은 지금까지 진가를 인정받지 못한 천재를 조명하는 걸 목표로 하지 않는다. 그러나 그의 성찰은 문학계에서 일종의 출생증명서처럼 여겨진다. 다루고자 하는 저자에 대한 언론의 극도로 빈약한 보도 자료에서, 이것은 기본적인 증거가 된다.

---

36. canularesque. 볼로딘의 신조어. '속임수', '허위'를 뜻하는 'canular'에다가 '유사함', '존재 방식' 또는 '독창성'을 의미하는 종결어미 'esque'를 붙여 만들었다.

얼마 지나지 않아 타라셰프는 『볼프』의 원고를 람다 프레스에 제출한다. 블로트노의 비평은 책의 탁월한 특성보다 『볼프』의 인기에 맞추어 이루어지며, 오래전부터 타라셰프 같은 작가의 책을 출간할 필요성을 믿지 않았던 출판사는 그만 굴복하고 만다. 『볼프』의 출간은 2049년 9월로 예정되어 있다.

『볼프』는 보그단 타라셰프의 모든 재능, 가령 서사적 독백의 기술, 어둠 속 장면 묘사, 정치적 영역과 신비주의적 영역 사이의 동요, 신랄한 유머, 일화들의 착종, 내적 세계들의 복잡한 얽힘, 광기 혹은 죽음을 향한 표류의 묘사가 조화롭게 서로 어우러지는 한 편의 거대한 유작(遺作)이다. 우리는 작품에서 장님에 가까운 어떤 노인이 자기가 살았던 세기의 풍경들을 가로질러—특히 2038년 전쟁에 대한 명백한 암시인, 폭격당한 거대한 대도시에서—방황하고 있는 것을 본다. 그는 하나 이상의 생명체의 형태로 자주 구체화되는 매듭 같은 것을 하나씩 엮어 낼 때마다, 불행에 책임이 있는 자들이 파괴되거나, 총살당하거나, 해를 끼칠 수 있는 상태에서 벗어나는 꿈을 꾸기 시작한다. 당연히, 실제 역사에 영향을 미치고자 하는 그의 행동 방식은 효과가 없다고 판명된다.

2049년은 타라셰프가 문학계에서 잘 정의된 자리를 하나 정복한 시기다: 군소 작가라는 자리가 그것인데, 아무도 그들의 소설을 읽지 않고 픽션에 위치시키지도 않지만, 아주 수월하게 특징지을 수 있는 작가의 전략과 연관 지을 수 있기에 그들의 이름을 알 수 있는 군소 작가, 예컨대 "똑같은 방식으로 모든 등장인물을 부르는 작가"라는 자리 말이다.

이와 같은 아주 작은 관심에 힘입어, 『볼프』는 완전히 묻히지 않고 서점에 나온다. 그러나 책을 옹호하고 알리기 위해 동원된 무기는 빈약하기 그지없다: 리뷰 세 건, 소규모 잡지와 연관된 프리랜서들에게 웃음거리밖에 되지 않는 발언권을 주었기에 요리 및 취미 저널들에 실리게 된 기사 두 건, 그리고 "작가들과 세계정세"에 관한 라디오 원탁회의에 초대받은 것이 전부다. 『미래』에서 엘머 블로트노는 타라셰프에 대한 자신의 지지를 인정하지 않았고, R.R.이라고 서명된 『볼프』에 관한 아주 짧은 기사는 고통스러울 정도로 무미건조하다. 타라셰프가 밟아

온 길은 책의 판매 부수를 통해서도 가늠해 볼 수 있다:『공주와의 만남』이후 판매 부수는 최초로 500부를 돌파한다.

평단의 미지근한 반응이 확연하다, 대중의 무관심이 명백하다, 그리고 람다 프레스는『볼프』와 함께 5년 전에 시작한 실망스러운 출간 모험을 끝낸다고 타라셰프에게 통보한다.

그 이후로 보그단 타라셰프에게는 더 이상 출판사가 없으며, 게다가 그는 규모가 큰 작품들의 집필을 더 이상 고려하지 않는다. 그는 육체적으로 고통받고 있으며, 흉골 아래 퍼진 염증으로 인해 호흡이 점점 어려워지고, 관절이 아파서 일상적인 활동이 수난으로 바뀐다. 그는 블라프, 볼프, 그리고 불보라는 이름의 인물들이 등장하는 이야기 네 편을 여전히 잡지들에 발표한다. 이 이야기들은 환상적이고 초현실적인 단편소설로, 공식 문학의 취향, 스타일, 유행하는 습관, 이념적 기준들과 완전히 단절된다. 여기에 화려한 상찬을 쏟아 놓지 않더라도, 이 작품들은 멋진 텍스트라고 평가할 수 있다.

이 단편 중에서 '작품 24'라는 제목의 작품은 비록 그 운명과 작업 방식은 다르지만, 타라셰프와 하나 이상의 공통점이 있는 작가 야곱 불보를 보여 준다. 야곱 불보는 국제 마피아 조직원들, 포주들, 정치 지도자들과 대인지뢰 제조자들을 능숙하게 암살하는 소규모 무장 조직의 일원이다. 정의를 심판하는 이 칭찬받을 만한 활동과 병행해, 그는 등장인물들이 서로 구별되지 않는 상태에서 판에 박힌 방식으로 행동하고, 똑같은 방식으로 옷을 입으며, 똑같은 동기와 똑같이 비참한 사회적 지위를 가지고, 똑같은 것을 말하며, 똑같은 신념을 표방하는 등의 미니멀리즘 소설들을 쓴다. 한 소설에서 다른 소설에 이르기까지, 야곱 불보는 변형을 가해 소설을 흥미롭게 만들려는 고민은 하지 않으면서, 똑같은 일화—지저분한 사랑 이야기—를 들려준다.

책에 삽입될 신간 안내문[37]에서 보그단 타라셰프는 "여기서 보여 주려는 것은 소설 작품에서 창의성의 한계에 대한 문제를

---

37. 출판사가 신문사나 잡지사에 신간 서적을 보낼 때 첨부하는 서평용 보도 자료가 담긴 종이로, 책의 첫 장에 별도로 끼워 넣는다.

제기하기 위한 문학적 기법이지만, 또한 글쓰기 자체에 대한 적극적인 경멸의 표시이자, 책이라는 개념, 작가라는 개념과 작가와 관련된 잘못된 가치들을 조롱하고 비하하기 위한 일종의 자해 표시라고 나는 생각하며, 이를 글쓰기에 대한 혐오와 공식 출판계에 대한 증오가 혼합된 적대감의 선언으로 받아들여야 한다."라고 언급한다.

이 네 편의 글은 2050년과 2052년에 출간된다. 이 무렵, 타라셰프의 오라는 모든 곳에서 완전히 사라졌다. 2050년, 환상에 사로잡힌 젊은 편집자 로만 나흐티갈이 흩어져 있어 접근하기 어려운 단편소설들을 책으로 다시 묶어 보려는 소망을 밝혔지만, 이 계획은 무산되고 만다.

다시 한번 침묵에 휩싸인 타라셰프에게, 감지할 수 있는 사회적 존재감이라고는 더 이상 없다. 어느 여자 친구에게 보낸 엽서에서, 그는 서구 사회에 반대하는 팸플릿을 만드는 중이라고 고백하지만, 그가 죽은 후 그의 문서들에서 그런 것은 하나도 발견되지 않으리라. 타라셰프가 출간되지 않은 자신의 모든 작품을 파기한 게 확실하며, 마지막 작품인 「작품 25」—지금부터 우리가 잠시 이야기할 텍스트—를 구성한다는 사실을 의심할 수 없는 제목 없는 짧은 글을 제외하고, 그가 글쓰기를 포기했을 가능성도 있다.

보그단 타라셰프의 치료를 맡고 있는 의사 이고르 문드리안은 텔레비전 채널 'UM5'에 자주 의학 자문으로 출연한다. 그는 이 채널에서 분기별로 의학 프로그램을 진행한다. 피부병에 관한 어느 좌담에서, 그는 타라셰프를 초대해 타라셰프가 앓고 있는 건선증에서 비롯된 관절 합병증에 대해 실시간으로 설명해 달라고 부탁한다. 타라셰프는 중증 환자로 소개될 것이지만, 문드리안은 또한 그를 "문학계의 유명 인사"—프로그램의 목적은 무명인, 유명인 할 것 없이 질병이 무차별적이고 민주적으로 영향을 미친다는 사실을 보여 주는 것이며, 여기서 보그단 타라셰프는 유명인의 역할로 출연한다—라고 명시한다. 분명 침울한 마조히즘 때문이었겠으나, 타라셰프가 왜 문드리안의 방송에 출연하기로 했는지는 알 수 없다.

2053년 7월 12일, 타라셰프는 따라서 작가로서 텔레비전에 출연한다. 이 방송에 작가가 초대된 것은 이번이 처음이다. 2053년, 보그단 타라셰프는 연골, 뼈, 세포 석화(石化)의 문제로 끊임없이 거동에 방해를 받는 노인의 모습을 하고 있다. 그의 생김새는 물리학자 아인슈타인을 연상시키지만, 안경을 쓰고 있고, 그의 시선은 아인슈타인보다 훨씬 더 몽환적이다. 감미로운 목소리로 "질병과 건선증을 주제로 한 매우 아름다운 소설 여러 편"을 집필한 작가라고 상기시키는 여성 아나운서의 짧은 소개가 끝난 후, 그는 4분 30초 동안 발언권을 갖는다. 실제로 그는 문드리안의 정확한 임상적인 질문들에 대답해야만 한다. 그는 유머러스한 표현을 써 가며 제법 우아하게 이 질문들에 대답하고, 그것으로 그는 즉시 호감을 사게 된다. 요약해서 말하자면, 텔레비전에서 그가 보인 연기는 훌륭했고 시청자들을 흡족하게 했다.

2053년 여름 동안, UM5 스튜디오에서는 이 출연의 파장이 느껴진다. UM5는 그에게 '작가들과 건선증'이라는 주제로, 「위니의 1/4시」 방송에 출연해 달라고 제안한다. 'SOS-피부병'과 '제네틱-어시스턴스', 두 협회는 그에게 협회의 후원위원회에 들어오라고 제안한다. 또한 부유하고 인도주의적인 준정부 기관 '라이프보트'는 정치와 언론계의 대표들이 신학기에 가족사진을 남기고자 자주 모이는 전통적인 9월 갈라 행사에 그를 초대한다. 타라셰프는 모든 요청에 긍정적으로 대답한다. 가장 먼저 구체화된 것은 라이프보트의 요청이다.

2053년 9월 14일, 왼팔의 움직임을 편하게 해 주는 목발과 정형외과 보조 기구를 착용한 채, 보그단 타라셰프는 라이프보트 측이 마련한 텐트와 고급 칵테일 테이블이 차려진 시청의 잔디밭을 돌아다니고 있다. 화려한 차림의 초대객들이 북적거린다. 여성들은 유명 디자이너들이 디자인한 드레스를 입고 있다. 보석들이 드러나고 번쩍거린다. 유명 인사들이 잇달아 카메라 앞에 서서 빈곤에 맞선 투쟁과 이타주의와 실질적인 기부를 호소하는 연설을 한다.

하늘은 흐리고 기온은 약간 서늘하지만, 비가 내리지는 않는다. 손에 작은 접시를 들고, 타라셰프는 친숙한 인물이라고는 한 명도 없는 사람들 무리 사이로 절뚝거리며 걸어 다닌다.
이 모임에서 그는 완전히 외계인이다. 타라셰프의 세계는
소설에서든 실생활에서든 사치의 영역을 넘나드는 법이 결코
없었으며, 세상에서 행복한 사람들, 지구를 지배하는 자들,
그리고 덧붙여 말하자면, 그들의 통치가 선하고 관대하다고
생각하는 자들이 웃음 지으며 모여드는 사회계층에는 결코
다가간 적이 없다. 그도 이런 사회계층에 대해 말한 적이
있는데 그럴 때는 어김없이, 공포의 대가들이 공포를 묘사하지
않고도 공포를 환기하곤 하는 것처럼, 서술자들이 도달할
수 있는 지적인 범위 밖에, 뛰어넘을 수 없는 어떤 틈새
너머에 이 사회계층을 배치했다. 그의 주인공은 자주 "불행의
책임자"의 무자비한 제거를 격찬하는 남녀 살인자들이지만,
현실적이기보다 환상적인 몇몇 살인 장면을 제외하면, 서술은
권력자들이 활개 치는 구체적인 공간으로까지 모험을 감행하지
않는다. 뿌리 깊은 반감의 결과로, 그러나 또한 이 반감의 재현이
정신적으로나 문학적으로나 자신에게는 가능하지 않으리라는
느낌을 가지고서, 타라셰프는 심지어 부자들이 살해되는
순간조차, 작가로서 그들을 죽이는 순간조차, 부자들의 사실적인
이미지를 활성화하는 것에는 결코 관심이 없다. 폭력적인
죽음은 피해자들에게는 탄식에 탄식을 동반하지만, 대개는
사회적 등급의 하위에, 심지어 인간 등급의 하위에 위치한
피조물들에게만 영향을 끼칠 뿐이다.

그러나 보그단 타라셰프는 이곳에서 자신의 작중인물들,
그러니까 미친 사람들, 이데올로기적으로 일탈한 부랑자들이
늘 표적으로 삼았던 사람들 옆으로 다가간다. 그는 연어
크루스타드[38] 부스러기가 남아 있는 접시를 내려놓고, 틀림없이
제조 연도가 표시된 샴페인 한 잔을 낚아채어 마신다. 그런
다음 그는 꽤 왁자지껄한 어느 무리를 향해 다가가고, 그 무리
한가운데서 공화국의 장관을 알아본다. 그는 그에게 다가가

---

38. 파이나 빵의 속을 비우고 고기나 생선 살 따위를 채워
넣어 오븐에 구운 것.

콜트[39] 한 자루를 꺼내어 장관(산업개발부 장관 안도 발차롤)과 두 명의 국무위원(복지부 다조르 아다미야즈, 난민과 수용소 행정관 베르너 벤스)에게 전력을 다해 발사하고, 또 다른 두 명에게는 경미한 상처를 입힌다. 그런 다음 그는 무기를 자신에게 돌려 자신의 머리를 날려 버린다.

50년 전의 일이었다.

보그단 타라셰프의 「작품 25」는 이 연구의 결론으로 사용될 수 있다. 우리가 보그단 타라셰프의 성격을 파악했다고 주장하진 않지만, 우리는 어쩌면 부당하게도 그리고 불행하게도, 오늘날까지도 여전히 무시되고 있는 놀라운 작품에 대한 관심을 끌어내는 데 성공할지도 모른다.

타라셰프의 「작품 25」는 피 묻은 봉투 안에 접힌 한 장의 종이 형태를 취한다. 피는, 원칙적으로는, 작품에 속하지 않는다. 종이에는 단 하나의 문장만 담겨 있다. 종이는 타라셰프의 지갑에 들어 있었다. 그 내용은 "9월 14일의 학살"에 대한 정보와 함께 언론에서 재차 보도되어 널리 퍼졌다. 이 짤막한 최후의 시적 표현을 헤아려 볼 때, 또한 발바얀이라는 이름으로 출판된 초기의 작품 몇 편을 기억한다면, 우리는 보그단 타라셰프의 모든 소설 작품이 좋은 해에나 나쁜 해에나 꾸준히 출판되었으리라고 생각할 수 있다.

수사관들은 수수께끼로 여겼지만, 이제는 글을 읽는 독자들에게는 덜 그래 보이는, 또한 의심할 여지 없이, 우리 중 어떤 이들에게는 절대적으로 명확하게 보이는 문장이 여기 있다:

"죽음에 이르는 당신의 여행이 오롯이 의미를 갖기를 바란다면, 당신이 왜 침묵을 지키고 있었는지 그 이유를 알기를 원한다면, 나처럼 하시오. 볼프."

---

39. 자동 연발 권총.

마리아 300-10-3의 이미지 이론

그녀는 숨을 헐떡거리며, 그녀 앞으로 곧게 뻗었거나 그녀가
앞이라고 생각하는 방향으로 달리고 있다. 그녀는 어쩌면 마리아
300-10-3, 어쨌든 마리아 또는 마리야라는 이름을 갖고 있고,
나이는 대략 스물아홉이라고 확신하고 있다. 아니면 쉰아홉.
그녀는 정확한 숫자가 기억나지 않는다. 그녀는 자신의 피부
위로 흐르고, 퍼져 나가 얼굴에 와닿는 어둠을 느끼고 있다.
이것은 공기와 결합해, 저항감을 거의 주지 않고 생각만으로
그녀를 불안하게 만드는, 연하고, 맹맹하며, 미지근한 액체처럼
그녀 위로 흐른다. 이것은 빛에 대한 미래의 가설이 조금도
없는, 폭력적인 어둠이다. 걸음을 내디딜 때마다, 그녀의 몸이
움직이면서 흔들릴 때마다, 그녀는 이것이 자기 위로 쌓이는
것을 느낀다. 그녀는 숨을 고르는 데 어려움을 겪고 있으며,
자신이 숨으로 들이쉬고 있는 것이, 거대한 밑바닥들과 악몽들에
속하는 어떤 이상한 물질임을 의식하고 있다. 본질적으로
추함과 탄소의 정체(停滯)를 전달하는 어떤 가스임을. 그리고
알몸으로 달리고 있으므로, 그녀가 받는 즉각적인 느낌은 자신의
나체가 그녀 안에 불러일으키는 당혹감에 중독된다. 그녀는
애석하다. 그리고 모든 것이 그녀에게 혐오를 불러온다. 스치듯
그녀를 만지는 모든 것이. 그녀는 나체주의에도, 개괄하자면,
그녀 자신의 몸에도 호감을 느낀 적이 한 번도 없다. 살아 있을
때, 그녀는 알몸으로 노출되는 걸 가능하면 피했다. 그리고
지금, 어떤 시선도 육체적으로나 성적으로 자신을 평가할 수
없다는 것을 알고 있음에도, 자신에게 가해지는 부담스럽고
모욕적인 훔쳐보기의 성도착증이 두렵지 않음에도, 그녀는 소름
끼치도록 불편을 느끼고 있다. 어둠 속 달리기는 심지어 모든
것이 끝장났을 때조차, 심지어 자신들이 죽은 다음에조차, 거의
아무도 여유롭게 대면하지 못하는 어떤 시련이다. 아무런 예고도
하지 않는 도로 위의 장애물들, 언제나 가능한 저 파괴적인
충돌들, 끔찍한 만남들, 구멍들과 협곡들을 영원히 생각하지
않겠다고 스스로 다짐해야 한다. 그리고 땅의 재질도 생각하지
않는 편이 낫다. 여기서 우리는 땅을 발바닥에 상처를 입히지
않으며 쾌적한 탄력성을 가진 단단하고, 굳어진 모래에 비유할
수 있겠지만, 이와 동시에 땅은 거부감을 주는, 뭔가 알 수

없으며, 반발력이 있는 불활성 유기 조직을 연상시킨다. 무엇이 문제인지 진짜로 이해하려면, 꿈속이나 죽음 속으로 들어가야만 한다. 달리는 여자의 다리로 반발파가 퍼지고, 그녀의 복부로, 그녀의 복부 아래로 다시 차오른다. 몸이 옷가지를 모두 벗어 버렸을 때 우리가 자유와 행복을 맛본다고 나체주의자들이 아무리 주장해도, 마리아 300-10-3은 반대로 그 어떤 향상된 상태도 확인하지 못한다. 그녀가 굴욕감을 느낄 정도로, 게다가 고통을 느낄 정도로, 그녀의 살이 떨린다. 그녀는 자기 몸의 모든 벌어진 곳들을 통해 자기 안으로 어둠이 스며듦을 느낀다. 몸의 이 벌어진 곳들은, 오늘 아침 사망이 일단 확인된 다음 라마승이 밀랍과 숨으로 막아야만 했을 텐데도 그렇게 하지 않았는데, 이는 운명이 그렇게 하는 걸 반대했기 때문이다. 그녀의 마지막 순간들에 대한 추억이 그녀에게 나타났다가 믿을 수 있는 요소들이 되기도 전에 사라져 버린다. 모든 것이 멀어진다, 모든 것이 그녀 뒤로 남겨진다, 명확한 것은 지속되지 않는다. 이미지들이 잔존한다, 그러나 기억이 이 이미지들을 식별하거나 붙잡으려면 엄청난 노력을 기울여야 한다. 이 작업을, 마리아 300-10-3은 이 작업을 잠시 뒤로 미룬다. 그녀는 현재에, 다시 말해 자신의 신체 활동에 집중하고 있다. 그녀는 큰 보폭으로 달린다, 균형을 유지하려고, 그녀는 무엇보다도, 자신을 사로잡는 혐오의 감정들과 맞서 싸운다. 그녀는 실제로 그것 외에는 아무것도 알지 못한다, 그녀는 자신이 어느 순간부터, 어쩌면 10분 전부터, 아니면 몇 시간 전부터 달리고 있다는 것만 알고 있을 뿐이다. 아니면 이보다도 더 오래전부터. 믿을 만한 기준이 전혀 없다. 여기서 시간은 그 누구도 탐색해 본 적이 없는 길들을 따라 흐르고 있다. 여기서 시곗바늘은 분명 북극의 나침반 바늘처럼 작동하리라. 마리아 300-10-3은 이에 대해서는 곰곰이 생각하지 않는다, 그녀는 지속의 부재나 비일관성에 고통스러워하는 걸 받아들이지 않는다. 이런 문제는 더 이상 그녀의 관심사가 아니다. 자신이 사망할 때까지는, 그녀는 그것에 민감할 수도 있었을 테지만, 지금, 중요한 것은 다른 곳에 있다. 그녀는 똑같은 리듬을 유지하려고 노력하면서, 자신의 질주를 계속해서 이어 간다. 그녀는 한쪽 옆구리가 결려 오는 걸 느낀다,

그러나 그녀는 무시하려고 애쓴다.

하지만 그녀는 약간 속도를 줄였다. 그녀는 아프다.

그런 다음 그녀는 멈춰 선다.

그녀는 숨을 헐떡거린다. 그녀는 자신이 말을 해야 한다는 걸 알고 있다. 그녀는 쉽사리 할 말을 찾지 못한다. 우선 그녀의 목구멍에서 숨이 지나가는 소리가 들린다. 그런 다음 음절들이 만들어진다. 전혀 아무것도 보이지 않는다.

제가 늦었습니다, 마리아 300-10-3이 말한다.

누구도 그녀에게 대답하지 않는다. 누구도 반응하지 않는다. 그녀 앞에서, 무엇 하나 누그러지지 않을 것 같은 이 짙은 어둠 속에서, 이 완벽한 암흑 속에서, 그녀의 말을 듣는 사람이 한 명도 없었던 것만 같다.

죄송합니다, 그녀가 말한다. 저에게 난처한 일이 있었습니다. 제가 영안실에 안치된 바로 그 순간, 저의 몸을 씻기고 제 몸의 구멍들을 메워 줘야 할 라마승이 심장마비를 일으켰습니다. 그건 그의 운명이자 저의 운명이기도 했습니다. 제 몸은 아무렇게나 방치돼 있었습니다. 이런 일련의 불운한 상황 끝에, 여러분을 향해 가기 위해 제가 직접 주도권을 잡아야 했습니다. 초라한 변명이라는 걸 알지만, 저는 달리 드릴 말씀이 없습니다. 더 자세히 말씀드리지 못해 죄송합니다. 저는 날벼락을 맞은 그 수도승의 이름을 알지 못합니다, 감방에서 제가 이송됐던 법의학 연구소 주소도 머릿속에 기억하고 있지 못합니다, 저는 제 감방 번호도 잊어버렸고 저의 마지막 밤에 일어났던 사건들도 더는 기억하지 못합니다.

그녀는 망설인다.

저는 정신을 잃었어요, 그녀가 말한다. 정신이 되돌아올지 혹은 기억상실증이 계속될지 저는 알지 못합니다. 아무도 저에게 말해 주지 않았어요. 보통은 며칠 동안 수도승의 도움을 받습니다. 수도승의 목소리가 여기, 가까운 곳에 있습니다. 목소리는 계속 울리지 않아요, 목소리는 잘 들리지 않아요, 그리고 종종 이해되지 않아요, 하지만 목소리는 안심시켜 줍니다.

그녀는 여전히 망설인다.

하지만 제 경우에는, 아무것도 없어요. 수도승은 사체

냉동고가 있는 영안실의 문턱 위로 쓰러졌습니다, 수도승은 죽었습니다, 아니면 적어도 더는 말을 하지 않을 것입니다. 사람들은 수도승을 다른 곳으로 빼냈습니다. 저는 그분의 도움을 받을 수 없을 게 분명했습니다. 이게 제 운명입니다.

그녀의 맞은편에서는, 아무것도 움직이지 않는다.

이게 제 운명입니다, 그녀가 반복한다.

침묵은 밤의 깜깜한 어둠만큼이나 헤아릴 수 없다, 또한 그녀가 숨소리와 말로 침묵을 깨던 것을 멈추자마자, 침묵이 그녀 주위로, 그녀의 곁에, 목소리가 미치는 범위와 지평선까지 다시 고여 든다.

제가 할 수 있는 한 가장 빨리 왔습니다, 그녀가 다시 말한다.

어둠 속 그녀의 헐떡이는 소리.

그녀의 목으로 침 넘어가는 소리.

그녀의 허파꽈리에서 쉭쉭거리는 미세한 소리.

그녀는 청중 앞에 벌거벗은 채 서 있음을 수치스러워하면서, 기가 꺾이고, 낙담한 채, 거칠게 숨을 몰아쉰다. 그녀는 자신이 말을 해야 한다는 걸 안다. 의식을 가진 죽음, 그리고 그녀의 나체, 그리고 그녀의 신체 기관들이 만들어 내는 잡음, 그리고 미지 앞에, 모르는 자들과 무(無) 앞에 멈춰 선 그녀의 저 미친 여자의 자세, 그리고 사망 후에도 봉인되지 않은 그녀의 입과 그녀의 구멍들, 이 모든 것이 외설적이다, 그리고 침착함을 유지하기 위해서, 그리고 소리를 지르거나 공포로 울부짖지 않기 위해서, 혹은 불안에 잠식되지 않기 위해서, 이제 자신에게 남은 일은 말하는 것뿐임을 그녀는 안다.

그녀가 살아 있었을 때, 특수 감옥들과 반테러리스트 교도소에 장기간 체류하기 전에, 그녀는 몽환극과 산문을 쓴 적이 있으며, 이어서 남녀 공동 수감자들과 함께 계속해서 이야기하고, 노호하고, 속삭이고, 뇌까린 적이 있다. 그러다 갑자기, 자신의 기억을 뒤진 적도 없는데, 그녀는 자신이 아주 초기에 썼던 글 중 하나를 기억해 낸다. 분명 청소년들이 쓴 것같이 불완전하고 서투른 이야기였기 때문에, 끝없는 저 수감 기간 내내 그녀는 이 글에 대해 더는 생각하지 않았었는데, 여기서, 그러나 예고도 없이 이유도 없이, 글이 다시 나타난다. 그리고 곧바로 그녀는 이 글의 전조적인 성격에 충격을 받는다. 그녀가 이 글에서 묘사했던 터무니없는 상황과 지금 그녀가 직면하고 있는 상황 사이에 공통점이 넘쳐 난다.

어느 법정의 연단에 앉아 있는, 절반은 인간이고 절반은 동물인 몇몇 생명체들이 잠에서 깨어난다. 그들의 기억은 그들 자신에 대한 어떤 정보도 제공하지 않는다. 그들은 자신들이 판결해야 하는 사건에 대해서도, 심지어 자신들이 착륙한 세계에 대해서도 아무것도 알지 못한다. 그들이 나누어 가진 표식이라고는 그들 앞의 탁자 모서리를 비추고 있는 개별 램프뿐이다. 어둠 주변의 모든 것은 희망이 없다. 침묵이 짓누르면서 군림한다, 그리고 침묵이 이어진다. 어떻게 해서든 상황의 매듭을 풀어야 한다는 걸 의식하고서, 이 생명체들 각각은 옆에 있는 동료들이 불만과 심지어 증오를 품고서 자신을 지켜보고 있다고 상상한다. 실제로 그들 모두는 알지도 못한 채, 죄책감과 고독이라는 어지러운 감정을 공유하고 있다. 상황의 기이함이 점점 더 강해지고, 부동의 상태가 더욱 심해진다. 순간들이 점점 더 고통스럽게 흘러간다. 견뎌 낼 수 없는 것을 끝낼 유일한 방법은 말을 하는 것인 듯 보인다. 자신의 목소리가 들리게 해야 한다, 자신의 사법적 역할을 유능하게 수행하는 것처럼 보여야만 한다. 목을 가다듬은 다음, 한가운데 있는, 따라서 재판장 역할을 해야 한다고 판단한 거대한 동물이 자기 앞에 놓인 서류를 열고서는 우레와 같은 목소리로 이 서류를 낭독하기 시작한다. 자신의 성대에서 울려 나오는 과도한 떨림에 질겁해, 자신이 내뱉고 있는 말들에 고통스러워할 정도로 당황한 그는, 그럼에도 불구하고 연설을 계속한다. 그의 눈 아래 있는 것은 초현실주의 산문시 한 편, 정말로 엉뚱한 글이다. 그의 왼쪽과 오른쪽에 앉아 있던 생명체들은 이제부터 그들이 직접 자신들의 존재를 증명해야 하고, 따라서 이 연설에 답변해야 한다는 생각에 그만 망연자실한다. 자신의 이방인 신분을 들키지 않으려고, 각자는 자기 차례를 맞아 절차를 아는 척하고, 공격적이고 확신에 찬 과잉 반응으로 자신들의 공포를 감추면서 끼어든다. 낭독이 줄을 잇는다. 시들이 항상 하찮은 특성을 갖는 것은 아니며, 반대로 이 시들은 각 법관이 연루된 용의자를 은밀하게 느낄 만큼 충분히 모호하게 진술된 저주와 인신공격으로 넘쳐흐른다. 법정의 회기는 끝이 없다. 악몽에는 아무런 출구가 없다.

마리아 300-10-3은 이 글을 거의 단어별로 기억하고 있다, 그리고 글은 그녀를 안심시켜 줄 만한 성질의 것은 아니다. 그녀가 이 글을 낭독한다는 건 당치 않다. 반대로, 그녀는 무언가 강연 같은 것이 자신의 입술 근처에서 맴돌고 있다고 느낀다. 그녀는 포스트엑조티시즘적이거나 초현실주의적인 시들의 낭독에 착수하지는 않을 것이지만, 자신에게 나타나는 것이 기이한 잡담임을 막연하게 짐작한다.

제가 여러분에게 말씀드리려는 것이 다소 엉성한 형식을 취하고 있더라도 양해해 주세요, 그녀가 사과한다. 이곳에서 학술 행사가 열렸는데, 제가 발표자로 초청받았었다는 것을 저는 어제야 통보받았습니다. 제게는 준비할 시간이 없었습니다. 이것은 제가 탐구하는 분야도 아닙니다. 오늘날까지 저는 이야기가 있는 작은 몽환극을 창작하거나, 남녀 감방 동료들이 저에게 전해 준 나라(narrat)들과 이야기들을 반복하는 것을 중시해 왔습니다. 저는 언어의 기원들과 무(無)의 철학에 관한 성찰에는 전념한 바가 없다시피 합니다.

그녀는 잠시 시간이 흘러가게 놔둔다. 그러고 나서 그녀가 다시 말을 한다.

너그러움을 베풀어 주시기 바랍니다, 그녀가 말한다.

그녀는 여전히 숨을 온전하게 되찾지 못했다, 또한대적인 어둠에도 불구하고 자신의 나체 때문에 내내 고통스럽다. 그녀는 왼손으로 음부를 가리지 않는다, 그녀는 오른팔을 자기 가슴의 돌출부에 두지 않는다, 그러나 끊임없이 그녀는 외설적으로 발가벗겨진, 어떻게 가려야 할지 모를 자신의 몸만 생각한다.

저의 성찰이 여러분 마음에 들지, 저는 정말로 확신하지 못합니다, 그녀가 다시 말한다. 여러분이 알다시피, 저는 항상 픽션에 집중해 왔습니다. 정치 팸플릿들과 픽션 말입니다. 감옥에 가기 이전에, 저는 주로 기이한 시들과 서술적 단편들을 창작했었습니다. 이 모든 작품 중 아무것도 유포되지는 않았습니다. 그 뒤로는 규율이 엄격한 이런저런 형무소에서, 저는 포스트엑조티시즘 작가들과 무녀들, 잉그리드 슈미츠, 마리아 슈라그, 그리고 릴리안 오레곤 같은 사람들, 정신 나간 사람들과 접촉했습니다, 그리고 함께, 우리는 이름이 없는 문학을 만들었습니다.

그녀는 독백을 이어 가기 전, 여러 차례에 걸쳐 숨을 한껏 들이마시고 내쉰다.

거의 모든 주제와 장르에 영향을 미친 방대한 문학이지만, 그녀가 이어서 말한다, 이름이 없는 것은 아닙니다. 저의 연설이 이 틀에 맞는지 저는 확신할 수 없습니다. 여러분을 실망시키지 않도록 노력해 보겠습니다. 저를 이해하실 수 있게 하는 데 전념하겠습니다. 하지만 저는 아무것도 보장할 수 없습니다. 제 발표는 어쩌면 정신 나간 사람의 연설이나 죽어 가는 자의 연설과 비슷할 것입니다. 제 말을 언짢게 생각하지 말아 주시기 바랍니다.

그녀는 자기 앞의 반응을 기다리면서 입을 다물고 있다. 그녀는 귀를 기울인다. 떨어진 거리가 어떻든, 누구도 그녀에게 아는 척하는 수고를 하지 않는다. 마치 그녀가 불치의 외톨이였던 것처럼 말이다.

잠깐, 그녀는 할 말을 머릿속으로 막연하게나마 떠올려 보려 하지만, 그녀 안에서는 아무것도 그려지지 않는다. 그녀는 어느 컴컴한 심연의 가장자리에 있는 것만 같다. 더 많은 것을 알기 위해선 허공으로 돌진해야만 할 것이다.

그녀는 겨우 온기가 남아 있는 어느 먼지 속에 발목까지 파묻힌 채 서 있다.

어떤 메아리도 꽉 들어찬 침묵을 깨뜨리지 못한다.

어떤 숨소리도.

오로지 그녀의 벗은 몸이 내는 소리만 들을 수 있을 뿐이다. 위장에서 나는 소리, 심장박동 소리와 쉭쉭거리는 소리.

다시, 굴욕감이 그녀를 절망에 빠트린다. 맨몸인 것으로부터, 혼자인 것으로부터, 죽었다는 것으로부터, 그리고 현재 상황을 자신이 견디고 있다는 인상을 주기 위해서, 말을 해야만 하는 것으로부터 당도하는.

107

우리는 엄밀히 말해 아무것도 보지 못합니다, 그녀가
말한다. 무언가가 제 입에서 움직이고 밖으로 나와서 말이
됩니다. 침묵을 깨트리는 이 말이 저에게 들려옵니다, 그리고
저에게는 그것을 자랑스러워할 어떤 이유도 없습니다. 그러나
그것은 저의 목소리거나, 아무튼 제 입에서 나오는 진동이며,
저는 그것을 쫓아 버릴 수도, 고려하지 않을 수도 없습니다.

그녀는 앉거나 몸을 웅크리고 싶으리라. 그러나 그 즉시,
그녀는 그렇게 하면 자신의 청중 앞에서 훨씬 더 외설적인 자세를
취하게 되리라는 느낌을 받는다.

여러분이 누구건 간에, 저를 기다려 주는 인내심을
여러분은 가지고 계셨습니다, 여러분께 감사드립니다, 그녀가
말한다. 경청해 주시는 여러분께 미리 감사드립니다.

그러고 나서 그녀는 숨을 한 번 들이마신다, 그녀는
마지막으로 제 첫 소설의 불행한 생명체를 생각한다, 이 생명체는
낯선 서류 하나를 열었고, 거기서 아무것도 이해하지 못한 채,
과장된 목소리로 그것을 읽고 있었다. 그리고 그녀는 앞으로 달려
나간다. 그녀는 연설을 시작한다.

말이란, 그녀가 시작한다. 맨 처음에는.

처음에는, 적어도 우리 포스트엑조티시즘 세계에서 처음에
말이 있는 것은 아닙니다. 말이 있는 것은 아니지만 약간의 빛은
있습니다, 그리고 심지어 빛이 전혀 없다 하더라도 어떤 장소와
어떤 상황의 이미지는 있습니다, 그리고, 오로지 이미지만이
중요합니다. 오로지 이미지만이 처음부터 명확해지고 스스로
제시됩니다. 이미지는 안정적입니다, 이미지는 처음부터 모든
중요성을 가지고 있습니다, 이미지는 그 자체로 충족되고 우리를
충족시켜 줄 수 있습니다.

목소리는 덤으로 옵니다, 목소리는 뒤따라옵니다,
목소리는 덧붙여집니다, 예를 들어 그것은 이미지 밖에 위치한
어떤 설명이며, 문학 외적인 개입입니다. 덧붙여진, 인공적인
개입이지요. 목소리는 우리의 관심을 거의 끌지 못합니다.
아니면, 두 번째 가능성은, 이미지에서 태어나며 독백이나 대화,
노래와 더불어 연극이나 공연으로 이미지를 변형시키는 것이
바로 목소리라는 겁니다. 우리의 관심을 끄는 건 이 두 번째

목소리입니다. 그러나 이것도, 저것도 아닐 때가 자주 있습니다.

설명도 아니고 연극적 소리도 아닐 때 말입니다. 이것도 아니고 저것도 아닐 때 말입니다.

마리아 300-10-3은 몇 초를 흘려보낸다.

어떤 경우에는, 그녀가 다시 말한다, 다시 말해, 빈번하게, 뒤따라오는 이 목소리는 이미지에 속하는 목소리, 가늠할 길 없는 이미지의 깊이에서 생겨나는 목소리, 이미지의 표현 자체인, 이미지의 언어적 표현 자체인 목소리입니다.

저는 이 목소리를 무성(無聲)의 목소리라고 명명하겠습니다, 그러나 저는 이것을 자연스러운 목소리라고도 부를 수 있을 거라고 생각합니다. 이 목소리는 자연스러운데, 왜냐하면 이 목소리는 스스로를 표현하기 위해 인간의 언어도 인간의 성대도 필요하지 않은 힘들, 이미지 고유의 자연적인 힘들을 전제하기 때문입니다. 이 목소리는 자연스러운데, 왜냐하면 그것은 이미지 안에 존재하는 것에, 실제로, 구체적으로 존재하는 것에 근거하기 때문입니다, 왜냐하면 그것은 미리 존재하는 것에 근거하기 때문이며, 어떤 외적인 개입이나 심지어 관찰의 결과가 아니기 때문입니다. 이 목소리는 자연스러운데, 왜냐하면 이 목소리의 확성기들은 이미지 속의 자연스러운 요소들, 바람, 혹은 동물, 혹은 버려진 물건, 혹은 그 자체로 추억을 담고 있는 낡은 물건이나 낡은 옷가지와 같은 요소들, 다시 또 다른 예를 들어 보면, 이미지 속의 또 다른 자연스러운 요소들, 무언(無言)의 인물이나 죽은 자처럼, 또 다른 자연스러운 확성기들이기 때문입니다.

이미지는 무성의 목소리로 말합니다. 이미지는 처음부터 그리고 말없이 사물들에 대해 계속해서 말합니다. 이미지는 자신의 비인간적 언어 속에서 그리고 정말로 소리를 내지 않는 자신의 언어 속에서 사물들을 발음합니다, 이미지는 음역 없는 자신의 목소리로 사물들을 발음합니다. 오로지 그리고 난 다음에야 남자 배우들과 여자 배우들이 개입합니다, 오로지 그리고 난 다음에야 등장인물들이 진동하는 목소리로, 무언으로 세상을 말하거나 혹은 입을 다문 자신들의 목소리로 말을 합니다.

마리아 300-10-3은 눈을 감는다, 그런 다음 다시 눈을 뜬다.
그녀의 외부에는, 단 하나의 변화도 없었다. 그녀는 자신의
말을 듣고 있는 사람이 있는지 자문한다. 그녀는 자신의 피부와
봉합되지 않은 구멍들을, 어떤 천으로도 가려지지 않은 자신의
벌어진 곳들을 다시 생각한다, 그리고 몇 초 동안, 이런 생각이
그녀를 정신적으로 무너뜨린다, 그러자 그녀는 사력을 다해
자신의 강연 속으로 다시 빠져든다. 예를 들어 보자, 그녀는
생각한다. 마리아 300-10-3, 예를 하나 제시해. 어떤 일화나 실례
말이야. 그러지 않으면 청중이 분산될 위험이 있어.

2007년 1월 22일이었습니다, 그녀가 말한다, 야사르
타르칼스키는 자기 내면의 어둠에서 빠져나와 어떤 꿈 안으로
들어갔습니다. 꿈은 고통스러웠습니다, 우리가 이감되었을
때, 우리의 신분이 바뀌었을 때, 그리고 새로운 환경의
목소리 공동체에 녹아들기 전, 몇 달의 경청과 모색의 기간이
필요하리라는 것을 우리가 알게 되었을 때, 예외 없이 그런 일이
일어나는 것처럼, 왜냐하면 예전에 이웃한 감방에 투옥되었던
남자 포로들과 여자 포로들을 우리가 알았을 때조차, 남자 포로들
서로서로, 여자 포로들 서로서로, 문제없이 어울리기까지는
시간이 꽤 필요하기 때문입니다. 우리는 남녀 포로들과 재빨리
하나가 되고 싶어 하고, 수감자 각자의 인격이 죽어 갈 때
그것에 다시 생명을 부여하거나 인격이 죽었을 때 그것에
경의를 표하고자, 수감자 각자의 인격을 고통 없이 받아들이고
싶어 하고, 죄수 각자의 스타일, 그들의 기질, 그들의 남자 혹은
여자의 강박관념을 받아들이고 싶어 합니다. 그러나 야사르
타르칼스키는 몇 시간 일찍 이감되었습니다, 그는 첫날 밤을
501호 감방에서 보냈습니다, 그리고 그는 가장 가까운 감방에
있는 동료들에게도 아직 연락을 취할 수 없었습니다. 그래서 그의
꿈은 고통스러웠습니다.

　　그의 꿈은 고통스러웠습니다, 그리고 그 꿈은 무엇보다도
하나의 상황과 하나의 이미지로 구성되어 있었습니다. 야사르
타르칼스키는 군복을 입고 있었습니다, 그리고 그는 바다를 따라,

콘크리트로 된 광장을 걷고 있었습니다. 콘크리트 너머에는 텅 빈 가판점들이 있었습니다, 그리고 그 너머로는 여전히 아무것도 없었습니다. 이미지가 말하고 있었습니다, 이미지는 인간의 목소리를 내지 않고 그가 방향을 잘못 잡았다고, 그의 목적지는 지도에 나타나 있지 않으며 그가 따라가려 마음먹고 있던 철로는 수십 킬로미터 옮겨졌다고 야사르 타르칼스키에게 말했습니다. 이미지는 이것을 무성의 목소리로 말했습니다. 이미지의 언어는 타르칼스키를 관통했습니다, 그러자 그는 저녁이 되기 전에 돌아가야 할 호송차에 자신이 제시간에 돌아가지 못하리라는 걸 깨달았습니다. 그는 짙디짙은 회색과 아주 눈부신 하늘이 반사되던 웅덩이 사이를 비틀거리며 지나갔습니다, 그런 다음 그는 광장의 가장자리까지 갔습니다, 그리고 그는 걸음으로 첫 번째 비상(飛上)에 착수했습니다. 이제 바다는 그의 아래 아주 멀리 있었습니다. 그는 자신의 오른편에 벼랑을 두고, 마지못해 수직 암벽을 따라 움직였습니다. 그는 현기증을 느끼지는 않았습니다, 그러나 그는 자신이 잘못된 길로 접어든 것을 알고는 힘겹고 거칠게 숨을 내쉬었습니다. 좁은 계단이 그를 바람과 세월에 유리 대부분이 깨진 어느 커다란 유리창으로 이끌었습니다. 여러 사람들, 야사르 타르칼스키가 알았던, 곁에서 도우며 그가 함께 투쟁했고 사반세기 동안 한 번도 만나지 못했던 대여섯 명의 남녀 무리가 거기에 피신해 있었습니다. 그들은 높은 벽에 등을 기댄 채, 바다가 굽어 보이는, 어떤 출구도 없는 이 플랫폼 위에 있었습니다. 불안은 그들을 말이 없게 만들어 버렸습니다. 타르칼스키는 가서 그들과 한데 섞였습니다. 이미지는 계속해서 말했습니다, 이미지는 그들에게 어떤 출구도 없다고, 시간이 흐르고 있으며 희망하는 것도, 심지어 계속하는 것도 아무 소용이 없다고 그들에게 말했습니다.

갑자기, 야사르 타르칼스키가 말하기 시작했습니다. 저는 그의 문장을 아주 정확하게 기억합니다. "야, 일리치." 그가 말합니다. "이런 일이 절대로, 심지어 천 년 후에도 일어나지 않을 거라고 너 벌써 생각한 적 있어?" 무리 중에 일리치라고 불리는 이는 없었습니다. 우리 각자의 불안이 눈에 띄게 커졌습니다.

야사르 타르칼스키가 깨어나는 데는 시간이 오래 걸리지

않았습니다. 웬 일리치? 즉시 그는 생각했습니다. 도대체 내가
이 목소리로 무슨 말을 하고 있었던 거지? 내 입을 통해 나온 이
목소리는 누구의 것이었지?

땀에 젖은 채로 그는 새 감방에서 침상으로 쓰던 콘크리트
침상 위에서 돌아눕고 또 돌아누웠습니다, 그런 다음, 그는 몸을
일으켰습니다. 사람들 모두 위층에서 자고 있었습니다. 아래에서
누군가 고함을 질렀고, 그런 다음 조용해졌습니다.

"야, 일리치." 타르칼스키가 반복했습니다, "이런 일이
절대로, 심지어 천 년 후에도 일어나지 않을 거라고 너 벌써
생각한 적 있어?" 그는 문을 향해, 짓눌린 어조로, 문의 쪽문
앞 쇠창살에 머리를 대다시피 하면서 이렇게 중얼거렸습니다.
도대체 무슨 일이었지, 그는 생각했습니다, 도대체 무엇이,
심지어 천 년 후에도 일어나지 않을 수 있는 거지? 그는 자신의
기억에서 다시 한번 자신의 꿈을 관찰해 보려고 두 눈을
감았습니다. 그는 무리의 모든 구성원을 다시 보았습니다, 그러나
이미지는 더 이상 말을 하지 않았습니다, 그리고 그 자신도
막연해지고 말았습니다.

"누가 이 말 했어?" 그가 쪽문 너머로 외쳤습니다. "조금
전에 말한 게 어떤 목소리지? 어떤 목소리가 조금 전 일리치에게
말한 거지?"

그는 문을 주먹으로 두드렸습니다. 아무도 대답하지
않았습니다.

"누가 이 목소리를 냈지?" 그가 목이 쉬도록 다시
소리쳤습니다.

그러고 나서 그는 입을 다물었습니다.

마리아 300-10-3은 숨을 가쁘게 헐떡거렸다, 그리고 그녀는
시각장애인을 위한 포르노 잡지에나 어울리는, 꼿꼿이 서 있고
인위적이며 어쩌면 도발적일 자신의 자세가 정말로 상황에는
더 이상 적합하지 않다고 느낀다. 그녀는 주저한다, 그녀는 바닥
가까이 몸을 낮추고 쭈그려 앉을 뻔한다, 그러자, 그녀는 이런
충동에 저항한다, 그리고 똑바로 선다. 두 다리를 벌린 채 쭈그려

앉는 것은, 어둠이 그녀의 이 외설스러운 자세를 누그러뜨려
줄 장막을 하나 만들어 준다 하더라도, 쭈그려 앉는 것은
최악이리라.

그녀는 다음이 오기를 기다린다. 그녀는 쉴 새 없이 숨을
몰아쉰다. 그런 다음 1분이 지나자, 그녀의 폐가 진정된다.

다시, 말들이 그녀의 입에서 나올 준비를 한다. 그녀가
입술을 반쯤 벌린다, 그러자 말들이 나온다.

우리가 방금 보았듯이, 그녀가 말한다, 목소리의 출처를
규명하는 게 문제가 될 때 불확실성은 커집니다. 이미지의
내부에서 등장인물들은 때로는 독백의 형태로, 때로는 대화의
형태로, 말을 할 수 있을 만큼의 충분한 힘을 모으는 데 종종
성공하지만, 실제로 누가 말을 했는지 확실하게 말할 수 없을
정도로 이 인물들의 안과 주위는 어둡다고 하겠습니다. 그들은
스스로에게 질문을 제기하지는 않습니다, 그러나 그들이
질문을 스스로에게 제기할 때, 그들은 대답하는 게 가능하지
않다고 느낍니다. 그들은 답을 모르거나, 보다 정확히 말해
답을 100퍼센트 확신하지 못합니다. 그들은 개연성에 토대를
둡니다. 그들은 자신들에게 충격을 주지 않는 생각들이나 생각의
조각들, 자신들이 자발적으로 동의한다고 느끼는 생각들을
표현하는 하나의 친숙한 목소리를 식별하거나, 아니면 그
목소리로 인해 그들이 만족하게 되는 거짓말이나 거짓말의
파편들을 내뱉습니다. 그들은 이 거짓말들에서 자신들이 말을
하는 중이라는 결론을 끌어냅니다. 그들 입의 차원에서 동요가
있고, 이로부터 그들은 십중팔구 자신들이 말하는 중이라는
결론을 끌어내는 것입니다. 그들은 항상 자신들의 것이라고
상상했던 것과 호응하는 것처럼 보이는 목소리를 하나 알아보고,
걸음을 내디디며, 망설임을 극복하고 자신들이 듣고 있는 것이
정말로 자신들의 목소리라고, 어둠의 한복판에서, 짙은 어둠의
한복판에서, 진부한 것들이나 거짓말을 읊는 것이 바로 자신들의
목소리라고 결정합니다. 그러나 때때로 의심이 그들에게
스며드는 일이 발생합니다. 이러한 상황은 특히 그들이 입을

다물고 있는 동안, 그들이 침묵하고 있으며 잠들어 있거나
죽었다고 모든 것이 가리키는 동안 그들이 그들 자신을 위해
요청하기를 원하는 목소리가 그들의 두개골 어딘가에서 울릴 때
발생합니다. 불확실성이 높아지는 것은 바로 이런 순간들입니다.
이것은 고통스러운 순간들입니다. 등장인물은 소스라치며
놀랍니다. 어떤 남자 혹은 어떤 여자인 등장인물은 소스라치며
놀랍니다. 별안간 그는 바로 지척에서, 어쩌면 다른 누군가가
자신의 목소리를 빌려 갔거나, 아니면 그 깊이를 헤아릴 수 없는
자신의 두개골 저 깊은 곳에서 무언가, 또는 심지어 누군가가
그가 말을 하도록 강요했다는 사실을 깨닫습니다. 경험에 비추어,
저는 이런 의문이, 아직 우리에게 피가 남아 있을 때는 혈액에서
아드레날린 비율의 상승을 불러일으키고, 우리가 아직 감정을
가지고 있을 때는 고통스러운 불안의 감정을 불러일으킨다고
말할 수 있겠습니다. 우리는 우리 자신의 목소리의 기원에
대해 궁금해합니다, 그리고 우리는 그 어디에서도 그 자체로
만족스러운 대답을 발견하지 못합니다. 우리는 소스라치며
놀랍니다, 그리고 우리는 무대 뒤에서 불만에 찬 몇 마디
말로 투덜댑니다, 그리고 우리는 때로는 문장의 한복판에서
멈추기도 합니다. 어둠이 정말로 아주 짙으면, 우리는 목소리를
가다듬으려고 기침을 하고 그다음을 기다립니다. 우리는
목소리를 가다듬으려고 기침을 합니다, 우리는 더 이상 아무 말도
하지 않습니다, 우리는 어둠 속에서 검디검은 바닥에 쪼그려
앉습니다, 그리고 우리는 그다음을 기다립니다.

그녀는 목소리를 가다듬으려고 기침을 한다. 그녀는 더 이상
아무 말도 하지 않는다. 그녀는 끔찍하리만큼 먼지가 많은 검은
바닥 위 몇 센티미터 높이로, 어둠 속에 쪼그려 앉는다, 그런
다음, 그녀는 이 동작을 버틸 수 없다는 사실에 충격을 받아 다시
일어선다, 그런 다음 중얼거리면서 머뭇거리더니, 다시 자세를
낮춰 무릎을 꿇고 앉는다. 이 자세는 외설적이기는 하지만,
어쨌든 보다 자연스러운 자세, 무(無)를 마주 보고 기이하게
고정된 채, 제 뒷다리로 일어선 짐승처럼 바닥에 박혀 있는
것보다는 상황에 보다 적합한 자세다.

114

이미지들이야, 그녀는 생각한다. 나의 시연을 덜
추상적으로 만들어야만 해. 마리아 300-10-3, 사람들이 알아볼
수 있는 삽화들을 제공할 수 있게 빨리 준비해. 그렇게 하지
않으면 그들은 산만해질 거야. 그렇게 하지 않으면 그들은 오로지
내 성기와 내 구멍들만 생각할 거야.

지금부터, 그녀가 다시 말한다, 예시를 통해 보여 드리기 위해,
말이 없거나 말이 없다시피 한 몇 가지 이미지, 무언의 목소리를
들려줄 몇 가지 이미지를 인용해 보겠습니다. 여러분도 아시는
이미지들입니다, 상영이 되는 동안, 이 이미지들을 여러분에게
비추어 주었던 영화 장면들을 여러분은 분명 보셨을 겁니다.
움직이지 않는 이미지들은 아닙니다, 그러나 이 이미지들은
근본적으로 무음(無音)입니다, 그리고 이 이미지들은 자신들
무성의 목소리를 아주 강력하게 듣게 만듭니다.

• 잉마르 베리만의 「제7의 봉인」에서, 죽음의 사자(使者)와 두는
체스 시합, 이와 더불어, 마지막 장면에서 언덕을 고통스럽게
오르고 있는 실루엣들의 행렬.
• 벨라 타르의 「파멸」에서, 네 발로 진흙 속에서 개를 마주 보고
짖고 있는 남자.
• 데이비드 린치의 「이레이저헤드」에서, 음침하고 창문 없는
아파트에서 울고 있는 아기.
• 프리드리히 무르나우의 「노스페라투: 공포의 교향곡」에서,
창문에 노스페라투의 머리가 있는, 버려진 건물의 노출된 정면.
• 잉마르 베리만의 「수치」의 마지막 대목에서, 시체를 가득 실은,
텅 빈 바다 위에서 멀어지고 있는 작은 배.
• 왕자웨이의 「동사서독」에서, 바람에 나부끼는 커다란 천으로
절반쯤 감추어진 사막의 풍경.
• 안드레이 타르콥스키의 「잠입자」에서, 이른 아침 일정한 바퀴
소리를 내는 궤도차를 탄 여행.
• 구로사와 아키라의 「살다」에서, 그네 위에서 노래를 부르는
암에 걸린 노인.

• 베르너 헤어초크의 「난쟁이도 작게 시작했다」에서 막대기를 들고 싸우는 커다란 오토바이 고글을 쓴 시각장애인 난쟁이들.
• 세르조 레오네의 「옛날 옛적 서부에서」의 첫 부분에서, 세 명의 강도가 기다리고 있는 기차역.
• 안드레이 타르콥스키의 「이반의 어린 시절」에서, 강 위를 비추는 조명탄들.
• 안드레이 타르콥스키의 「거울」에서, 바람이 한바탕 휩쓸고 가는 초원.

그녀는 잠시 입을 다문다.

이외에도 많아, 그녀가 생각한다. 모든 이미지가 말을 하지. 모든 이미지가 언어 없이, 무성의 목소리로, 자연스러운 무성의 목소리로 말을 하지.

이미지가 나타나면 거기에는 침묵이 있을 수 없습니다, 그녀가 다시 말한다. 심지어 어둠이 완연한 경우조차, 심지어 이미지가 검은색이고 아무도 소리를 내지 않고 말하지 않을 때조차, 거기에는 침묵이 있을 수 없습니다. 목소리 하나가 높아집니다, 그리고 높아지면 그 목소리는 입의 언어와는 다른 무언가를, 심지어 고함을 지르거나 숨을 쉬거나, 혹은 중얼거리는 순간들과 다른 무언가를 지닙니다. 목소리는 기억들, 이미지들의 기억들, 몸의 기억들을 지닙니다. 목소리는 이미지의 무성의 목소리로, 혹은 몸의 목소리로 말합니다. 이미지의 짙은 어둠에서, 때때로 이미지의 밑바닥에서 말하는 몸조차, 말은 있지만 침묵은 역시 없는 몸의 언어로 말합니다. 말하는 몸이 침묵을 지키는 일이 발생합니다, 그러나 말하는 몸은 전반적으로 침묵 상태에 있지 않습니다. 몸 주위로 이미지의 저 무성의 목소리가 지나갑니다, 그리고 이 목소리 안에는 몸이 안으로 끌어당겨 제 것으로 만드는 몸에 대한 기억들이 끊임없다 할 만큼 있습니다. 이미지의 저 무성의 목소리가 몸에 대한 자신의 기억들에서 벗어날 때, 몸은 그것들을 자기 안에서 다시 취하고 그것들에 대해 몸 자신의 목소리로 말합니다. 기억들은 외침의 순간들이나 호흡 혹은 중얼거림의 순간들로 변할 때까지, 또한 몸이 스스로 입을 다물 수 있을 정도로 충분한 기억들을 가질 때까지, 침묵이나 침묵의 부재 속으로 퍼져 나갑니다. 이것이 반드시 고통의 기억들은 아니며 반드시 인간적이지도 않습니다. 그러나 기억들이 이미지와 분리된 어떤 등장인물이나 어떤 이야기를 형성할 수 있을 만큼 충분히 많은 경우에도, 몸의 목소리가 입을 다물 때에도, 이미지는 침묵과는 동떨어져 있습니다, 이미지는 이미지의 저 무성의 목소리가 자신을 통과하게 놔둡니다, 그리고 이미지는 자기 고유의 침묵에서 멀어집니다.

그녀는 하던 연설을 멈춘다. 그녀는 끔찍이도 피곤함을 느낀다. 그녀는 또한 자신의 입이 풀어 놓은 것을 듣지 않은 것처럼 보인다. 게다가 이것은 불쾌한 느낌이다. 그녀는 제 알들 위에서 자리를 잡아 보려 하는 아주 무거운 새처럼 한 발을 다른 발 위에 올려놓고 몸을 좌우로 흔들어 본다. 그러고 나서 그녀는 진정된다. 그녀는 더 이상 움직이지 않는다.

　　바닥에 대해서 말해야 해, 그녀는 생각한다. 바닥에 대해서 말하지 않으면 나는 하나도 이해받지 못할 거야.

　　그녀는 어쩌면 존재하지 않을지도 모르는 제 청중에게, 제 무언의 청중에게 자신이 방금 한 말을 기억하려고 노력한다. 그녀가 그것을 반복할 순 없으리라. 또한 그녀가 그럭저럭 말을 건넸던 남자들과 여자들, 그들은 그녀의 강의 내용을, 아니 적어도 몇 마디나마 간직하고 있었을까? 그녀는 아주 가까이 있는 것, 저 멀리 있는 것을 유심히 살펴본다. 무엇 하나 구분되지 않는다. 모든 것이 어떤 희미한 빛도 절대 통과할 수 없을 송진 같은 것에 일률적으로 잠겨 있다. 그녀는 무언가를 보거나 만지려 한다, 하지만 그녀는 부재에 둘러싸여 있다. 거무스름한 지면을 제외하면, 손가락으로 움켜쥘 만한 것은 아무것도 없다. 그녀의 몸 위로 실제로 생기 없고 아주 무미건조한 공기가 내려온다.

　　그녀의 폐는 그것을 그녀의 몸 안으로 끌어들이고, 그런 다음, 어둠으로 되돌려 보낸다.

그녀는, 그 모든 시간이 지나간 지금, 자신이 냄새를 풍기고 있는지 궁금하다. 아무리 제한적일지라도, 자신이 악취를 발산할 수 있다는 생각에 그녀는 진저리를 친다. 내 구멍들이, 그녀는 생각한다. 내 구멍들이 몸의 역겨운 냄새, 썩은 냄새를 내보내기 시작하지 않으리라고 말해 주는 건 아무것도 없어. 내장의 썩은 냄새 말이야. 내 구멍들이 벌써 역한 냄새를 뱉어 내기 시작하지 않았다고 말해 주는 건 아무것도 없어. 잠시 동안, 그녀는 자신에게서 나는 냄새를 맡아 보려 시도한다. 그녀는 아무것도 느끼지 못하지만, 어둠 한가운데서, 악취를 풍기고 있다는 강박이 점점 강해진다. 그녀는 조금 몸을 움직여 본다, 그녀는 한쪽 다리를 다른 쪽 다리에 올리고서 춤을 추고, 그런 다음, 한 번 더, 그녀는 진정된다. 이때가, 그녀는 생각한다. 내 발표는 끝나지 않았어. 바닥에 대한 물음을 다루려던 참이었지.

바닥에 대해 말해야만 해, 그녀는 기억을 떠올린다.

바닥에는, 아직 이미지는 없습니다, 그녀가 다시 말한다. 오로지 거무스름한 것만 있습니다. 밤의 바닥에든 절망의 바닥에든, 중요하지 않습니다. 거무스름한 것은 어둠 속에 웅크리고 있습니다, 그리고 거무스름한 것은 고독이나 무의식에서 끄집어내어 무언가를 발음하려고 중얼거립니다. 거무스름한 것은 바닥 저 아래, 홀로 있습니다, 그리고 그것은 또한 중얼거립니다. 그것은 중얼거리거나 웅얼거립니다. 이러한 고독과 이러한 웅얼거림에서 틀림없이 무성의 목소리가 나옵니다. 처음에는, 심지어 이미지조차 아직 없습니다, 고작해야 바닥과 어둠이 있습니다, 그리고 현재 자신의 존재하지 않음과 자신의 도래할 존재에 관해서 웅얼거리고 있는, 앞을 보지 못하는 거무스름한 것이, 오그라든 채, 있습니다. 이것은 아직 이미지가 아닙니다, 이것은 아직 무성의 목소리가 아닙니다, 그리고 어쨌거나 말은 거기 없습니다. 무성의 목소리는 말 없이 있습니다, 그리고 중얼거림의 내부로 이동하는 것은 언어 없이, 그리고 말 없이 있습니다. 저 자신도 웅얼거리려고 이렇게 밤의 바닥에 혹은 절망의 바닥에, 꽤 자주 웅크리곤 합니다, 그리고,

그때 저는 이미지가 없다는 것을, 이미지가 아직은 없다는 것을 알게 됩니다. 저의 증언을 믿어도 좋습니다. 우리는 바닥에 있습니다, 머리는 두 팔 사이에, 고통스러울 때까지 자신 안으로, 말 없이, 언어 없이 수그린 채 말입니다, 그리고 우리는 모든 이미지와 우리가 멀리 떨어져 있다는 것을 잘 알게 됩니다. 우리는 말 없이 중얼거립니다, 우리는 웅얼거립니다, 그 무엇도 말해지지 않습니다, 그 무엇도 보이지 않습니다. 무성이거나 무성이 아닌 목소리는 그 어디에도 도달하지 않으며, 어둠은 아무것도 붙잡지 않습니다. 그것은 아직 이미지가 아닙니다, 그리고 그것은 심지어 이미지의 부재도 아닙니다.

맞아, 그녀는 생각한다. 그래, 이거야. 계속해서 이걸 말해야만 해. 이것을 나는 절반도 이해하지 못하지만, 이것은 나를 넘어서 지나가야만 해. 나는 말 없이 중얼거리고 있어, 나는 웅얼거리고 있어, 아무것도 말해지지 않아, 아무것도 보이지 않아, 하지만 무언가가 나를 넘어서 지나가고 있어. 무성이거나 무성이 아닌 내 목소리는 그 어디에도 도달하지 않아. 어둠은 아무것도 붙잡지 않아. 그러나 이건 내 목소리야. 이걸 계속해서 말해야 해.

등장인물들의 목소리는 종종 그들의 두개골이 아닌 가슴에서 나옵니다, 그녀가 계속한다. 목소리는 해파리나 시체의 연골이 그런 것처럼 사악하고 불확실한 색을 띠는 관들을 따라, 폐의 검붉은 물질들을 통과합니다, 그런 다음 목소리는 불그스름한 줄들 위에서 떱니다, 불그스름한 줄들은, 솔직히 말하기로 하지요, 숨을 끊어 버리는 어떤 추함에 동참하는데, 예를 들어 우리가 인두 윗부분을 이제 막 열어 벌써 치아와 입술로 향하게 할 때처럼, 입속과 혀를 우리가 내부에서 관찰할 때, 입속과 혀를 같아지게 만들 수 있는 어떤 추함에 동참합니다. 등장인물들의 목소리는 본질적으로 어떤 붉은 길로 접어들고 붉은 살을 통해 매우 불쾌한 산책을 한 다음에 몸을 떠납니다. 목소리는 가슴과 머리 밑부분의 붉은 물질들에서 최초로 시작됩니다. 목소리는

뇌에서 나오지 않습니다, 그리고 자신의 존재를 알릴 목적으로,
목소리가 뇌를 향해 다시 흘러드는 것은 오로지 이 순간뿐입니다,
회색 물질들이 목소리를 받아들이고, 목소리를 채택하며,
목소리가 이 회색 물질들의 내부, 이들 사이, 이들의 단조로운
회색에서 태어났다고 믿게 만드는 것은 바로 이 순간뿐입니다.
등장인물의 목소리는, 은근히, 회색 지능과 회색 의식에서
발단했음을 자랑합니다. 그러나, 실제로, 목소리가 외침이나
속삭임 너머에 가닿는 어떤 언어 차원으로 진화하는 것은
바로 목소리 자신이 붉은 여정을 거친 다음뿐입니다. 실제로,
목소리는 우선 가슴의 목소리, 붉은 세포조직과 붉은 몸의
목소리였습니다. 등장인물들의 목소리는 자신이 지능적이고
의식적이며 단조로운 회색이라고 표방합니다, 그러나, 바닥에서,
목소리는 항상 붉었습니다, 그리고, 이따금 목소리는 그랬던 것을
기억하고 그랬던 것을 은폐합니다, 이따금 목소리는 그랬던 것을
기억하고 그랬던 것을 감추지 않습니다, 그리고 이따금 목소리
역시 아무것도 기억하지 못합니다, 또한 목소리는, 단조로운 회색
속에서, 지능과 의식 속에서, 가련하게 진동합니다. 가련하게
말입니다.

기억이 하나 더 있습니다, 마리아 300-10-3이 말한다.
　　　우리는 말을 하는 것이 정말 목소리인지 아니면 우리가
듣고 있는 것이 다른 등장인물이나 심지어 또 다른 어느 작자가
발음한 것인지 정확히 알지 못한다. 그러나 그것은 그녀의
목소리다.
　　　기억이 하나 더 있습니다, 그녀가 반복한다.

저는 이미지의 내부에 있었습니다, 그녀가 말한다. 사방은 온통
검었고, 제가 눈을 감자마자 드높은 고원들의 풍경이 하나,
골짜기가 거의 없고 하늘이 지평선까지 뭉개진 거대한 평원이
하나 나타났습니다. 풀들이 물결치고 있었습니다, 물결무늬의
천과 초록색 비로드가 돌풍에 따라, 멀리서 불어오는 바람의

기분에 따라 희미해지거나 선명해지고 있었습니다. 이런 빛과 더불어, 풀들로 온통 둘러싸인 바다와 더불어, 거기서 무슨 할 말이 있었을까 자문합니다. 저는 이미지 안에 있었습니다, 저는 혼자였습니다, 저는 아무런 말도 하지 않았습니다, 그리고 가끔 저는 눈을 떴습니다, 그리고 저는 한두 걸음을 내디뎠습니다. 제 두 손은 즉시 저의 감방 벽들에, 혹은 미지근하다시피 한 철제문에 닿았습니다. 제가 눈을 떴을 때 제 손이 만지고 있던 것을 말할 수도 있었을 겁니다, 그러나 저는 그럴 욕망을 느끼지 못했습니다, 그리고 저는 다른 것을 말하려고 제 기억을 불러왔습니다. 저의 기억력은, 종종 그랬듯, 쇠약해졌습니다. 저는 오로지 즉각적인 현재만을, 다시 말해 눈꺼풀을 내리자마자 제가 있게 된 이미지만을, 풀을 통해 광활한 몽골의 대지와 하나로 어우러진 광활한 몽골의 하늘만을 떠올리고 있었을 뿐입니다. 이미지의 저 무성의 목소리가 저를 관통하고 있었습니다. 그 무성의 목소리가 저에게 말하고 있었습니다, 제가 사람의 목소리와 심지어 등장인물의 목소리를 갖고 있었다고, 제가 이 목소리를 저의 존재를 말하는 데, 지나갔거나 혹은 최근이거나 혹은 여기 있거나 혹은 꾸며 낸 저의 존재를 이야기하는 데, 이미지를 말하는 데 사용할 수 있었다고 말입니다.

저는 이미지를 말했습니다.

저는 두 눈을 감았습니다, 그리고 두 눈을 감았다가 다시 떴습니다, 제가 과거 혹은 다른 무엇에 존재하고 있었는지 저는 알지 못했습니다, 저는 이미지 안에 있기 전에는 제가 죽었었는지 혹은 살아 있었는지 알지 못했습니다. 저는 사람의 목소리를 가지고 있었습니다. 저는 어떤 등장인물이 되려고 이 목소리를 이용했습니다, 그리고 저는, 저를 짓누르는 몽골 하늘 아래, 인간들처럼, 똑바로 선 자세를 유지하고 있었습니다. 풀들이 물결쳤습니다, 그리고 할 말이 거의 아무것도 없었습니다. 저는 긴 침묵을 유지하고 있었습니다, 그리고 제가 눈을 감고 있건 뜨고 있건, 거의 아무 소리도 제 입에서 나오지 않았습니다.

그래, 그녀는 생각한다.

　　그녀는 소리들이 자신의 입에서 나오는지 아닌지 알지
못한다. 그녀는 그렇다는 인상을 받는다, 그러나 지쳐서, 침묵
속에서 무슨 일이 일어나고 있는지 그녀는 귀 기울여 확인하려고
애쓰지 않는다. 그녀는 지면에 좀 더 가까이 내려앉는다. 그녀는
어둠 한가운데서, 엄청나게 검고, 무의미한 먼지 가까이, 진짜로
웅크린 채로, 정말로 있는 그대로의 모습을 드러낸다. 마리아
300-10-3, 그녀는 생각한다, 너는 이제 아무것도 아니야,
심지어 목소리도 아니야. 네 앞에 말하지 못하고 듣지 못하는
청중이 있든 없든 중요하지 않아. 청중이 남자라면, 그들은 너를
보지 못해, 그들은 너를 어둠의 잔상과 혼동해, 그들은 네게서
육체적이거나 정신적인 어떤 세부 사항도 구별해 내지 못해. 만약
청중이 여자라면, 너를 악의적으로 관찰할 이유가 없어, 그리고
어쨌든, 너에게 신경 쓰지 않아. 네가 눈꺼풀이나 다리를 벌리든
벌리지 않든 중요하지 않아.

　　그녀는 이렇게 따뜻하지도 차갑지도 않은 땅 가까이 쓰러진
채, 어떤 방식으로든 자신을 드러내지 않으면서, 오랫동안,
움직이지 않는 상태로 있다.

　　그래, 그녀가 다시 말한다.

마찬가지로 이미지 없이 발생하고, 언어적 환각을 격렬하게
일으키는 목소리들도 있으며, 우리는 그다음에야 이
환각으로부터 이미지들을 상상할 수 있습니다. 그것은 바로
노호(怒號)하는 목소리들입니다. 노호하는 목소리들은
등장인물의 것이 아니며 그 기원으로 이미지를 갖고 있지도
않습니다. 노호하는 목소리들은 이미지의 공간이나 시간 속에
나타나지 않습니다, 노호하는 목소리들은 몸의 내부에 있고
호흡에서 입으로 이어지는 붉은 길을 따라가지 않습니다,
그리고 노호하는 목소리들은 회색 물질들의 단조로운 회색에,
회색 지능에, 회색 기억에, 회색 의식에 복종하지도 않습니다.
노호하는 목소리들은 포스트엑조티시즘과 같습니다, 그것은
다른 곳에서 옵니다, 그리고 아무 데도 가지 않거나 다른

곳을 향해 갑니다. 우리는 노호하는 목소리들을 듣습니다, 그러나 그것들은 저들끼리만 말합니다, 다시 말해 그것들은 누구와도 말하지 않습니다. 노호하는 목소리들은 스스로를 위해서만 노호합니다, 노호하는 목소리들은 모든 것 밖에서 자신들의 리듬을 일으킵니다, 노호하는 목소리들은 자신들의 폭력과 자신들의 섬광을 모든 것 밖에서 분출합니다. 우주에서 그것들은 무성의 목소리, 혹은 숨결 없는 외침들, 혹은 난해한 기억의 조각들이 결여된 이미지를 간결하게 내려놓습니다. 노호하는 목소리들은 등장인물의 세계와 이미지들의 세계에는 이질적입니다. 그것들은 자신을 향한 언어, 난해한 악몽의 언어를 가지고 있습니다, 그리고, 그것들은 이미지와 섞이지 않습니다. 그것들은 이미지의 저 무성의 목소리와도, 이미지와도 섞이지 않습니다.

목소리가 노호할 때, 목소리는 비천하고 끔찍한 동물들을 생각합니다, 목소리는 인간들을 태우는 전쟁의 불길과 가마의 불길을 생각합니다, 목소리는 광활한 수역(水域)을 생각합니다, 목소리는 광활한 바다를 생각합니다, 목소리는 무한과 검은 공간의 검은 재를 생각합니다, 목소리는 낌새가 전혀 없는 날것의 복수를 생각합니다, 목소리는 무한하고 검은 복수를 생각합니다. 목소리는 등장인물들을 생각하지 않습니다, 그리고 목소리는 이미지가 자신에게 어떤 도움도 되지 않는다고 간주하기에 이미지를 무시합니다. 노호하는 목소리는 지속, 지속의 의미, 그리고 시간이 흐르고 있다는 생각을 무시하는 것과 마찬가지로 이미지를 격렬하게 무시합니다. 노호하는 목소리의 의도는 비천하고 끔찍한 동물들 곁에, 우리가 죽이고 우리가 가마에 불태우는 인간들 곁에, 우리가 학대하고 우리가 가마에 불태우는 여자들 곁에, 가능한 한 오래 남아 있는 데 있습니다. 노호하는 목소리의 의도는 자신이 출현하며 벌어지는 상황들이 어떻든 간에, 자신이 진동하는 세상이 자신을 받아들이거나 이해하는 데 적응하지 못하더라도, 꺼지지 않는 데 있습니다. 노호하는 목소리는 꺼지지 않는 것을 의도로 삼습니다, 그리고 세상을 있는 그대로 혹은 항상 그래 왔던 것처럼 받아들이지 않으려는 사명감을 갖고 있습니다. 노호하는 목소리는 세계도, 지속도,

이미지도, 소멸도 인정하지 않습니다. 노호하는 목소리는 자신의 음악성에는 관심이 없습니다, 노호하는 목소리는 오로지 자신의 거대하고 검은 복수, 거대하며, 검고 낌새가 전혀 없는 날것의 복수만을 생각합니다.

마리아 300-10-3, 내가 너에게 말하고 있잖아, 그녀가 말한다. 그런 다음 그녀는 말하지 않는다. 바닥에서, 그녀는 자신의 입술을 통해 무슨 일이 일어났는지 전혀 알지 못하고, 단지 알몸이라는 것, 죽었다는 것, 말했다는 것을 자신이 부끄러워하고 있다는 것만 알고 있다. 그녀는 팔에 그을음이 있다고 느낀다. 두 손이 바닥에 박혔던 게 분명하다고 그녀는 생각하는데 이런 생각 때문에 불편하지는 않다. 어느 순간, 그녀는 아마도 균형을 잃었을 수도 있으며, 깨닫지 못한 채 웅크린 자세에서 더 동물적인 자세로, 땅에 더 가까이 옮겨 간다. 시간의 부재를 이런 식으로 측정할 수 있다고 전제할 때, 그녀는 몇 시간을 이런 식으로 머무른다. 그런 다음 그녀는 자신에게 남아 있는 힘과 의지의 조각들을 모으고, 아주 느리게 움직이기 시작한다. 그녀는 나아가기 위해 팔다리를 전부 이용해 움직인다. 그녀는 무(無)를 향해 나아간다. 그녀는 더 이상 숨을 쉬지 않는다. 그녀 위에, 하늘은 단단한 잉크 덩어리다. 그녀는 완전히 혼자다. 게다가 최소한의 말도 이제 그녀와 함께하지 않는다. 그녀의 발표는 끝났다, 학회는 종료했다, 학회의 청중은 더 이상 상상할 수조차 없다. 그녀는 아주 천천히 걷고 있다. 그녀의 팔과 다리가 먼지 속에 처박혔다가, 빠져나왔다가, 또다시 처박힌다. 멀리서 보면, 마지막 순간 직전에 기어다니는 비참한 한 마리 벌레라고 하리라. 가까이서 봐도 마찬가지리라.

내가 너에게 말하고 있잖아, 그녀는 마지막으로 한 번 더 생각한다.

그런 다음 그녀는 계속해서 걸어간다.

끝에는, 적어도 우리 포스트엑조티시즘 세계에서는, 말은 더 이상 없습니다. 처음과 마찬가지로, 말은 없습니다. 오로지 이미지만이 중요합니다. 목소리들은 말하지 않습니다, 중요한 것은 오로지 이미지뿐입니다. 이미지가 사라지건 말건, 이미지가 무언가 말하려 하건 말건, 끝에는, 그리고 제가 끝이라고 말하면 정말로 끝입니다, 오로지 이미지만이 중요합니다.

---

40. Demain aura été un beau dimanche. 이 문장에 쓰인
전미래(le futur antérieur) 시제는 미래의 어느 시점에서
벌어지고 있을 사건이나 미래의 어느 시점에 끝나게 될
사건(혹은 끝나야 할 사건)에 대해 말할 때 사용한다.
언급되는 미래보다 먼저 일어날 행위를 말할 때도
사용된다.

니키타 쿠릴린은 작가가 되도록 운명 지어진 자가 아니었다, 그는
작가가 될 만한 뛰어난 재능을 갖고 있지도 않았으며, 주변인,
소외되고 열등한 피조물이라는 이 사회적 위상에서 보자면
그가 작가가 되려고 시도할 만한 어떤 이유도 찾을 수 없었다,
그러나 그는 마침내 작가가 되었다, 1938년 6월 27일 모스크바
남쪽, 아스팔트가 깔리지 않은 예메로보 거리에서 출생한 그는
그럭저럭 작가가 되었다. 그의 할머니는 그가 어느 일요일에
태어났다고 주장했다.

　　그날은 어느 일요일이었어, 아름다운 일요일이었지,
할머니가 말했다, 그날은, 그래, 어쨌든, 그래, 아름다운
일요일이었어. 종소리가 울리고 있었지. 네 엄마는 비명을 지르고
있었고, 제가 흘린 피 위로 다리를 벌린 채 계속 피를 쏟아 냈어,
네 엄마는 죽어 가고 있었어, 종소리가 요란하게 울리고 있었지,
6월의 어느 더운 날이었어, 잎사귀 하나하나가 작은 거울로 바뀐
것처럼 창문 너머로 자작나무들이 반짝이는 걸 볼 수 있었어. 네
엄마에게나 우리 모두에게나, 그날은 아름다운 일요일이었음이
분명했어, 그러나 네 엄마는 죽어 가고 있었지. 산파는 침착함을
잃었어. 피가 흐르는데도 산파는 네 엄마를 안심시켰어, 그러나
산파의 목소리는, 점점 더 자주 끊어졌고 산파 역시 소리를
질렀어. 너는 아직 온전히 나오지 않았지, 탯줄이 네 목을 조르고
있었거든, 종소리가 요란하게 울리고 있었어, 나는 네 엄마의
몸에서 빠져나오는 도살장과 죽음의 냄새를 내보내려고 창문을
열었어, 니키타, 분만 냄새가 쾌적할 거라거나 심지어 아무렇지
않을 거라고 생각하지 마라, 그렇지 않단다, 정반대로 그 냄새는
참을 수 없단다. 종소리가 방 안으로 점점 더 세차게 밀려
들어왔는데, 그 소리를 덮어 버릴 요량으로 나는 비명을 지르기
시작했단다, 그리고 거의 즉시 나는 창문을 도로 닫았어, 그리고
내가 다시 자리로 돌아왔을 때, 네가 마침내 나왔지, 탯줄이 네
목을 조르던 걸 멈추었고 네 엄마는 죽었단다.

　　할머니가 대단히 과장하거나 장황하게 늘어놓는 경향이
있기 때문에, 쿠릴린은 이 이야기를 매번 다른 버전으로 숱하게
들은 바 있었고, 지금, 이 이야기를 속으로 읊조리면서도 그는
어린 시절 내내 자신이 느꼈던 감동과 거북함을 더는 느끼지

않았다. 트라우마는, 그가 아직 아주 어렸을 때, 자신이 세상에 온 것이 어머니의 죽음과 함께였으며 어쩌면 어머니의 죽음을 유발했다는 사실을 알았을 때, 끔찍했다. 45년이 지난 후, 무덤으로 가는 길목의 어떤 불가피한 몰락 말고는, 그것 너머로 아무것도 없는 한계에 이미 자신이 도달했다고 느꼈을 때, 그 자신의 죄책감이 남겨졌다. 이 죄책감을 그는 또 다른 불편함과 나쁜 기억들 아래 묻어 두는 데 성공했다, 그러나 마음 깊은 곳에서, 상처는 아물지 못했다. 그럼에도 불구하고 차츰차츰, 할머니가 상세히 들려주었던 이야기는, 마치 오래전부터 그 내용이 고갈되었고 오래된 고통을 일깨우기에는 지나치게 되뇌어진 영화의 연속 장면이라도 된다는 듯이, 연속되고 강렬하지만 인위적인 이미지들로 이루어진, 막연히 문학적인 무언가 쪽으로 빗나갔다. 할머니는 그를 두렵게 만들거나 그에게 고통을 주는 무엇을 능숙하게 파헤치기 위해 더 이상 그곳에 있지 않았다. 그가 보고 또 보았던 이 영화에서, 흥건한 야만성, 울부짖는 소리, 소란스러운 히스테리, 요란한 종소리는 너무 과장되어 있어 비극적인 상황을 더 이상 믿을 수 없을 정도였다. 쿠릴린은 자신과는 덜 관련되었다고 느꼈고, 몇 년 전부터, 심지어 어깨를 으쓱거리면서 이것을 바라보기까지 했다.

종종 눈을 감고서, 그는 따뜻한 목소리, 할머니라는 배우의 목소리를 다시 들었고, 할머니를 생각하면서 자신을 측은하게 여겼다. 그는 할머니의 이야기하는 기술에 감탄했고, 장면을 아주 생생하고도 인상적으로 만든 세세한 묘사와 반전의 사실 여부를 자신이 처음으로 의심했던 때를 떠올렸다. 그는 할머니가 이야기를 꾸며 내는 데 몰두해 있었다는 것을 인정하기까지 시간이 걸렸다, 그러나 어느 날, 이미 수줍음 많고 말수 적은 10대가 되어, 자신의 존재가 어떤 범죄에서 비롯됐다는 사실에 자주 경악하곤 했던 어느 날, 그는 갑자기 깨달음을 얻었다: 종소리였다. 일요일이었건 다른 날이었건, 어떤 종도 1938년 6월 27일 예메로보에서는 울릴 수가 없었다. 당시 정교회는 체제와 관계가 좋지 않았으며, 이것이 우리가 말할 수 있는 최소한의 것이다. 반종교 투쟁은 1920년대만큼 격렬하고 열광적이지는 않았지만, 여전히 화젯거리였고, 대낮에 사제들은 장교를 피해

다니곤 했다. 하루의 반절을 비밀스러운 투쟁가로서 보내는
일상으로 인해 초조해하고 공포에 떨고 있는, 눈길을 회피하는
사제들을 우리는 여전히 만날 수 있었다, 그리고 예배는 열렸으나
종은 소리를 내지 않았다. 그런 일은 있을 수 없어요, 그가
할머니에게 말했다. 당시에는 종이 소리를 내지 않았잖아요.

　　뭐라고? 그런 일은 있을 수 없다고? 할머니는 화를 냈다.
집에서 100미터도 안 되는 곳에 카리용[41]이 하나 있었어,
맹세하건대, 나는 그걸 어제 일처럼 기억하고 있어. 하늘이
맑았었지, 어느 아름다운 일요일, 아름다운 6월의 어느
일요일이었어. 방 안이 답답해서 내가 창문을 열었지. 네 엄마는
한밤중부터 신음을 멈추지 않았단다. 새벽은 고통스러웠어.
방에서는 고약한 냄새가 풍겼고, 나는 땀이랑 부풀어 오른
생식기에서, 더러운 속옷에서 새어 나오는 그 냄새를 더 이상
맡고 있을 수 없었어, 산파의 머리카락에서는 악취가 진동했고,
산파의 수의사 앞치마는 흠잡을 데 없었지만 일주일 내내
같은 옷을 입었던 게 분명해, 그녀는 갈아입지도 않고, 손에
잡히는 대로, 벌써 낡을 대로 낡은 옷을, 서둘러 입었던 거야,
내가 얼마나 냄새에 민감한지 너는 알 거다, 네 엄마는 훨씬 덜
민감했지만, 네가 그걸 물려받아서 너도 똑같잖니, 니키타, 너도
고약한 냄새를 잘 견디지 못하잖니, 우리는 똑같아, 우리는 둘 다
그걸 견디지 못하지. 그래서 나는 창가로 가서 창문들을 열었어,
하지만 산파가 그러지 못하게 막았지, 산파는 밀폐되다시피 하고
보는 이도 없는 환경에서 분만이 진행되어야 한다고 주장하는
산과파(産科派)였단다, 게다가 그녀는 내가 가 버리기를 바랐을
테지만 나는 단호하게 거부했어, 우선 갈리아가 내 딸이었기
때문이고, 또한 내가 이 산파에게 반감을 품었기 때문이지,
면허는 있지만 무능한 여자, 고약하고 무능할 거라고, 그녀의
이웃과 모든 사람들이 고발당했던 사무실에 아는 사람이라도
있는 듯 쉽게 드나든다고 내가 의심하고 있던, 무능력한

---

41. 여러 종을 음계 순서대로 달아 놓고 치는 타악기의
일종. 여러 개의 종을 번갈아 울려 곡을 연주하는 장치로,
교회 첨탑이나 시청의 종탑에 있었다.

사람이었기 때문이야. 나는 십자형 유리창을 닫았고, 그때 처음 종소리가 울리기 시작했어, 하지만 아직 이른 시간이었지. 몇 시쯤 되었는지 나는 전혀 알지 못했어. 이어서 방은 다시 오랫동안, 물 샐 틈 없을 만큼, 모든 것으로부터 분리되었어, 그런 다음 네가 나오기 시작했지. 맨송맨송한, 보랏빛 도는 네 머리가 나오는 걸 보는 게 너무나 끔찍해서 몇 초 이상 보고 있을 수 없을 정도였단다, 그리고 나자 출혈이 너무 심해, 구토를 하고 싶을 정도였지. 산파가 고군분투하고 있는 동안, 나는 창문으로 가서 몸을 기댔단다. 네 엄마는 나와 손을 잡는 걸 거부했어, 네 엄마는 어떤 도움도 거부했단다, 네 엄마는 내가 있는 것도 거부했지, 네 엄마는 모든 걸 거부했어, 네 엄마는 우리가 도살장으로 끌고 가 서투르게 목을 자르기 시작했다가 그르친 짐승처럼 울부짖을 뿐이었어. 나는 거기서, 역겨운 방식으로 죽어 가는 추악한 동물이 아니라 오히려 내 딸을 봐야 한다는 게 가장 고통스러웠어. 네 엄마는 더 이상 말을 하지 못했단다, 네 엄마는 더 이상 누구에게도 말을 걸지 않았어, 네 엄마는 도살자의 칼 아래 놓인 암양이나 암소와 구별되지 않을 정도로 애처롭게 울부짖을 뿐이었다. 니키타, 네게 이렇게 거칠게 그 일을 말하는 나를 용서해 주렴, 하지만 사실이란다, 나는 더 이상 네 엄마를 인간으로, 나와 혈연관계를 맺은 사람으로, 더 좋았던 어느 순간에 나를 향해 몸을 돌려 자신이 내 딸이었음을 보여 줄 사람으로는 볼 수 없는 지경에 이르렀단다. 나는 분노와, 심지어 막연한 혐오감 외에, 네 엄마에게 특별한 것이라고는 아무것도 느끼지 못했어. 나는 어미로서의 감정을 가진 적이 단 한 번도 없었어, 딸을 갖는다는 게 기뻤던 적이 단 한 번도 없었어, 딸에 대해 내가 유전적인 책임감을 느끼는 것에 화가 나기도 했어. 니키타, 알다시피, 난 너에게 아무것도 숨기지 않아. 누군가에게 모범적인 사람으로 여겨지기를 나는 한 번도 바란 적이 없었어. 하지만 괜찮아. 종소리 때문에 그날이 일요일이었다는 걸 난 알아. 다른 날이었다면, 밖에서 아무런 소리도 나지 않았을 거야, 아니면 그저 트럭이 길을 지나는 소음, 아니면 몇몇 대화 소리가 울렸겠지. 큰 소음은 없었어, 어쨌든, 그곳은 마을, 그것도 꽤 한적한 마을이었단다. 그리고 그 마을에는 종들이 있었다. 내가 그걸 꾸며 낼 수는 없었어, 물론이지. 니키타, 장담하건대, 그걸 내가 꾸며 낼 수는 없었단다. 그날 아침을 마치 어제였던 것처럼 나는 기억하고 있단다. 1938년 6월 27일 모스크바 남부였어, 그리고 네게 장담하건대, 일요일이었단다. 종들이 울리고 있었고, 하늘이 환했어, 어느 아름다운 일요일이었지. 네가 태어난 날은, 어느 아름다운 일요일이었어. 지금 생각해 보면, 무사히 지나갈 수도 있었을 거야.

　　니키타 쿠릴린의 할머니는 부드럽고 장중한 목소리로 말했다. 그는 어린 시절을 할머니의 목소리를 들으면서, 할머니에게 순종하면서, 그리고 할머니가 말하는 것을 믿으며 보냈다. 그와 할머니, 두 사람은 함께 살았다, 그들은 예메로보에 거주했었다, 그 뒤 독일군이 모스크바에 접근했을 때, 우랄의 외딴 밀집 지역으로 이주했다. 쿨굴린코, 바이카지오로보, 아스카리오보 같은 곳으로. 때때로, 1년에 한두 번 정도라고 해 두자, 할머니는 그의 출생에 대해 들려주었다, 할머니는 처음부터, 그 끔찍한 시작부터 모든 것을 다시 이야기했다. 혹시라도 네가 인간의 생명이 어떤 가치가 있는지 이해하지 못했을까 봐, 할머니가 말했다. 종소리가 요란하게 울리고 있었단다, 할머니가 주장했다. 어떤 종이 울렸나요? 니키타 쿠릴린이 물어보았다. 그는 여덟 살이었다, 그는 할머니의 이야기에 의문을 제기하기에는 아직 너무 어렸다, 그러나, 막연하게, 이미, 그는 세부 사항에서 혼란을 겪고 있었다. 피가 돌게 하려고, 한파의 공격을 받은 코끝이 생명력과 단절되지 않게 하려고, 체온이 내려가지 않게 하려고, 그는 엄지장갑 한쪽의 뒷면으로 코를 문질렀다. 여러 종들이 있었지, 소년의 할머니가 설명했다. 반혁명가들의 종, 사제들의 종, 정통 혁명가들의 종, 반소비에트주의자들의 종, 트로츠키주의자들의 종, 오스트리아·독일·일본·영국 스파이들의 종이 있었단다. 이 종들이 요란하게 울렸어. 오로지 종소리만 들릴 뿐이었어. 네 엄마조차 자신의 소리를 듣게 하려면 더 크게 울부짖어야 했을 정도였어. 산파는 비명을 지르는 네 엄마에게 소리를 조금 낮추어 달라고 요구했지. 산파는 여자라면 모두가 겪었던 일이라고 네 엄마를 설득하려고 애쓰고 있었어. 그러다 출혈이 시작되었어,

출혈이 억수같이 심했지, 그리고 산파는 네 엄마를 나무라던 걸 멈추었어. 종들은 이야기에서 아무 역할도 하지 않았잖아요, 종들 말이에요…. 소년이 주장했다. 살아오면서 저는 한 번도 카리용이 울리는 소리를 들어 본 적이 없어요, 일요일의 종소리가 울리는 건 들어 본 적이 없어요. 그럴 거다, 니키타 쿠릴린의 할머니가 설명하기 시작했다. 너는 다른 시대에 살고 있잖니. 38년에는, 아직 종이 울렸단다. 나는 이 모든 것을 어제 일처럼 기억하고 있어. 종이 요란하게 울리고 있었어. 모스크바 남쪽, 부토보 근처, 예메로보, 체르노그라드스카야가(街)에서였다. 너에게 말해 줄 순 없지만, 이곳에 예외가 있었을 수도 있을 거야. 그러나 종은 울리고 있었단다. 집에서 멀지 않은 곳에 카리용이 하나 있었고 그게 요란하게 울렸어. 그 때문에 출산이 한결 더 끔찍해졌지. 네가 들었던 최초의 소리들, 그것은 바로 네 엄마의 신음, 겁에 질리지 않은 척하던 산파의 실성한 소리, 그리고 종소리였다. 가엾은 내 새끼, 너는 기억하지 못하겠지, 당연해, 하지만 그랬었단다. 그랬었어.

쿠릴린은 살기 위해 도착했던 세계에 대해 우화를 쓰거나 심정을 토로할 욕구도, 자신의 기분과 실망감을 종이에 털어놓아야 할 필요도, 다른 사람들에게 가르쳐 줘야 한다는 염려도 느끼지 못했다. 그는 작가의 면모라고는 아무것도 가진 게 없었으며, 게다가 스무 살 무렵에 그가 도달한 교육 수준은 그가 만약 문학이라는 과장된 용어 아래 통상 결집해 있게 마련인 출세를 위한 뻔지르르한 활동에 종사하기를 원했더라면 그에게 거의 도움이 되지 못했을 것이다. 그는 학위라고는 하나도 갖고 있지 않았다, 그는 전기 콘센트를 설치하거나 세탁기와 트랙터 엔진을 수리할 줄은 알았지만, 전문화되지 않은 쪽을 선호할 것이었고, 때로는 경비원으로, 때로는 막노동꾼으로, 때로는 공장 식당 청소부나 접시 닦이로, 혹은 하찮은 관공서 잡일꾼으로, 그렇게 임시직을 전전했다. 이제 그의 할머니는 죽었다, 그에게 남아 있는 가족은 하나도 없었다, 그리고 여자들은 항상 그를 별 볼 일 없는 인간으로 여겼기 때문에, 감정적으로나 성적으로나 눈에 띌 만한 일이라고는 그에게 전혀 일어나지 않았다. 그는 잠을 자도 꿈을 기억하지 못했다, 그는 책을 읽지 않았다,

학교에서 습득한 지식들은 풀어헤쳐졌다, 지적 빈곤과 일상의 단조로움은 그가 서둘러 채우지 않았던 빈 구멍 하나를 그 안에 파 놓았고, 그는 그것을 부끄러워하지 않았는데, 그것은 그와 마찬가지로 자신의 존재가 아무런 가치가 없으며, 무덤 말고는 어디에도 이를 데가 없다는 사실을 알고 있던, 일단 이런 것들이 사실로 정해지고 나면 크게 신경 쓰지 않는 사람들에게 그가 둘러싸여 있었기 때문이었다.

우연히 낡은 만년 달력 하나를 발견했던 어느 날 저녁, 그는 모든 사람이 항상 그렇게 하듯, 자신의 생일에 해당하는 요일을 확인해 보려 했다. 환상적이었을 어느 일요일이었지, 그의 할머니가 말해 왔다. 1938년 6월 27일이 월요일이었다는 것을 그가 발견하는 데는 1분이 채 걸리지 않았다. 이 발견으로 그는 큰 충격에 빠졌다. 그는 이런 세부 사항까지 자기 할머니가 거짓말을 했다는 걸 인지하는 데 이르지 못했다. 오래전부터, 그는 요란한 종소리와 심지어 자신의 어머니에게서 흘러나온 막대한 양의 피에 대해 의문을 품어 왔다, 그러나 이 일요일 이야기에 이의를 제기할 생각은 한 번도 해 본 적이 없었다. 이 새로운 폭로가 그를 집어삼킨 혼란의 상태에서 일단 벗어나자, 그는 할머니의 이야기를 기억에 떠올렸다. 예메로보, 부토보, 드로지노 숲, 러시아 마을의 분위기, 사시나무들, 자작나무들, 전나무들, 미친 듯이 울렸던 종소리들, 6월 한나절의 아름다움, 닫혔다가 열리고 소리를 내며 다시 닫힌 창문들, 외부의 고요와 내부의 비극, 피 냄새, 힘겹게 모습을 드러내고 있던 아기, 불길한 분위기 속에 한 세계에서 다른 세계로 미끄러지며 발버둥 치고 있던, 보랏빛 도는 살인자, 어떤 희생을 야기하더라도 살아남으려 기를 쓰던, 피 웅덩이와 시체 하나를 제 존재의 사슬에서 첫 번째 고리로 삼으며 자신의 뒤에 남겨 둘 것을 선택했던 아기.

모두가 땀으로 범벅이 되었었지, 그의 할머니가 이야기했다. 출산이라는 것은 엇비슷해, 출산이 행복이라는 관념을 가져오며, 자궁수축의 고통이 분만 이후 몰려드는 평온한 기쁨과 신생아의 출현으로 크게 보상받는다고 주장하는 게 상식적이지. 그렇게 주장하는 게 상식적이야. 그러나 종종 이런 것들은 정말로 사실이 아니기도 해. 고통은 말로는 표현할 수 없고, 출산을 앞두고 생겨나는 불안은 견디기 어려우며, 분만은 오로지 두려움과 경련의 연속일 뿐이란다. 니키타, 내가 너에게 하나 말해 주마. 분만은 또한 암컷이라는, 동물이라는 것에 경악하는 순간이기도 하단다. 수천만 년 동안의 모든 동물성의 무게, 지나치게 육중한 무게, 으스러뜨리는 무게를 죄다 느낀단다. 모든 과정 중에서도, 아기를 자궁 밖으로 내보내는 긴 배출 과정이 최악이지. 다른 여자들이 네 주위에서 분주히 움직이고 있어, 그녀들이 너를 만지고, 너의 팔다리를 잡아당기고, 네게 말을 걸어, 그리고 너는 이 여자들의 목소리 저 깊은 곳에서, 그녀들이 네 몸에, 네 몸의 아랫도리에, 해산하는 게 마치 병이라도 되는 것처럼, 수치스러운 병에서 비롯된 날카로운 발작이라도 되는 것처럼 여기는 네 모습에, 근본적으로 혐오감을 느끼고 있음을 짐작하지. 그녀들은 너를 안심시켜, 소위 진정 효과가 있다는 멍청한 말들을 내뱉지, 그러나 너는 그녀들의 목소리 깊은 곳에서 너에 관한 부정적인 판단을 식별해 내지, 그녀들은 네가 더 용감해질 수 있다고, 네가 고통에 잘못 대응한다고, 네가 노력을 충분히 하지 않는다고, 네가 행복한 어머니 역할을 너무 형편없이 연기한다고 생각해. 나는 갈리아가 이와 같은 모든 생각에 사로잡혀 있었고 수치심과 슬픔이 그 애의 끔찍한 고통과 뒤섞여, 그리고 아마 이것 때문에 자신이 죽어 간다고 느끼지 못했으리라고 추측하고 있어. 나도 모르겠다. 당시에 나는 그러기를 간절하게 바랐고 그때 그랬기를 온 힘을 다해 바라고 있단다. 나는 그 애를 만지지 않았다, 나는 산파가 그랬던 것처럼 그 애의 팔다리를 잡아당기지도 않았어, 나는 도움을 줄 수 있는 사람이라기보다 쓸모없는 목격자로, 거기, 방 안에 있었다. 무슨 일이 일어나고 있는지 가끔 힐끔거렸을 뿐이고, 넘쳐 나는 피를 보았지. 방의 공기는 숨을 쉴 수 없을 정도였다. 모든 사람이 땀으로 범벅이 되어 있었어. 네 엄마는 땀을 줄줄 흘렸어, 네 엄마에게서 빠져나가는 모든 종류의 체액 속으로 땀이 사라지고 있었어. 산파는 치료법을 알지 못하는 합병증에 빠히 직면한 듯, 몸을 숙이고 있었지, 그리고 불결한 땀 냄새가 그녀 주위에서 풍기고 있었기 때문에, 나보고 침대 옆이 아닌 창가에 머무르라고 했어. 나는 그야말로 아주 무기력한 상태였단다, 나는 열기와 짜증을 견딜 수 없었어, 나는 무력감을, 운명에 대한 분노를 더는 견딜 수 없었어, 나는 출생과 직면하고 또한 죽음과 직면해 있는 것을 더는 견딜 수 없었어. 나는 더 이상 숨을 쉴 수가 없었다. 내가 창문을 열었을 때, 산파가 내게 창문을 도로 닫으라고 명령했어. 종소리가 끈덕지게 울리고 있었지. 종소리는 멈추지 않았어. 지금 생각해 보면, 그 모든 끔찍한 시간 중에서 가장 견디기 힘든 게 카리용 소리는 아니었어. 하지만, 그 소리가 견디기 힘들었던 건 맞아. 그래, 맞아, 견디기 힘들었지.

45년 동안 제 존재의 결정적이기도 한 요소들에 대해 속아 왔다는 생각은 자신이 덮어 두었으며 시간이 지나 완화되기까지 했다고 그가 믿고 있었던 의심하는 마음, 혐오감과 죄책감을 되살려 냈지만, 동시에 그 자신이 이 이야기를 장악할 수 있다는, 더 이상 중재자의 목소리에 의존하지 않고도 자신이 이야기 속으로 들어갈 수 있으리라는 느낌을 주었다. 그는 자신의 것이었던 말들과 세부 사항들로 자신의 출생 역시 이야기할 수 있으며, 이제부터 자신의 출생은 전적으로 자기 자신에게 달려 있는 허구라는 사실을 막 깨달았다. 자신의 할머니, 자신의 어머니, 산파, 종소리, 냄새, 창문, 피, 힘겹게 모습을 드러내던 신생아, 이 모든 것이 그를 따르고, 어쩌면, 결국, 그를 달래 줄 상이한 이야기의 형태로, 다르게 결합될 수 있었다.

1983년, 니키타 쿠릴린이 글을 쓰라는 요청에 마음이 움직이게 된 것은 이렇게 된 일이다. 그는 책을 생각하지 않는다, 그는 명확한 것이라고는 전혀 생각하지 않는다, 그는 오로지 자신의 출생을 제로에서 다시 다루어야만 한다는 것, 그리고 그것은 바로 자신이 소중히 여기는 사건의 정확한 전개 과정을 종이에, 하나씩 차근차근, 내려놓는 걸 의미한다는 사실을 알고 있을 뿐이다. 발명의 재능이 없었기에, 그는 만년 달력이 제공한 것 이외에 다른 요소들을 찾아 나서기 시작한다. 그의 조사에는 아무런 근거가 없다, 그는 일관성 없이, 여기저기 찾아다니고 우연을 기대하면서 조사를 진척시킨다. 그 힘들었던 몇 달 동안, 여러 번, 그는 자신의 할머니가 회상했던 장소들, 예메로보, 드로지노 숲, 부토보, 보브로보를 어슬렁거리리라. 그는 1938년 6월 27일에 무슨 일이 일어났는지 고생해 가며 조사한다,

그는 특별한 것이라고는 하나도 발견하지 못한다, 그러다 갑자기, 그는 이 장소가 숙청 기간 동안 2만 명을 총살하려고 내무인민위원부가 선택했던 곳이라는 사실을 알게 된다. 그가 의기소침하고, 또다시 직업이 없는 상태였으며, 지독히도 혼자였고, 게다가 날씨도 흐리고 음산했기 때문에, 힘든 몇 달이 지속되었다. 지금은 드로지노 숲의 전나무들과 자작나무들 사이에 나 있는 오솔길을 그는 양심의 가책을 느끼면서 거닐고 있다, 그는 껍질들, 축축한 삼림의 향을 들이마신다, 그는 서두르지도 기뻐하지도 않은 채, 낙엽들을, 썩은 침엽들을, 진흙을 밟으며 걷는다. 그의 고향 마을은 주거지역 설정으로 인해 훼손되었다, 아무도 체르노그라드스카야에 대해 말하는 걸 듣지 못했고, 노인들 가운데 누구도 그의 할머니를 기억하지 못한다. 그의 고향집은 더 이상 존재하지 않는다, 노인들 가운데 누구도 내무인민위원부의 처형 시설 같은 것이 있다는 소문을 인정하지 않았다, 젊은이들로 말하자면, 그들은 대놓고 그를 조롱하고 그에게 등을 돌리거나, 황당무계한 지시를 내린다. 여기서 그의 기억을 재구성하는 데 유리하게 작용하는 것은 아무것도 없다. 이제 그는 실제로 아무것도 남지 않은 부토보 처형장 근처를 돌아다닌다. 그의 발밑에는 대규모의 공동 묘혈과 수천 구의 시체가 있다.

버섯들 아래, 초라한 가을 햇살 아래, 빗속에, 죽은 자들이 있다. 거기에 살해당한 수천 명이 있다.

한동안, 그는 글을 쓰려고 시도한다. 그렇게 하도록 무언가가 그를 부추긴다. 그러나 그는 자신의 이야기를 만드는 데 성공하지 못한다, 악착스레 시도해 보지만, 그는 자신의 출생도, 어머니의 죽음도, 드로지노 숲 저편에서 벌어졌던 학살도 담고 있지 않은 일련의 불균형한 문장들, 뒤죽박죽인 낱말들만 손에 쥘 뿐이다. 그의 모든 작문 시도는 반 페이지 만에 무산된다. 자신의 존재에 대한 이 끔찍한 첫 번째 에피소드는 그에게 고통과 수치심만 안겨 주었을 뿐이다, 그러나 오늘 작가로서의 무능함이라는 감정이 여기에 더해진다. 그는 인내심을 잃어 간다, 왜냐하면 자신에게 완성해야 할 문학적 임무가 있다는 생각에 사로잡히게 스스로를 놔두었기 때문이다. 그의 이야기에는

'월요일이었던 어느 일요일에 관한 이야기'라는 제목이 붙었고, 그는 이 제목이 꽤나 자랑스럽다, 그러나 그다음이 없다. 그는 몇 주 동안 이 일에 매진한다, 그는 자신이 완전히 삭제했다가 내버려둔 초안들을 모은다. 그는 불행하다. 그는 이제 막 어느 지하실로, 해 질 녘부터 이른 새벽까지 자신이 관리인으로 고용된 어느 가구 공장의 출입구로 이사를 했다.

그는 친구들이 없다, 더군다나 그의 문학적 기획이 그를 외부 세계와 단절시켰다. 어쨌거나 낮에 여러 입구와 출구를 감시하는 두 명의 공장 관리인은 그를 동지로 대한다. 그들 중 한 사람, 다즈 도기블로는 한때 경찰과 문제가 있었는데, 이에 관해 말하는 걸 꺼린다. 또 한 사람, 우추르 텐데레코프는 정신과 치료를 받은 병력이 있다. 쿠릴린이 시를 쓰려는 자신의 계획에 관해 대화를 나누는 것은 바로 이 두 사람하고다. 특히 그는 그럭저럭 말로는 할 수 있는 것을 종이 위에는 이야기할 능력이 자신에게 없다는 사실을 그들에게 알린다. 그는 또한 그들에게 사건을 요약해서 들려준다. 그는 부토보에 관해, 일요일에 관해, 월요일에 관해, 자기 할머니에 관해, 출산의 동물적인 공포에 관해 이야기한다. 그는 자신이 태어난 바로 그 순간 자기 어머니가 죽었음을 또렷한 목소리로 인정하는 데 어려움을 겪는다, 그래서 그건 말하지 않는다. 하지만 그는 종소리에 대해서는 상세히 설명한다, 그는 날짜를 반복해 말한다. 그는 관리인들과 달콤한 와인, 맥주, 보드카를 나눠 갖는다.

경찰과 문제가 있었던 남자는 내무인민위원부의 기록보관소들, 파기되지 않은 자료에 올라 있는 이름 목록, 1937년과 1938년에 총살당한 사람들을 기록한 목록, 예조프[42]의 부하들이 부토보 처형장의 사형수들 이름을 기록해 놓은 서류, 6월 27일 날짜가 적힌 서류에 관해 생각한다. 정신병자 수용소에 머물렀던 남자, 우추르 텐데레코프는 자신이 이미 정신병자 수용소를 하나 소유하고 있다고 주장한다. 그는 꿈에서 그걸

---

42. 니콜라이 이바노비치 예조프(1895-1940). 소련 내무인민위원부 위원장. 스탈린의 대숙청을 실질적으로 지휘했다.

보았다, 그는 수용소가 어디에 있는지 안다, 그는 수용소를
다시 보고, 탈취해 니키타 쿠릴린에게 가져다줄 적절한 기회를
기다리고 있다. 그들은 술을 많이 마셨다. 밖은, 어둡다, 비바람이
유리창에 세차게 부딪힌다. 우추르 텐데레코프는 꿈이 즉각
자신에게 돌아오도록 의자에 올라가서 두 팔을 흔들고 있다.
그는 사슬이 풀린 듯 폭발한다. 그는 예전에 정신병 환자였고
병이 재발하는 중이라는 인상을 준다. 그가 몸짓을 한다, 그는
자신에게 무기가 생기게 명령하고 있다고, 모든 걸 복원하라고
자신의 기억에 명령하고 있다고, 총살당한 자들이 그들의
이름을 자신에게 외치라고 명령하고 있다고 설명한다, 그리고
이따금, 그는 비틀거린다, 그리고 그는 흐느껴 운다. 알전구가
그를 강렬하게 비추고 있지 않았더라면, 우리는 그가 귀신에게
홀렸다고, 고향 알타이로 돌아가서 샤머니즘의 초혼(招魂)
장면에 몰두하고 있다고 생각할 수도 있으리라. 조금 지나 그는
이름을 제시한다, 그는 내무인민위원부가 살해한 사람들의
차트를 차례로 낭송한다. 그는 마치 이 차트가 자기 눈앞에
있기라도 한 것처럼 큰 소리로 읽어 내려간다.

　　죽은 자들을 불러내는 음울한 초혼만큼이나 알코올에도
기진맥진한 채, 다즈 도기블로와 니키타 쿠릴린은 끝나지 않을
어떤 목록의 도입부에서, 실제로 어떤 목록과 유사한 무언가를
듣고 있다.

　　"아브라친, 스테판 표도로비치…! 1884년 모스크바 지역,
데친스키 지구, 오빌체보 촌락 출생! 러시아인, 초등교육, 소속
정당 없음…! 철근콘크리트 공장, 난방설비 담당, 주소: 모스크바,
돈스코이 5번가, 숙소, 25호…! 1938년 4월 12일 체포, 1938년
6월 3일 모스크바 내무인민위원부 트로이카에 의해 재판,
혐의: 반혁명 선동…! 1938년 6월 27일 총살, 매장지: 부토보…!
알렉세이예프, 아르티옴 미하일로비치…! 1894년 키예프
지역, 바자르스키 지구, 데르마노프카 마을 출생, 러시아인…!
초등교육, 소속 정당 없음…! 말 한 마리 소유한 농업 노동자,
모스크바 지역, 레니닌스키 지구, 코틀리아코보 마을 주민…!
1938년 4월 4일 체포, 모스크바 내무인민위원부 트로이카에 의해
재판…! 혐의 내용: 반혁명 선동, 당 정책 및 소비에트 권력에

대한 비방 성명…! 1938년 6월 27일 총살, 매장지: 부토보…!
바슈카토프 바실리 바실리예비치…! 1890년 탐보프주(州),
코즐로브스키 지구, 데그티안스코이 마을 출생…! 러시아인…!
초등교육…! 소속 정당 없음, 우다르니크 협동조합 가입, 자영업
수레꾼…! 모스크바 거주, 블라디미르스키 주택단지, 1번 막사,
1938년 3월 26일 체포…! 자신의 집에 사는 테러리스트 기질의
노동자들을 상대로 당 지도자들에 대한 반혁명을 선동한 혐의로
1938년 6월 3일 지역 내무인민위원부 트로이카에 의해 재판…!
총살…! 1938년 6월 27일…! 부토보에 묻힘…! 가이다르 아파나시
표도로비치, 1872년생…! 하르키우 지역, 세미오노프스키
지구, 그린키 마을 출생, 우크라이나인…! 초등교육, 소속 정당
없음, 57번 광구 노동자로 지하철 건설 작업…! 주소: 모스크바,
레포르토프스키 성벽 지구, 12번가, 메트로스트로이 노동자
숙소, 3번 막사…! 1938년 1월 21일 체포…! 1938년 6월 3일,
내무인민위원부 소속 트로이카에 의해, 반소비에트 선동으로
고발되어 재판…! 반소비에트 선동 및 테러 의도…! 1938년 6월
27일 총살…! 부토보에 매장!"

　　우추르 텐데레코프의 영감은 15분 만에 사라진다. 그는
넘어지지 않고 의자에서 겨우 내려온 다음 다른 두 사람의 발치에
쓰러진다. 그가 보드카로 벼락을 맞았기 때문인지 아니면 그가
불러냈던 힘이 갑자기 그를 떠났기 때문인지는 알 수 없다.
그는 숨을 쉬고, 불안하게 헐떡거리다가, 코를 골기 시작한다.
괜찮아질 거야, 다즈 도기블로가 들릴 듯 말 듯 하게 중얼거린다.
그는 회복될 거고 괜찮아질 거야. 다즈 도기블로 자신도 잠자고
싶은 충동을 더는 견디지 못한다. 쿠릴린은 환하고, 냄새가 나며,
지저분한 작은 방에 그들을 내버려두고, 자신의 경비 임무를
수행하러 나간다. 그는 현관문들의 잠금장치, 창고들의 잠금장치,
작업장들을 확인하러 간다, 그는 입구 마당을 한 바퀴 둘러본다,
그는 메아리로 가득한 회랑들을 두루 돌아다닌다. 어둠이 짙다,
비가 요란하다. 작업장들이 나무와 기름, 니스의 강력한 향기를
내뿜는다. 쿠릴린은 문에 기댄다, 그는 순찰로를 따라 지그재그로
걷는다, 그는 혼잣말을 중얼거린다. 그는 한 시간 전에 우추르
텐데레코프가 외쳤던 이름들을 도로 가져와서 중얼거린다.

그는 극도로 혼란스럽고, 극도로 침울하며 술에 취해 있다. 그는 어느 철책에 몸을 기댄다, 비를 향해 얼굴을 돌리고, 웃옷을 벌려 바람과 한밤의 어둠을 정면으로 맞는다. 그는 다시 이름들, 최소한의 신상 정보, 체포 날짜를 말한다. 그의 목소리는 술에 취한 불평이다, 또한 그것은 밤을 향해 쏘아 올린 비난이기도 하다. 그의 목소리는 멀리 가지 못한다, 기껏해야 4–5미터 정도. 바람과 피로가 그 목소리를 즉각 무효로 만들어 버린다. 그러나 목소리는 보이지 않는 청중에게, 보이지 않는 구름에, 어두운 하늘에서 생긴 어두운 빗물에 호소한다, 그의 목소리는 죽은 자들에게 호소한다.

아침이 오자, 쿠릴린이 깨어난다. 한밤중에, 무의식 중에, 그는 어느 피난처로 기어 들어갔다. 그의 팔다리와 배는 얼어붙고, 그의 옷가지는 여전히 젖어 있다. 볼링핀 모양으로 둥근 전나무에서 떨어져 나온 나뭇조각을 두 손으로 꽉 움켜쥔 채, 그는 세상과 다시 접촉한다. 그는 몸을 떤다, 그리고 그는 자신의 지하실로 향한다. 첫 번째 팀은 이미 일에 착수했다, 작업장에서는 톱이 돌아가는 소리가 들려온다. 쿠릴린은 계단을 내려가 아주 작은 자신의 아파트로 통하는 문을 민다. 전등은 항상 밝혀져 있다, 그러나 거기에는 이제 아무도 없다, 그의 술자리 동료들은 이러구러 자기들 일자리로 돌아가고, 배달을 하려고 철책의 자물쇠를 풀어 정문을 열었던 게 분명했다. 쿠릴린이 사는 방에는, 술꾼들의 냄새가 심하게 풍긴다. 그는 환기를 하려고 환기창을 돌려서 연다, 그는 다시 정리한다, 술병들을 한구석에 정렬하고, 바닥을 닦는다. 그는 몸을 씻고, 면도한다, 그는 속옷을 갈아입는다, 그러고는 지린내가 나는 구겨진 침대에 눕는다, 그러고는 다시 몸을 일으킨다. 그는 자신이 잠들 수 없다는 것을 알고 있으며 적어도 자신이 죽기 전까지는, 자신이 태어난 날, 자신이 태어난 순간, 정확히는 자신이 어머니의 죽음을 거역하고 자신의 목을 조르던 탯줄에서 벗어나려고, 처음이자 마지막 호흡 정지에서 기어이 벗어나려고 발버둥 치고 있었던 바로 그 순간 총살당했던 자들을 다시 만날 때까지는, 다시는 절대로 편안하게 잠들 수 없다는 생각까지 든다. 그는 연필을 잡고서, 다시 한번 종이에 자신의 머리를 가득 채우고 있는 것을 쏟아 내려 시도한다, 그러나 두 줄 글을 겨우 써 놓고서, 멈춘다. 탁자에 올려 둔 볼링핀은 알아보기 힘든 토템을 닮았다. 그것은 볼링핀도, 식별할 수 있는 가구 요소 같은 것도, 신이나 인간을 조잡하게 재현한 것도 아니다. 그것은 고작해야 목수들이 1분가량 실망스러운 작업을 하다가 버린 나뭇조각일 뿐이다.

그것은 단지 나뭇조각에 불과하다, 그러나 쿠릴린은 쓸모없는 작가의 도구를 제쳐 놓고 그 나뭇조각에게 말을 건다.

"아브라친, 스테판 표도로비치, 너는 무서워하고 있었어. 네가 체포된 후, 그들이 너를 심문하는 내내, 그들이 4월, 5월, 6월, 저 끝나지 않는 몇 주 내내, 너에게 반혁명적인 개소리를 하라고 강요하는 내내, 너는 무서웠을 거야. 넌 아무것도 이해하지 못했을 거야, 넌 모든 게 결국 해결될 거라는 생각에 사로잡혀 있었겠지, 아무런 이유 없이 너를 감금할 수 없다는 걸, 모든 조각을 꾸며 짜맞춘 구실로 너를 수용소에 보내지는 못할 거라는 걸 너는 마음속 깊이 알고 있었어. 그들은 네 얼굴을 마구 때렸지, 너는 입안에 피를 머금고 있었어, 너는 잠을 잘 수 없었어, 너는 무서워하고 있었어. 나도 마찬가지야, 같은 시기에, 나도 아주 난처한 상황에 처해 있었거든. 너는 무서워하고 있었어, 그러나 너는 희망도 조금 품고 있었지. 너는 다른 수감자들과는 말을 섞지 않았어. 아브라친, 나도 그랬어, 같은 시기에, 나도 무서워하고 있었어. 내 말을 들어 줄 사람이 아무도 없었어, 그리고 내심으로는, 내가 있던 곳에서 내가 무사히 빠져나가지 못하리라는 걸, 고약한 조건들에서 내가 빠져나가야 하리라는 걸 나는 알고 있었어. 아브라친, 지금, 나는 너에게 말하고 있어. 우리는 함께야. 더 이상 무서워하지 않으려고 한번 해 봐. 우리는 같은 희망을 품고 있었어, 우리 둘 말이야, 하지만 그게 잘못되었지. 이 모든 것을 같이 이야기해 보자. 네가 얘기해 봐."

나뭇조각을 붙잡고 말하면서, 쿠릴린은 이날 아침 독특하면서도 괄목할 만한 작품의 율독에 착수한다, 이로써 그는 그의 세기에 가장 진가를 인정받지 못한 작가 중 한 명, 정확한 문학적 시대 구분을 참고하자면, 의심할 여지 없이 페레스트로이카 시대의 무시당한 작가, 공허한 말의 세계에, 명백히, 가장 작은 흔적을 남기는 작가가 될 것이다.

쿠릴린은 글을 쓰지 않는다. 그는 해야 할 말을 잉크로 새겨 넣는 것을 포기했다.

그가 말해야 할 것을, 그는 말한다.

그의 소설은 '월요일이었던 어느 일요일 이야기', '일요일은 그날 존재하지 않았다', '피의 월요일' 등 제목이 여럿이었다, 그러나 쿠릴린은 결국 '내일은 어느 아름다운 일요일이리라'를 선택했고, 더 이상 제목이 자신에게 조금도 중요하지 않다는 것을 깨달았기 때문인지, 더는 제목을 바꾸지 않았다.

중요한 건, 그가 지치지 않고 자신의 작업을 계속한다는 것과 자신의 존재를 거기에 바친다는 것이다.

쿠릴린의 소설은 연속적이지는 않으나, 끊임없이 서로 교차하는, 힘차고, 거칠며, 찢기지 않는 하나의 직물을 형성하는, 새로운 도움을 통해 언제든 강화될 수 있는 여러 부분을 갖고 있다. 저자는 이야기의 복잡한 구성 요소 전체를 음악적으로 조직하는 것에는 신경을 쓰지 않는다, 왜냐하면 서로를 환상적으로 지탱하고 있기에 이 복잡한 구성 요소들은 분리될 수 없고, 이것들을 발화하기 위해서 그가 살아 있어야 하는 한, 그 무엇도 이것들을 해체하려 할 수 없다는 것을 알고 있기 때문이다. 쿠릴린의 소설에서 핵심적인 부분들은 다음과 같다: 사망자 열거, 그들이 체포된, 내무인민위원부의 트로이카 사법관 앞에서 그들이 겪은 특정 상황, 그들이 사망한 특정 상황. 6월 27일 출생에 대한 상세한 묘사. 아기 할머니의 정치적 입장에 대한, 그날 공기를 가득 채운 메아리가 종소리의 진동이 아니라, 처형 부대의 끝없이 이어지는 사격 소리였음을 인식하기가 불가능했던 이유에 관한 고찰. 쿠릴린의 비통한 자서전. 식량과 난방 문제나, 텔레비전의 형편없는 품질, 상점의 기본적인 예의 부재와 같은, 일화적이고 반복되는 주제들로 구성된, 술에 취한 독백. 총살당한 자들의 가상 전기(傳記).

쿠릴린은 헝겊, 쇳조각 또는 나뭇조각, 예외적으로 인형들을 모아, 그것들에 정체성을 부여한다. 그는 이 모든 것들을 관객이자 등장인물들의 집합으로 간주한다. 그는 자신의

대화 상대들을 절대로 거스르지 않으려고 애쓴다, 그리고 그는
자신을 너무 내세우지 않으면서도 자신의 비통함을 표현할 수
있는 환영받는 세계 하나를 창조하고자 하는 의지를 가지고서,
애정이 가득하고 동포애가 담긴 목소리로 각각에게 말한다. 그는
죽은 사람들이 그의 불안에 대해 책임감을 느끼는 걸 바라지
않는다. 그는 불평하지 않는다, 그리고 그가 울먹이는 어조를
채택하는 것은, 감방에서 희생자들이 처형에 앞서 느끼는 고독
속에, 가까운 곳에서 총살형의 소리가 들려오고 그들에게서 모든
희망을 앗아 가는 순간, 희생자들을 대상으로 한 연설을 수행하기
위해서다.

　　그는 공장의 폐기장에서, 이후에는 거리에서 그러모은
쓰레기 조각들로 일종의 컬렉션을 구성했다, 나중에 그는 야간
경비원 일자리를 잃고서는 자신의 전 재산을 담은 가방 하나를
어깨에 메고 돌아다닌다, 좀 더 후에는 절반가량 불타 황폐해진
어느 작은 집에 정착했는데, 그곳은 눈에 덮이고, 밤낮으로
바람이 불어 대는, 엔지니어도, 설계사도, 건축업자도, 정비
임무를 맡은 노동자도, 아무도 나타나지 않는, 진척이 없는
어느 부동산 건설 현장을 관리하는 일과 상당히 비슷한 임무를
대가로 누군가가 그에게 빌려준 곳이었다. 건설 현장은 이미
심하게 녹슬어 버린 몇몇 철근 더미와 지내기 고약한 커다란
땅으로 변한다. 때때로 쿠릴린은 그곳 주위를 한 바퀴 돌고 나서,
덜덜 떨면서 불탄 집으로, 자기 난로 근처로 되돌아온다. 그의
주변에는 둥그렇게 모아 둔 잔해 더미가 여럿 있다, 그리고 바로
이 원들에게 자기 소설의 새롭고 짧은 몇몇 장(章)을 헌정하고, 이
원들 앞에서 이미 완성된 수많은 장면을 낭송하고 또 낭송하며,
이 원들 앞에서 절반 정도 문맹인 그의 기억력이 천천히, 그러나
막힘 없이, 무엇 하나 빠트리지 않고, 쓸데없는 윤색도 없이,
되살아난다.

　　그는 자신의 청중과 마주하고서 자신의 작품을 말한다.

　　술판이 벌어진 저 유명한 밤에, 그는 총살당한 자들의
이름을, 우추르 텐데레코프가 그들을 호명했던 것처럼 자기
안에서 호명한다. 그가 그들을 자기 안에서 호명한다, 그러자
그들이 온다. 우추르 텐데레코프는 찾을 수 없다. 그는 사라졌다,

그리고, 다즈 도기블로에 따르면, 그의 가족이 개입해 그를 어떤 정신병원 시설에 입원시켰다고 한다. 쿠릴린은 어떤 시설인지 알아내려고 노력했다, 쿠릴린은 자신의 소설에 필요한 목록을 완성하기 위해 다즈 도기블로를 방문해 그의 신비로운 지식에 의존할 심산이었으나, 그는 아무런 단서도, 주소도 갖고 있지 않았고, 그를 만나러 쿠릴린이 마지막으로 가구 공장에 갔을 때, 누군가 쿠릴린에게, 관리인이 심각한 과실, 다시 말해 근무 중 만취 상태로 해고되었다고 말했다. 따라서 쿠릴린은 사실에 근거해 자신의 소설을 구성하는 데 필요한 신뢰할 수 있는 자료를 더 이상 갖고 있지 않았다, 그리고 그는 자신의 고유한 영감으로 방향을 돌려 파고들어야 한다. 그는 술을 마신다, 그는 갓이 씌워지지 않은 전등 아래 어느 의자에 올라간다, 즉흥적으로 어설프게 춤을 추기라도 하는 것처럼, 그는 몸짓을 한다, 그리고 6월 27일 희생자들의 이름이 그에게 떠오른다.

"데디오노크," 그가 부른다, "데디오노크 미하일 에르몰라예비치…! 벨라루스인, 소속 정당 없음…! 1902년 벨라루스, 크루프키 구역, 트로야노보 출생…! 문맹, 스탄콜리트 공장의 미숙련 노동자…! 모스크바 거주, 스클라도치나야 20번지, 10번 막사, 11호실, 1938년 3월 16일 체포…! 1938년 6월 3일 모스크바 지역 내무인민위원부 지역관리국의 트로이카에 의해 재판, 스탄콜리트 공장 노동자들 사이에서 반혁명 선동 혐의, 소비에트사회주의공화국연방의 삶에 관한 부정적 평가와 비방 혐의, 당 지도부와 소비에트 권력자들에 대한 모욕 혐의로 기소…! 1938년 6월 27일 총살…!"

가끔 팔을 머리 위로 움직이다가, 그는 전등을 만지기도 한다. 전구에 그가 덴다. 그는 투덜거리며 손을 뗀 다음, 계속한다.

"디미트로프," 그가 이어 나간다, "니콜라이 페트로비치…! 1902년 루마니아, 바커우, 테르고케니 출생…! 유대인…! 소속 정당 없음, 고등교육 중단…! 21번 인쇄소의 활판 식자공, 모스크바 거주, 메흐찬스카야 1가 23번지, 43호 아파트, 1938년 3월 3일 체포…! 5월 29일 루마니아 정보기관을 위한 첩보 활동 혐의로 내무인민위원부에 의해 재판…! 1938년 6월 27일 총살,

부토보 공동 묘혈에 방치…!"

      그는 계속 의자에 올라서 있지는 않는다. 그는 의자에서 내려온다, 그는 집의 내실을 두루 돌아다닌다, 그는 어깨를 흔들면서, 화재를 피했으나 빗자루가 끝까지 닿지 않아 검은 재가 이따금 일어나는 나무 바닥을 발로 툭툭 차면서, 서서히 온갖 방향으로 간다. 그는 금속 조각들, 자신이 이름 붙였던 나무 파편들, 그의 말을 듣고 있는 몇 줌의 천을 만진다. 그는 혼잣말을 중얼거리면서 그것들을 만지다가 다시 제자리에 내려놓는다. 그것은 범죄에 대한 발언과 관련된 긴장감이 조금이라도 완화되도록, 그가 그것들에게 주는 휴식이다. 그것은 친근한 안부 인사이자, 낙담한 애정의 표시이다. 그런 다음 그는 와인 한 모금으로 목소리를 가다듬을 것이다. 그런 다음 그는 의자로 다시 올라가 자신의 소설을 다시 시작한다.

      "쿠즈미체프, 스테판 안드레예비치…!" 그는 흐느낀다. "1881년 툴라 지방, 체른 구역, 폴리안카 마을 출생…! 러시아인, 초등교육, 소속 정당 없음…! 모스크바, 우시예비차가 64번지, 6호 아파트에 거주, 교육기관의 건물 관리인, 1938년 3월 28일 체포, 1938년 6월 3일 모스크바 지역 내무인민위원부 지역관리국 트로이카에 의해 유죄판결…! 고발: 교사들과 그의 건물 이웃들 곁에서 반혁명적 선동, 조직적인 반소비에트 비방과 선전, 총살…! 1938년 6월 27일 부토보 처형장에서 총살…! 부토보에 매장…!"

      그에게는 또한 종들이 울리는 소리를 들었다고 주장하는 할머니의 완고함에 대해 할머니와 설전을 벌이는 일이 일어나는데, 한편으로 할머니가 실제로 들었던 것은 내무인민위원부 막사와 인접한 공터에서, 부토보 처형장의 벽 사이로 울려 퍼지는 총소리였다. 그는 이제 자신의 할머니가 무의식적으로 기억을 변형시켰다고 확신한다. 할머니는 그 앞에서 학살을 떠올리는 걸 원하지 않았고, 자신의 기억에 간직하고 싶어 하지도 않았다. 그날 너무 많은 사망자가 있었고 너무 많은 피가 흘렀다, 그리고 비극을 마주하는 유일한 방법은 그것을 약화하는 것이었으며, 이 모든 것에도 불구하고 그날이 어느 아름다운 날, 6월의 어느 아름다운 일요일 혹은 어느 아름다운 월요일이었을 수 있으리라고 믿는 것이었다. 그러나 쿠릴린은 망각에 대한 거의 기계적인 이러한 설명에 만족하지 못한다. 그는 또한 범죄에 직면한 자기 할머니의 태도에 대해서도 숙고한다. 이것이 바로 그의 소설에서 중요하게 전개될 내용 중의 하나다.

더구나 그의 할머니는 그나 다른 사람들과 마찬가지로, 공산주의 프로젝트의 광신도였고, 소속 정당은 없으나 선택된 길이 역사적으로 올바르다고 설득되었던 열성주의자였으며, 집단주의와 평등주의야말로 인간들과 그것에 동화된 자들이 밟아 온 역사적 혼돈 속에서 빛나는 전망을 열었다고 마음속 깊이 확신하고 있던 여자였다, 그의 할머니는 쿠릴린, 그와 마찬가지로, 소비에트 체제의 침해 불가한 지지자였으며, 레닌주의에 민감했고 어떤 일이 일어나건 사람과 이론에 대해 호의적이었으며, 그와 마찬가지로 할머니는 소비에트사회주의공화국연방의 적으로 자신이 분류될 수 있다는 것을 단 한 순간도 상상하지 않았다, 할머니는 사회주의 조국을 포위하고 있던 파시스트들과 자본가들이 짖어 대는 소리에 자신의 목소리를 섞는 것을 단 한 순간도 받아들이지 않았다, 할머니는 사회주의가 건설 중이라는 것을, 실제 사회주의가 실망스럽고 마르크스주의적이지 않은 현실에 기반한다는 것을 완벽하게 알고 있었으나, 자신을 둘러싼 일상의 조건들을 아무리 신랄하게 비판했다고 해도, 할머니는 체제가 완전히 실패했다거나, 체제가 근본적으로 잘못되었고 체제의 미래는 벌써 붕괴하는 중이라는 결론을 이 일상으로부터 끌어내기를 거부했다. 쿠릴린은 할머니가 그의 앞에서 말을 할 수 있었던 시간 내내 할머니의 견해를 공유했고, 이윽고 할머니가 더 이상 어떤 기억도 어떤 본보기도 가지고 있지 않게 되었을 때에도, 그는 계속해서 할머니처럼 생각했다. 그는 마흔다섯 살, 마흔여섯 살, 마흔일곱 살이고, 우리는 글라스노스트와 페레스트로이카의 이상한 시대에 이르렀지만, 그는 계속해서 할머니처럼 생각한다.

할머니에게 말할 때, 그는 할머니가 총살을 용인했다고 말하게 하려고 시도한다. 할머니는 의사 표시를 회피한다, 할머니는 주제를 회피한다. 그는 고집한다. 할머니는 당시 내부의

적들, 내란 기도자들, 첩자들을 단호하게 무력화할 필요가
있었다고 주장한다. 그는 할머니에게 그들 중 한두 명을 밀고할
기회가 있었는지 묻는다. 할머니 자신은 아무도 밀고한 적은
없었으나, 만약 그렇게 해야 했다면 소비에트인으로서 자신의
의무를 완수했으리라고 대답한다. 그는 체포되어, 신속하게
판결을 받아 총살당한 프롤레타리아들과 가난한 사람들이
정말로 반혁명적인 악당이었다고 확신하고 있었는지 할머니에게
묻는다. 할머니는 한숨을 내쉰다, 자신은 확신하지 못했다고,
그러나 내무인민위원부가 그것을 증명하기 위해 그곳에
있었다고, 당시에 무고한 사람들을 처형할 어떤 이유도 없었다고
말한다.

쿠릴린, 그 또한 한숨을 쉰다.

그는 나뭇조각들, 인형처럼 보이게 하려는 마음에
아무렇게나 천을 둘러 놓은 금속 막대기들, 천으로 된 뭉치와
공들을 증인으로 채택한다. 더 이상 익명인 자들은 없다. 그는
모두를 안다.

그는 있을 법하지 않은 이 폐물들을 하나씩 어루만진다.
각각은 신분을 갖고 있다.

"쿠즈민," 그가 부드러운 목소리로 말한다. "이바노프,
렉사코프, 레베데프, 마트베예프, 포드조로프…! 프로코펜코,
스비리체프, 스코리닌…! 울리아노프…! 표도로프…!"

그는 중얼거리며 그들에게 긴 연설을 한다, 이 연설은 그의
소설의 일부이지만 가끔 그는 보관하지 않는 편을 선호하며,
따라서 이 연설은 그가 기획한 방대한 이야기를 처음부터
암송할 때 반복되지는 않는다. 그는 실제로 자신이 무엇을 쓸
수 있고 무엇을 쓸 수 없는지에 대해 의구심을 갖고 있다. 그는
총살당한 자들에게 속내를 털어놓는다, 그는 글 쓰는 시간을
그들에게 할애한다, 그는 그들을 진정시키고, 모든 애정을
그들에게 표현한다, 그러나 그는 어떤 밤에는, 위험을 무릅쓰고
그들의 서류를 보며 모험에 착수하고, 우리가 건설했던,
건설하려 시도했던, 건설하기 위해 밤낮으로 헌신했던 사회에
그들 역시 강력한 적은 아니었는지 그들에게 물어본다. 그는
자신의 할머니와, 예조프의 부하들하고 실제로 관련이 없는

주민들을 생각하면서, 그리고 마찬가지로 아무거나 자백하도록
예조프의 부하들이 구타하고 고문했던 사람들을 생각하면서
"우리"라고 말한다. 그는 자신을 생각하며, 당시 성인이었다면
자신이 차지하고 있었을 자리에 몸을 두면서 "우리"라고 말한다.
그는 그들에게 이렇게 해 보라고 요구한다, 그리고 다른 이들은
그에게 대답하지 않는다. 이것이 바로 『내일은 어느 아름다운
일요일이리라』에서 가장 혼란스럽고 고통스러운 페이지들이다.
일단 말하고 나면, 그것은 가장 혼란스럽고 고통스러운 것이
된다. 어떨 때는 사형수들에게, 사람들로 비좁은 감방에서
기다리고 있거나 군인들을 향해 걸어가고 있는 사람들에게, 그들
때문에 밤사이 파 놓은 구덩이에 다가가고 있는 사람들에게
쿠릴린은 말을 건다, 또 어떨 때는 할머니의 눈을 통해
사건들을 다시 보려고 시도한다, 자신도 할머니처럼 총살형이
있으리라곤 믿지 않으려 노력해 본다.

어느 순간, 그가 말한다, 나는 창문을 열었어. 산파는 네
엄마를 돌보느라 바빴는데, 어깨 너머로, 나를 돌아보지도
않고서, 내게 창문을 도로 닫으라고 명령했어. 나는 항의했고
곧바로 따르지는 않았어. 악취가 풍기는 방 안의 더위는 견딜 수
없었단다. 나는 숨이 막혔어, 갈리아도 숨이 막혔을 테지. 나는
끔찍하게 무너지는 네 엄마의 몸을 지켜보는 걸 더 이상 견딜 수
없었다, 내 안에서 점점 선명해졌던 직감이 내 딸이 죽을 거라고,
갈리아가 아무런 위로도 받지 못하고 안도도 할 수 없는 상태로,
이제 곧 죽게 될 거라고 점점 확실하게 알려 왔고, 나는 그 직감에
망연자실할 뿐이었다. 밖에선, 6월의 하늘이 빛나고 있었어,
햇볕과 따스한 기운 아래 자작나무들이 가볍게 흔들리고 있었지.
규칙적인 잡음과 격렬한 메아리가 나무들 너머에서 감아들고
있었단다. 규칙적인 잡음과 격렬한 메아리가 나무들 너머에서
감아들고 있었지.

규칙적인 잡음과 격렬한 메아리가 나무들 너머에서
감아들고 있었다.

나는 창문을 도로 닫았단다.

몇 년 동안, 니키타 쿠릴린의 소설은 거의 진척이 없다.
저자는 감옥에서 독백했던 구절들을 소설에 보완해 넣고, 아주

가까이서 일제히 울리는 총소리를 들으면서, 군인들 정면에 가서 자리하려고 참고 기다리며, 부토보 땅 위에 서 있는 몇몇 등장인물의 이름을 추가한다. 솔로비예프, 러시아인, 문맹, 하역 인부, 반혁명적 선동 및 반란적인 태도들. 피메노프, 러시아인, 문맹, 야간 경비원, 소비에트 권력에 적대적인 성향. 스캄퍼, 오스트리아인, 문맹, 철물공, 오스트리아를 위한 스파이 활동. 스트렐트소프, 러시아인, 문맹, 노동자, 스파이 활동, 일본 정보기관에 비밀 자료 전송. 스투콜린, 러시아인, 문맹, 창고 관리인, 건물 주민들 사이에서 반혁명 활동. 울친, 러시아인, 문맹, 콜호스[43] 노동자, 동료 수감자들 사이에서 반혁명적 선동.

쿠릴린은 자신의 직업적 불안정성을 보여 주는 다양한 숙소에서 지내면서, 소설을 공들여 갖추어 나가고, 참을성 있게, 시간을 들여 가며 거의 변형하지 않고 소설을 되풀이해서 말한다. 그는 사형수들과 자신의 관계에 세심한 주의를 기울인다. 쇳조각들과 나무 파편에는 색깔 있는 꼬리표, 끈, 털실 조각을 붙여 점점 인간처럼 만들고 개별적인 존재로 만든다. 그는 그들을 한눈에 알아보고, 자신의 낱말을 선택해 그들이 문학적 언어에 당황하지 않도록, 정부 기관의 시(詩)라는 구역질 나는 중개를 거치지 않고서 그들이 함께할 수 있도록 그들에게 말한다. 기회가 생겼을 때, 그는 그들에게 그들의 끔찍한 최후이기도 했던 자신의 탄생에 대해 말한다. 그는 자기 어머니의 피와 그들의 피를 조심스레 섞는다. 때때로 그는 이들 앞에서 자기 할머니의 혼동을 정당화하려고 노력하지만, 그는 이 장의 전개를 할머니와 단둘만의 대화를 위해 유보한다.

그의 목소리는 쉬었다, 그리고 종종, 자기 안의 슬픔이 너무나 크기에 마지막 페이지들을 방치한 채, 그는 입을 다문다.

1988년 6월 27일, 그는 쉰 살이다. 월요일이다.

그는 등장인물들을 자신의 주위로, 3주 전부터 쓸지도 닦지도 않았던 바닥 위로, 자신이 어느 불쾌한 밤을 보낸 저 악취 풍기는 지푸라기 매트 위로, 마실 수 없는 싸구려 와인 자국과 빵 부스러기로 가득한 탁자 위로, 누추한 이곳에 그가 정착했을 때

---

43. 소비에트 동부 지역에 있던 고립된 집단농장.

이웃 여자가 빌려주었던 엉성한 두 개의 의자 위로, 끌어모은다.
그는 다시 자신의 등장인물들에게 말을 건다. 그들 모두
죽었다. 산파, 그의 할머니, 그의 어머니와 그 자신까지 치면,
소비에트사회주의공화국연방 마지막 몇 년의 위대한 다성(多聲)
작가들 무리에 그를 공식적으로 추천한 사람은 145명이다.
곧이어, 그는 전날 건설 현장에서 주웠던 전깃줄을 움켜쥔다.
그리고 곧이어, 그는 목을 매단다.

망각을 금지하며 세상을 말하는 일곱 편의 투쟁 선언문

우리에게 아직 숨이 조금이라도 남아 있는 한, 우리는 이
말의 터무니없는 마법을 몇 번이고 고안해 낼 것이며,
낱말들 속으로 들어가서 세상을 말할 것입니다.
　　—「유목민들과 죽은 자들에게 보내는 연설」 중

『작가들』(2010)은 앙투안 볼로딘의 열여덟 번째 작품이자,
『바르도 오어 낫 바르도』(2004)에 이어 발표된 두 번째
단편소설집이다.『작가들』에 묶인 일곱 편의 단편에는 일곱 명의
작가가 등장한다. 이 작가들은 창작의 영감으로 하얗게 밤을
지새우며 백지를 수놓느라 여념이 없는 천재 시인도, 대작을
발표하여 이제는 거장의 반열에 접어든 작가도, 화제의 작품을
연달아 발표하고 주요 문학상을 받으며 문단의 스포트라이트를
한 몸에 받는 소설가도 아니다.『작가들』에 등장하는 작가들은
대중에게 전혀 혹은 거의 알려지지 않았거나, 그나마 발표한 몇
되지 않는 작품들이 참혹하게 실패해 잊히고 무시당하기 일쑤다.
그런가 하면, 고문을 겪으며 살해당할 위기에 처해 있거나,
투쟁과 암살로 종신형을 받고 감옥에 갇혀, 자신에게 미래가
없다는 것을 알면서도, 죽은 자들을 대상으로 강의를 하고 시를
쓰며 침묵으로 일관하거나, 곤혹스러운 질병으로 고군분투하며
작가로서의 삶을 이어 간다. 이 일곱 작가들을 한 명씩 방문해
보자.

• 마티아스 올반(「마티아스 올반」)
암살자들을 살해한 죄로 스물네 살이라는 젊은 나이에 수감되기
전 마티아스 올반은 "시적인 놀이, 단어들의 일시적인 조립,
이미지 속으로의 몰입"(14쪽)을 통해, "흠잡을 데 없는 문체로
환상적이거나 기괴한 영감을 담아낸 여덟 편의 짧은 글"(15쪽)을
출간하였지만, 대중의 반응을 끌어내지 못했을 뿐만 아니라,
혹독한 비판을 받는다. 우여곡절 끝에 선보인 후속작 역시

완벽하게 실패한 바 있다. 기나긴 감옥 생활에서 그는 자신의 이 시적 실험을 실천에 옮기면서 "식물 이름, 사냥을 당했거나 학살을 당한 민중의 이름, 혹은 단순히 수용소 희생자들의 꾸며 낸 이름 같은, 상상의 단어들을 가지고 목록을 작성"(17쪽)해 나간다.

- 불행의 희생자들 성과 이름 6만 개
- 상상의 식물, 버섯, 풀 이름 2만 개
- 평행 우주에만 존재해 온 장소, 강과 지역 이름 1만 개
- 그리고 어떤 언어에도 속하지 않으나 음성적 논리를 갖추고 있어 귀에 익숙해지는 잡다한 장광설 1만 개. 마티아스 올반의 작품을 구성하는 것이 바로 이런 것들이었다.(17–18쪽)

25년여를 혹독한 감옥에서 보낸 후, 오십 줄에 접어들어 출소한 그의 손에는 이 원고가 들려 있지 않았다. 감옥에서 나온 지 두 주가 채 지나지 않아 원인을 모를 자가면역성 문양종양증이라는 유전적 퇴행을 겪게 된 마티아스 올반은 여동생이 마련해 준 요양소를 전전한다. 그의 존재는 지옥으로 변한다. 병마와 싸우던 어느 날 저녁, 그는 거울 앞에 홀로 앉는다. 그는 "기나긴 정신적 율독의 한계로 정했던 숫자 444를 발음하기 전에 자살하는 데 성공"(11쪽)하려는 목적으로 총을 만지작거리고 있다. 10 단위로 리듬을 부여하며 숫자를 헤아리는 데 집중하는 순간, 그는 "자신의 통제에서 벗어난 게 분명한 어떤 자율 운동을 통해" 자신이 "머릿속으로 새로운 목록을 작성하고 있다는 사실"을 깨닫는다(20쪽). "숫자가 열 개씩 바뀔 때마다 등장인물이나 희생자 혹은 동물의 이름을 떠올리게 하는, 거의 음악적이라고 할 유혹"(20쪽)에 사로잡힌 그는 천천히 숫자를 세어 가며 마지막 카운트다운에 이르렀을 즈음, 자살을 유보한다. 피와 땀으로 범벅된 자신의 얼굴을 거울에 비추어 보며 헛구역질을 하면서, 그는 권총을 도로 서랍에 넣은 후, 다시 자신의 침대로 돌아가 오지 않는 잠을 청한다.

• 린다 우(「유목민들과 죽은 자들에게 보내는 연설」)

린다 우 역시, "수백만 명의 사람들을 간접적으로 죽인 살인자들을 암살"(25쪽)한 후, 종신형을 선고받고 감옥에 갇혀 8년 동안을 더럽고 좁은 독방에서 지낸다. 자살의 유혹을 견디기 어려운 독방에서 그녀는 매일같이 투쟁을 곱씹는다. 감방에 갇힌 멋진 린다 우는 "벽에 등을 기대고서, 자신이 벽을 넘어가고 있다고, 바람에 자신의 머리카락이 흩날리고 있다고, 일렁이는 저 풀밭 한복판, 스텝 지대의 흘러가는 하늘 아래에 자신이 있다고, 숨소리보다 더 크게 자신이 말하고 있다고, 자신이 세상을 말하고 있다고 상상하는 것"(25–26쪽)을 즐기면서, 트랜스 상태에 빠져 '바깥'에서 포스트엑조티시즘 작가들에 대해 강의를 진행한다. 죽은 자들이나 시체들, 혹은 죽어 떠돌고 있는 방랑자, 유목민 등 상상 속 청중을 대상으로 그녀는 "나라 한 편, 강의 하나, 혹은 로망스에서 발췌한 대목 하나를 반복"(26–27쪽)한다. 감옥에서 눈을 감고 진행되는 린다 우의 이 "포스트엑조티시즘 작가들이 강의라고 부르는, 환각에 사로잡힌 작은 형태 중의 하나"(27쪽)는 외부에는 전혀 알려지지 않았거나, 알려졌더라도 완전히 무시당해 온 소위 '작가들'이 서로의 목소리를 뒤섞으며, 자신들의 존재가 사라질 때까지, 환영 속에서 죽은 자들에게 들려주려는 것처럼 진행된다. 그녀는 강의를 통해 포스트엑조티시즘과 작가들의 정치적 참여를 환기한다. 포스트엑조티시즘 작가들은 "조잡하고 재능 없는 작가들"이 아니라 "무기를 들고 정치에 참여"했으며, "지하활동과 전복의 길을 택했고, 광기도 죽음도 두려워하지 않고 승리할 확률이 지극히 낮고 매우 희박한 전투에 몸을 던졌"다고 말한다(29쪽).

린다 우가 감옥에서 힘겹게 이어 가고 있는 강의는 "소진된 자들 혹은 죽은 자들에 의해, 그리고 죽은 자들을 위해 발성된, 쓸모없고 몽환적인 최후의 증언"(32쪽)이다. 린다 우에게 중요한 것은 사라지기 전, "아직 숨이 조금이라도 남아 있는 한", 강의를 통해 "이 말의 터무니없는 마법을 몇 번이고 고안"하는 것이며, 마지막으로 한 번 더 "낱말들 속으로 들어가서 세상을 말"하는 것이다(33쪽). 땀과 눈물로 젖은 채, 강의를 마친 린다 우는 갈기갈기 찢겨 있다.

- 그(「시자카기」)

초등학교의 규율에서 벗어나 멈출 수 없이 글을 쓰는 한 남학생에 대한 회상으로 이야기는 시작된다. 어느 정신 병동이다. 그는 애써서 무언가를 떠올리는 중이다. "자신의 정신 나간 동지들, 정신이 나가 아모크 상태가 되어 버린 동지들"(40쪽)인 그레타와 하차투리안, 두 미친 고문자들의 먹이가 된 그는, 초등학교 교실에서 공책 표지를 검게 칠하면서 "언어 표현, 감정, 이미지, 꿈과 현실, 지식 등 모든 것이 새로웠던 제 삶의 어느 시기에, 최대한 빨리 문자들을 조합해 보고 지금까지 자신이 한 번도 사용해 본 적 없던 낱말들을 배열하면서 지배하려 시도해 보았던 뜨거운 열정"(38쪽)을 가지고 글을 썼던 최초의 순간, 바로 그 어린 시절을 떠올리려고 노력한다. 그는 이 상상과 회상에 힘입어, 현재 자신이 직면한 고문의 고통과 위협에서 정신적으로 탈출하려 끊임없이 시도한다. '시자카기'는 글을 배우기 시작한 초등학교 저학년생이 아직 정확한 맞춤법을 구사할 줄 몰라 '시작하기'를 어설프게 표기한 것이다. 수없이 반복되는 '떠올리고 있다'가 지금의 시점에서 과거로 잠수하여 이끌어 나가는 회상의 장치라면, 얼마 가지 않아 이 장면을 지워 내며 되돌아와 펼쳐지는 또 다른 장면들은, 작가인 '나'가 고문을 당하며 기억을 해 내라고, 비밀을 토해 내라고 강요받는 내용으로 채워진다. 그를 구타하며 자백을 강요하는 두 광인에 의하면, 그는 작가였다. 그는 "10년 동안 무기와 폭발물로 경찰과 맞선 사람이라는 명성을 가지고 있"으며, "베를린장벽이 무너진 후 모든 사람이 평등주의 이론 또한 시대에 뒤떨어졌다고 생각하고 있을 때, 민중의 적들을 사살했던, 정의를 실현했던 특공대원들"의 수장이요, "어둠의 세력들을 천 년 전부터 이끌었던 비밀 지도자"였고, 자신들을 "최후의 승리로 이끌어 줄 전략"을 세워 줄 수 있는 자이다(50–51쪽). 그들은 그가 자신들을 위해 "최악의 간호사들, 화성인들, 식민주의자들, 자본주의 세계 전반을 제거"(51쪽)해 주기를 간절히 바라고 있다. 그레타와 하차투리안이 정신병원을 장악한 지 하루가 지났다. 이 둘의 지시로 무장한 채 병원을 지키고 있는 또 다른 병자들과 경찰들이 밖에서 대치하고 있다. 한때 동료였던 수감자들에게 고문을 당하던 그는 구타의 폭력에서 벗어나려고 어린 시절을 떠올리면서도, 차츰 종말이 다가왔다는 것을 깨닫는다. 그레타도, 하차투리안도, 자신도 살아남지 못하리라는 사실을 그는 알고 있다. 종말이 다가오고 있는 마지막 순간에, 그는 작가와 투사로 살아 온 자신의 삶도, "예술가-전사로서, 자본주의에 맞서서, 군사 산업 장치들과 자본가들의 지식인 광대들에 맞서서 급진적으로 투쟁해 온 자신의 여정"도, "불분명한 덩어리의 형태로 재능 없이 엉켜 있는 이야기들만 떠올릴 수 있을 뿐인, 몹시 불규칙하고 몹시 조롱받은, 작가로서의 모든 작업"도 영원히 망각되기를 바란다(55–56쪽). 그러나 그는 마지막으로, 떠올리고 있다, 자신이 작가로 탄생했던 순간을.

> 그러나 바로 이 순간 그의 의식 속에서 무언가가 저항하기 시작한다, 그리고 그는 깨닫는다, 자신의 모든 텍스트를 다시 모으고, 그것을 최후의 이야기 한 편으로, 심지어 전체에 종지부를 찍을 최후의 한 문장으로, 심지어 이 최초 이야기의 첫 단어에 부응할, 첫 공책 표지에 제목으로 배치된 '시자카기'에 부응할 최후의 장광설 하나로 구체화할 것을 목표로 삼는, 자신이 결코 포기한 적 없었던 문학 기획 하나가 머릿속을 계속해서 휘젓고 있다는 사실을, 그리고 그는 떠올리고 있다, 아직 글을 쓰고 있었을 때, 구속복을 입고서도 글쓰기를 포기하지 않았던 시기에, 그가 '마치다' 또는 '끝내다' 동사로, 이것이 필요했던 명백히 소설적인 맥락에서, 자신의 문학적 건축물을 끝맺을 생각을 했었으며, 그런 다음 문어(文語)에 대한 걱정을 완전히 떨쳐 낼 생각을 했었던 것을, 그런 다음 그는 자신의 계획이 유치하고, 어쨌거나 지나치게 형식적이며 지나치게 거만하다고, 또한 자신이 죽기 전에 마지막 페이지에 '마치다' 혹은 '끝내다'를 쓸 수 없었던 것은 오로지 또 하나의 패배, 중요하지 않으며 아주 사소한 개인적인 패배, 미세한 패배일 뿐이라고 자신에게 말한다, 그리고 그는 머릿속으로, 10월의 그날 아침 프라우 몬지의 교실로 돌아간다.(56쪽)

특공대원들이 사태를 진압하러 창문을 부수고 병원으로 들어오는 순간, 그레타는 망치를 들고 그에게 다가와 "곧 끝날 거야"(58쪽)를 반복하면서, 그의 머리를 내리친다. '시자카기'와 '끝나기'가 나란히 포개어진다.

• 수상자(「감사의 말」)
어느 작가가 수상식에서 관객을 앞에 두고 감사의 말을 한다. 수상자는 오늘 자신이 상을 받게 되는 데 어떠한 방식으로든 도움을 준 사람들을 떠올리며 그들에게 감사의 말을 남긴다. "원고가 들어 있는 가방을 든 채 실수로 빠졌던 웅덩이"에서 구출해 준 덕분에 『보율가에서의 약속』을 출간할 수 있었던 일을 회상하며 "엄청난 기지를 발휘하시어, 밧줄과 구명판은 물론, 아름다운 스코틀랜드 무늬 담요를 찾으러 가 주셨던 탁월한 두 분, 마르타와 보리스 님"에게 보내는 "뜨거운 감사의 말씀"을 시작으로(61쪽), 자신의 작품이 탄생하는 매 순간 도움을 주었거나 결정적인 계기를 마련해 준 사람들을 하나하나 호명한다. 작가로서의 경력을 일구어 내는 데 영향을 끼친 순간과 다양한 상황이 회상을 통해 우스꽝스럽거나 진지하게, 혹은 매우 일상적이면서도 친근하게 나열된다. 가령 포주였던 사촌들이 자신을 가두었던 헛간에서 도망쳐 나올 수 있었던 것은 어느 두 여인의 도움 없이는 불가능했다고 밝히며, "가장 큰 열정과 감동으로 일리니아 얌과 밈나 아갈디부크에게 감사드려야 할 시간이 왔"다고 말하는 한편, "그녀들의 결정적인 개입이 없었더라면" 자신의 "후속 작품들은 줄줄이 사후에나 출간되었으리라"고 덧붙인다(70–71쪽). 그런가 하면 잉카의 유적지를 함께 여행했을 때 자신을 구해 주었던 서커스 곡예사들을 잊지 못한다고 감사의 마음을 전하면서, 자신이 계획하고 있던 소설 속 인물의 현기증 극복 능력을 시험해 보고자 "와이나픽추와 마추픽추 사이에서 공포에 질려 기절했던 바로 그 순간에" 자신을 구해 준 이들에게 고마움을 표하는 동시에, 등장인물 "모르데카이 말론과 저는 물론, 향후에 발간될 책, 이 모두"를 구해 주었다고 언급하며 감사의 말을 마친다(74쪽). 자신이 고안한 작품들에 압도된 어느 작가의 내면적 풍요로움을 반영한 이 상상의 목록은 이렇듯 자신에게 고마움을 표하고 있는 이 작가에게 정작 자신들이 무엇을 주었으며, 작가의 작품이 탄생하는 데 자신들이 구체적으로 어떤 기여를 했는지 알고 있지 못한 자들에게 바쳐진 유머러스한 오마주가 대부분을 이룬다.

"그녀가 엘리베이터 안에서 제 귀에 대고 속삭였던 사랑 고백은, 의도적으로 조금 덜 개인적인 방식으로나마 『선창의 미광』의 말미에 재현되었습니다."(74쪽)처럼, 이 감사의 목록은 한편으로는 작가로서의 창조 능력에 대한 자기 조롱으로 채워지는가 하면, "첫 소설 제목으로 제가 '이중성에 관한 에세이'를 염두에 두고 있었을 때, '모아 놓은 고기들에게'로 제목을 달자고 제안해 주신, 당시 저의 편집자였던 맬컴 오카다 씨에게 감사드립니다."(69–70쪽)처럼, 자신의 작품이 탄생하기까지 겪었던 우여곡절과 에피소드에 관한 유머러스한 고찰로도 이루어진다.

> 엄청난 정치적 식견과 북유럽 전복 세력과의 접촉으로, 제가 커다란 오류를 저지르지 않고 지하조직 '발폴리첼라'뿐만 아니라 지하조직망 '흰-송곳니'와 아이슬란드 급진 좌파 활동가들을 그려 낼 수 있게 해 주신 미리암 분더시 님이 포함되지 않는다면, 오늘 이 감사의 말은 아주 엉성해질 게 분명합니다. 만에 하나라도 저의 묘사에 부적절한 부분이 스며 있다면, 그 잘못은 그녀에게 있지 않을 뿐만 아니라, 그 책임은 오로지 작가인 저의 경솔함에 있을 뿐입니다. 조금도 주저하지 않고 미리암 분더시 님이 제게 제공해 주신 귀중한 정보에 더하여, 저는 생생하고 영원한 감사를 받을 만한 미리암 분더시 님의 우아함, 그녀의 웃음, 매 순간 그녀가 보여 주었던 가용성, 절대 그냥 지나칠 수 없는 그녀의 송아지 정강이 찜 요리 알라 로마나를 덧붙이고자 합니다.(63–64쪽)

> 저는 아벨 다라단스키, 도널드 복스, 로움 마르차디안, 올레그 스트렐니코프, 치코 라우시, 아나벨라 장비에, 일다 로르카, 가말 트레티아코프, 사이먼 타사, 야크

페리칼리, 우르반 자왈리프스키, 앙리 루비에, 페르난다 사오리, 미나 르갈랭, 마루시아 베그얀, 윌프리드 리베로, 노르만 헤드라드, 위베르 플리소니에, 로랑 우댕, 장클로드 카메롱에게는 감사하지 않은데, 이들의 악의적 비판과 천박하고 같잖은 비평, 용서하기 어려운 침묵은 제 책들이 실패하는 데, 제가 속해 있지도 않으며 전혀 공감하지도 않는 난해한 작가들의 그룹 한복판으로 제가 추락하는 데 엄청난 영향력을 행사했습니다.(71–72쪽)

볼로딘 소설의 등장인물들이, 더 이상 잃을 것이 전혀 없는 사람들이 갖게 되는 냉정하고 숙명적인 유머 덕분에 극도로 비극적인 상황을 견뎌 내고 있다고 한다면, 「감사의 말」에서 우리는 그 정점을 찾을 수 있다. 이 감사의 말에서 핵심은 유머이며, 그것은 종종 반(反)감사의 말에서 터져 나온다.

• 장 발바얀/보그단 타라셰프
  (「보그단 타라셰프의 작품 속 침묵의 전략」)
보그단 타라셰프는 서거 50주년을 맞은 작가다. 그는 2017년 장 발바얀이라는 이름으로 추리물을 쓰면서 작가로서의 활동을 시작했다. 그러나 그의 소설에는, 추리물이라면 흔히 갖추게 마련인 다양한 장치들, 가령 "정의의 승리나, 적어도 진실의 승리를 목표로 하는 명확한 수사를 주도"하는 "형사"나 "도덕적 가치가 가시적으로 드러나는 규칙들에 따라 움직"이는 등장인물들은 거의 목격되지 않는다(82쪽). 대신 "감시 없는 수용소들과 사방으로 열린 대초원들"을 무대로, "정치적 혼돈과 밤"을 배경 삼아, "원폭 이후의 도시 밀집 지역들과 유사한 범세계적이고 불확실한 도시들에서 활동"하는 형사들이 등장할 뿐이다(81쪽). 게다가 "등장인물들은 거의 말하지 않"으며, 때문에 "몇몇의 드문 포스트엑조티시즘 추종자들"을 제외하고는 "독자들은 마지막 페이지까지 그들과 함께 방황"하려 하지 않는다(81–82쪽). 그는 이런 방식의 추리소설 다섯 권을 장 발바얀이라는 이름으로 발간했다. 그의 작품에 관심을 보였던 출판사는 "총서의 평균치를 훨씬 밑도는 판매 부수와 관련된 부정적인 반응"(83쪽)을 보고서는, 그가 제안한 여섯 번째 책을 발간하지 않기로 결정한다. 2021년의 일이다. 이후, 그는 문단에서 홀연히 사라진다. 그 후로 23년이 지났다. 2044년, 장 발바얀이라는 가명을 버리고 별안간 보그단 타라셰프라는 본명으로 돌아온 그는 "군대와 마피아가 통제하는 식량 배급망에 접근하기 위해 서로를 죽이는 정신적으로 불구가 된 남자들과 여자들"이 등장하여 "사회적 재앙, 지구 한 지역 전체의 절대적인 빈곤을 묘사"하는 소설, "전통이나 21세기의 40년대에 출간되었던 작품의 서술 관습과는 아무런 관련이 없"는『여자 거지들의 거리』를 발표한다(85–87쪽). 작품은 역시 성공을 거두지 못한다. 그러나 출판사는 23이라는 은둔기에 그가 준비했던 "『살해 장소로 돌아가기』를 두 편의 짧은 소설 『약탈』과『치명적인 동맹』"(88쪽)으로 나누어 발표하는 데 동의한다. 언론에서는 서로 약속한 듯 입을 다물고, 이 세 작품을 비판하기로 작정한 비평가들은 작품을 읽어 보지 않고서 소설의 형식이며 내용을 함부로 단죄하며, 성의 없는 비평문을 제목만 언급하는 수준에서 내놓을 뿐이다. 세 편의 소설이 출간되던 2024년과 2025년, 타라셰프는 건선 관절염과 호흡기 질환에 시달리다가 다시 사라져『볼프』를 집필하여, 여러 잡지에 나누어 투고한다. 기이한 것은 다양한 군소 잡지들에 투고했던 이 원고들이 2–3년이 지난 2048년, 한꺼번에 모습을 드러내었다는 사실이다. 철저한 우연의 결과로, 한꺼번에 쏟아져 나온 그의 작품은 이런 특성을 지니고 있다.

　　그의 글은 반드시 짧다고는 할 수 없으나 글쓰기 차원에서 흠잡을 데가 없으며, 항상 어둡고 고통스럽고, 범상치 않은 환각들과 이미지들이 교차하는, 타라셰프 고유의 세계에 자리한 밀도 있는 이야기들이다. 줄거리는 겹치지 않으며, 인물들은 매우 뚜렷하게 구별되지만, 여러 편의 이야기를 연달아 읽기 시작하면 그들의 이름을 더 이상 기억할 수 없게 된다. 주인공들의 이름이 너무나 비슷해서 헛갈릴 정도다: 중심인물 하나에 네 번 연달아 붙인 볼프는 물론이고, 마찬가지로 보올프, 볼포, 불프, 발레프, 볼루프,

볼로프, 불브, 홀프, 홀루프, 불루프, 블로포, 블라프, 발포,
볼브오, 폴프, 폴로프, 불브오, 불보, 그리고 보루프도
있다.(91쪽)

『볼프』는 예의 저 독특한 인명학적 서술로 평단에서 잠시
주목을 받는다. 가령 유명한 평론가 블로트노가, 그의
책을 대강 읽거나 혹은 읽지 않은 채, 타라셰프의 기법을
"독창적-허위모사술"(91쪽)이라 부르며, 작품의 독창성을
칭찬한다. 타라셰프는 여러 잡지에 분재했던 원고를 한 권의
책으로 묶어 출간하겠다는 약속을 받는다.

그에게 하나의 타이틀이 주어진다. 그는 "똑같은 방식으로
모든 등장인물을 부르는 작가"(92쪽)라 칭해지며, '군소 작가'라는
자리를 얻는다. 그러나 이것으로 끝이다. 평단도, 대중도, 더
이상 그를 기억하지 않는다. 그의 원고를 출간하려는 출판사는
이제 없다. 몇 년간 그는 병으로 고통받는다. 관절이 아파 걷지
못할 지경에 이르고, 염증으로 인해 호흡도 점점 어려워진다.
그 와중에 「작품 24」를 위시한 네 편의 단편소설을 완성한다.
그는 신간 안내문에, "소설 작품에서 창의성의 한계에 대한
문제를 제기하기 위한 문학적 기법"을 보여 주기 위해 자신이
이 작품들을 썼으며, 이 작품들에 대해 자신은 정작 "글쓰기
자체에 대한 적극적인 경멸의 표시이자, 책이라는 개념,
작가라는 개념과 작가와 관련된 잘못된 가치들을 조롱하고
비하하기 위한 일종의 자해 표시"라고 생각한다고 밝히면서,
대중은 이 작품들을 "글쓰기에 대한 혐오와 공식 출판계에
대한 증오가 혼합된 적대감의 선언"으로 받아들여야 한다고
명시한다(93–94쪽). 2050년과 2052년 사이에 이 네 편의 글이
출간된다. 그러나 그 이후, 다시 침묵이 이어진다. 그러던 어느
날, 텔레비전의 유명 프로그램에서 의학 자문으로 출연해 오던,
타라셰프의 치료를 담당하고 있던 의사가 타라셰프를 방송에
초대해서 그가 "앓고 있는 건선증에서 비롯된 관절 합병증에
대해 실시간으로 설명"(94쪽)해 달라고 부탁하는 자그마한
사건이 벌어진다. "질병과 건선증을 주제로 한 매우 아름다운
소설 여러 편"(95쪽)을 집필한 작가로 소개되어 방송에 나간

그는 유머를 잃지 않고 의사의 질문에 대답하여, 시청자들의 호감을 사게 되는 등, 단박에 유명해진다. 이후, 방송 출연 요청이 쇄도하고, 피부병 환자 지원 협회로부터 후원위원회에 들어오라는 권고도 받는다. 그러던 중, 자선 행사에 초청받는다. 그곳에서 "유명 인사들이 잇달아 카메라 앞에 서서 빈곤에 맞선 투쟁과 이타주의와 실질적인 기부를 호소하는 연설"(95쪽)을 하고 있다. 그는 "자신의 작중인물들, 그러니까 미친 사람들, 이데올로기적으로 일탈한 부랑자들이 늘 표적으로 삼았던 사람들 옆으로 다가"(96쪽)가서, 장관과 국무위원에게 총을 발사하여 살해하고, 여럿에게 상처를 입힌 다음, 자신의 머리에 대고 총을 쏴 자살한다. 이 사건은 미스터리로 남겨진다. "피 묻은 봉투 안에 접힌 한 장의 종이 형태를 취한"(97쪽) 그의 작품 「작품 25」가 그의 지갑에 들어 있을 뿐이었다. 종이를 펼치면 이런 문장이 드러난다.

죽음에 이르는 당신의 여행이 오롯이 의미를 갖기를 바란다면, 당신이 왜 침묵을 지키고 있었는지 그 이유를 알기를 원한다면, 나처럼 하시오. 볼프.(97쪽)

• 마리아 300-10-3(「마리아 300-10-3의 이미지 이론」)
한 여인이 달리고 있다. 사방은 어두컴컴하다 못해 암흑 같다. 아무것도 분간할 수 없다. 여인은 알몸으로 달리고 있으며, 왜 자신이 알몸이 되었는지 그 이유를 안다. 더구나 그녀의 몸 벌어진 모든 곳은 막혀 있지 않다. 그곳으로 어둠이 스며듦을 느끼면서 그녀는 달린다. "사망이 일단 확인된 다음 라마승이 밀랍과 솜으로 막아야만 했을 텐데도 그렇게 하지 않았"(102쪽)기 때문이다. 운명이 그걸 막았다. 영안실에서 그녀의 몸 구멍을 막아 줘야 할 라마승이 심장 발작을 일으켜 죽었다. 그녀는 그렇다면 어디에 있는 것일까? 감방에서 이송된 안치실 어디쯤, 그러나 죽었기 때문에, 실제로 그녀가 있는 곳은 이승도 저승도 아닌 어딘가다. 그녀의 이름은 마리아 300-10-3이며, 숫자는 아마도 죄수복에 적힌 번호를 부른 것일지 모른다. "특수 감옥들과 반테러리스트 교도소에 장기간 체류하기 전", 그러니까 살아 있었을 때, 그녀는 "몽환극과 산문을 쓴 적"이 있었다(104쪽). "남녀 감방 동료들"이 "전해 준 나라들과 이야기들을 반복하는 것을 중시해 왔"던 이 벌거벗은 여인은 감옥에서, 즉흥적으로, 이미지에 대해 강연한다(106쪽).

처음에는, 적어도 우리 포스트엑조티시즘 세계에서 처음에 말이 있는 것은 아닙니다. 말이 있는 것은 아니지만 약간의 빛은 있습니다, 그리고 심지어 빛이 전혀 없다 하더라도 어떤 장소와 어떤 상황의 이미지는 있습니다, 그리고, 오로지 이미지만이 중요합니다. 오로지 이미지만이 처음부터 명확해지고 스스로 제시됩니다. 이미지는 안정적입니다, 이미지는 처음부터 모든 중요성을 가지고 있습니다, 이미지는 그 자체로 충족되고 우리를 충족시켜 줄 수 있습니다.

목소리는 덤으로 옵니다, 목소리는 뒤따라옵니다, 목소리는 덧붙여집니다, 예를 들어 그것은 이미지 밖에 위치한 어떤 설명이며, 문학 외적인 개입입니다. 덧붙여진, 인공적인 개입이지요. 목소리는 우리의 관심을 거의 끌지 못합니다. 아니면, 두 번째 가능성은, 이미지에서 태어나며 독백이나 대화, 노래와 더불어 연극이나 공연으로 이미지를 변형시키는 것이 바로 목소리라는 겁니다. 우리의 관심을 끄는 건 이 두 번째 목소리입니다. 그러나 이것도, 저것도 아닐 때가 자주 있습니다.

설명도 아니고 연극적 소리도 아닐 때 말입니다. 이것도 아니고 저것도 아닐 때 말입니다.

(…) 어떤 경우에는, (…) 다시 말해, 빈번하게, 뒤따라오는 이 목소리는 이미지에 속하는 목소리, 가늠할 길 없는 이미지의 깊이에서 생겨나는 목소리, 이미지의 표현 자체인, 이미지의 언어적 표현 자체인 목소리입니다.(108–109쪽)

말에서 시작하지 않는다. 이미지가 우선한다. 이미지가 있은 다음에 모든 것이 착수된다. 말도 여기서 착수되며, 이미지는 목소리를 통해서 그 표현이 가능해진다. 그러나 목소리는 이미지 이후, 덤으로 따라오는 무엇일 뿐이다. 이미지를 발화로 전환해 주는 것이 바로 목소리며, 중요한 것은, 목소리가 이미지의 언어적 표현 자체라는 것이다. 이것을 "무성의 목소리"라고 부르며, "이미지는 무성의 목소리로 말"한다(109–110쪽). 청중이 있는지 없는지, 어둠 때문에 분간하기 어렵다. 그녀의 강연은 간헐적으로 중단된다. 그녀가 고통을 겪고 있기 때문이다.

환생이나 깨달음을 향한 49일간의 여정 동안, 그녀의 '몸'을 준비해 줘야 하고, 경전을 들려주며 목소리로 그녀를 인도해야 하는 임무를 갖고 있던 라마승의 도움을 받지 못한 마리아 300-10-3. 독재와 경멸, 죽음에 저항하며, 그녀는 '바르도'[1]의 어두운 세계에서 방황한다. 그녀는 홀로 광기와 침묵 속에 고립되어, 이미지 이론을 청중에게 강의하며 죽음의 세계에서 투쟁한다. 강의를 마칠 즈음에 그녀는 컴컴한 어둠 속을 천천히 걸어가고 있다. 그녀의 사지가 깊은 곳, 먼지 속 어딘가에 빠지기도 한다. 그러나 그녀는 계속해서 걸어가며, 잠시 멈추어, 이와 같은 말로 이미지 강의를 마무리한다.

끝에는, 적어도 우리 포스트엑조티시즘 세계에서는, 말은 더 이상 없습니다. 처음과 마찬가지로, 말은 없습니다. 오로지 이미지만이 중요합니다. 목소리들은 말하지 않습니다, 중요한 것은 오로지 이미지뿐입니다. 이미지가 사라지건 말건, 이미지가 무언가 말하려 하건 말건, 끝에는, 그리고 제가 끝이라고 말하면 정말로 끝입니다, 오로지 이미지만이 중요합니다.(125쪽)

---

1. 중음(中陰, Bardo). 『티베트 사자의 서』에 나오는 개념으로, 이승을 떠난 혼이 다음 생에서 환생하기 전 49일간 머무르는 중간 세계."(앙투안 볼로딘, 「작가의 말」, 『메블리도의 꿈』, 이충민 옮김, 워크룸 프레스, 2020, 379쪽, 옮긴이 주) 이와 같은 세계는 『바르도 오어 낫 바르도』에서 본격적으로 다루어진다.

• 쿠릴린(「내일은 어느 아름다운 일요일이리라」)

니키타 쿠릴린. 그는 어느 모로 보나, 작가와는 별반 연관이
없으며, 작가로서의 재능이 있다고 여길 만한 어떤 징조도 보이지
않았다. 그러나 그는 마침내 작가가 되었다. 어머니는 그를
낳다가 과다 출혈로 사망했다. 그는 할머니와 함께 자랐으며,
어릴 적부터 귀에 못이 박히도록 할머니에게 들은 이야기가 있다.
어머니가 자신을 낳던 날이 일요일이라는 것, 그날 피범벅이 된
어머니에게서 나던 고약한 냄새, 어머니의 고통에 젖은 울부짖음,
자주 끊어지며 울리던 다급한 산파의 목소리, 죽음 냄새를 없애
볼 요량으로 창문을 열었을 때 방 안으로 우렁차게 밀려 들어오던
종소리, 그리고 탯줄에 목이 감긴 채 태어난 자신, 이와 동시에
죽은 어머니…. 그는 어머니의 죽음에 자신의 탄생이 직접적인
원인이 되었다는 사실에 평생 죄의식을 느끼면서 할머니의 이와
같은 말을 철석같이 믿으며 자랐다. "수줍음 많고 말수 적은
10대가 되어, 자신의 존재가 어떤 범죄에서 비롯됐다는 사실에
자주 경악하곤 했던 어느 날"(130쪽), 그는 요란하게 울렸다고
알고 있었던 그날의 종소리에 의문을 품는다. 그는 마침내
"일요일이었건 다른 날이었건, 어떤 종도 1938년 6월 27일
예메로보에서는 울릴 수가 없었다"(130쪽)는 사실을 깨닫는다.
이와 같은 사실을 할머니에게 말하며 따져 묻지만, 할머니의
기억은 하나도 바뀌지 않는다. 오히려 할머니는 종소리로
인해 그날의 끔찍함과 비참함이 배가되었으며 그것을 오히려
생생하게 기억하게 되었다고 이런저런 상황을 덧붙여 그에게
상세히 설명하고는, 그를 집요하게 설득한다. 그러나 종소리는
그날, 울리지 않았다.

그는 어느 날 우연히 손에 넣게 된 만년 달력을 들춰
보다가, 자신이 태어난 1938년 6월 27일이 일요일이 아니라
월요일이었다는 사실을 알게 된다. 그럼에도 할머니는
요지부동이며, 피범벅이었던 그날의 상황과 이에 맞추어
종소리가 우렁차게 울렸다고 재차 확인해 줄 뿐이다. 그는 자신의
출생을 처음부터 다시 다루면서 당시의 정확한 상황과 실제로
벌어졌던 사건을 종이에 써 나가기로 결심한다. 그러기 위해 그는
우선 자신이 태어났다고 들은 곳, "할머니가 회상했던 장소들,

예메로보, 드로지노 숲, 부토보, 보브로보"를 직접 가 본 다음,
그곳에서 "1938년 6월 27일에 무슨 일이 일어났는지 고생해
가며 조사"해 나간다(137쪽). 그러던 중 그는 "실제로 아무것도
남지 않은 부토보 처형장 근처"를 배회하면서, 자신의 발밑에
"버섯들 아래, 초라한 가을 햇살 아래, 빗속에, 죽은 자들"이,
"거기에 살해당한 수천 명"이, "대규모의 공동 묘혈과 수천 구의
시체"가 있으며, "이 장소가 숙청 기간 동안 2만 명을 총살하려고
내무인민위원부가 선택했던 곳"이라는 사실을 알게 된다(138쪽).
그는 할머니가 기억하고 있는 종소리가 사실 자신의 고향
주변 사방 곳곳에서 울렸던 소비에트 트로이카의 즉결 처형
총소리였다는 것을 깨닫고는, 이에 관해서 글을 쓰려고 한다.

> 쿠릴린의 소설은 연속적이지는 않으나, 끊임없이 서로
> 교차하는, 힘차고, 거칠며, 찢기지 않는 하나의 직물을
> 형성하는, 새로운 도움을 통해 언제든 강화될 수 있는 여러
> 부분을 갖고 있다. 저자는 이야기의 복잡한 구성 요소
> 전체를 음악적으로 조직하는 것에는 신경을 쓰지 않는다,
> 왜냐하면 서로를 환상적으로 지탱하고 있기에 이 복잡한
> 구성 요소들은 분리될 수 없고, 이것들을 발화하기 위해서
> 그가 살아 있어야 하는 한, 그 무엇도 이것들을 해체하려
> 할 수 없다는 것을 알고 있기 때문이다. 쿠릴린의 소설에서
> 핵심적인 부분들은 다음과 같다: 사망자 열거, 그들이
> 체포된, 내무인민위원부의 트로이카 사법관 앞에서 그들이
> 겪은 특정 상황, 그들이 사망한 특정 상황. 6월 27일 출생에
> 대한 상세한 묘사. 아기 할머니의 정치적 입장에 대한,
> 그날 공기를 가득 채운 메아리가 종소리의 진동이 아니라,
> 처형 부대의 끝없이 이어지는 사격 소리였음을 인식하기가
> 불가능했던 이유에 관한 고찰. 쿠릴린의 비통한 자서전.
> 식량과 난방 문제나, 텔레비전의 형편없는 품질, 상점의
> 기본적인 예의 부재와 같은, 일화적이고 반복되는 주제들로
> 구성된, 술에 취한 독백. 총살당한 자들의 가상 전기.(144쪽)

그는 "나뭇조각들, 인형처럼 보이게 하려는 마음에 아무렇게나

천을 둘러 놓은 금속 막대기들, 천으로 된 뭉치와 공들을 증인으로 채택"(149쪽)해 주변에 늘어놓은 다음, 각각에게 처형 부대에 의해 총살된 자들의 이름을 적은 꼬리표를 붙이고, 그들에게 말을 하게 하는 동시에 자신도 그들을 호명하는 복화술로, 백지 위에 적지 않는 구술의 소설을 써 나간다. 그는 "꿈이 즉각 자신에게 돌아오도록 의자에 올라가서 두 팔을 흔들고 있"는 "우추르 텐데레코프"처럼(140쪽), 아니, "갓이 씌워지지 않은 전등 아래 어느 의자에 올라"가 "즉흥적으로 어설프게 춤을 추기라도 하는 것"처럼, "희생자들의 이름"을 마치 사라진 동료 "우추르 텐데레코프가 그들을 호명했던 것처럼 자기 안"에서 호명하며, 스탈린의 대학살 공포를 구두로 떠올려 낭독하고, 선언한다(145–146쪽). 그는 허무함을 불러일으키며 목구멍에 걸리는 단어들을 뱉어 내고, 글을 쓰는 행위 없이는 할 수 없는 숨결을 토해 내며, 읽는 행위 자체가 선언문이 되고야 마는, 다성의 목소리로 대화의 소설을 창조한다. 그리고 그는 쉰 살 생일을 맞은 월요일, 전깃줄에 목을 매고 자살한다.

*

일곱 편의 단편, 일곱 명의 등장인물, 그리고 이에 얽히고설킨 수많은 운명: 요양원에 보내진 마티아스 올반은 총을 들고 마음속으로 정해 놓은 숫자를 천천히 세어 가며 자살을 미룬다. 감옥에 갇힌 린다 우는 포스트엑조티시즘과 작가들의 정치적 참여를 환기한다. 마리아 300-10-3이라는 이름의 벌거벗은 여인은 감옥에서 즉흥적으로 이미지 이론을 강연한다. 동료 수감자들에게 고문을 당하는 '나'는 폭력에서 벗어나기 위해 어린 시절을 떠올리며 종말이 다가왔음을 깨닫는다. 수상 소감을 말하는 자리에서 '저'는 작가로서 자신이 성공하는 데 이바지한 사람들에게 유머러스하게 감사를 표한다. 보그단 타라셰프는 성공과는 거리가 먼 작품을 발표하고 여러 건의 살인을 저지르며, 자신을 낳고 죽은 어머니의 죽음에 대해 죄책감을 품고 있던 니키타 쿠릴린은 실종 사건의 진실을 조사하며 절대로 출간될 수 없는 소설을 구술로 쓴다. 『작가들』은 자신들의 작품에 대한 관심이 결여되어 있거나, 글쓰기에 대한 시도가 성공하지 못해 막다른 골목에 익명으로 남겨진, 흔하지 않은 작가들의 초상화를 전시한 갤러리와 같다. 쇠퇴기에 접어든 이들은 모두 글쓰기로 인한 고통과 외부 세계와의 단절로 인한 고독으로 하나가 된다. 고통에 시달리거나 불치의 병에 걸린 인물들, 정의를 심판하며 심지어 자살로 삶을 마감하는 작가에 이르기까지, 이들은 모두 피할 수 없는 죽음과 자신의 삶을 되돌아볼 수 있는 상황에 직면해 있다. 이들은 어린 시절부터 서로 알고 있는 동료이기도 하며, 함께 투쟁했던 전사이기도 하다. 이 소설은 여러 편의 단편으로 읽힐 수 있지만 각 단편의 등장인물들은 공히 볼로딘이 포스트엑조티시즘이라 부르는 문학으로 수렴되는 작가들이며, 이는 기존의 문학적 경향에 비해 소외된, 소수의 특수한 형태의 문학을 의미한다.

포스트엑조티시즘 작가들은, (…) 20세기 내내 자행되었던 민족적이고 사회적인 전쟁과 학살을 빠짐없이 기억하고 있습니다, 그에 관한 어떤 것도 그들은 잊지 않으며 용서하지 않습니다, 마찬가지로 포스트엑조티시즘 작가들은 인간들 사이에 악화되고 있는 야만과 불평등을 영원히 마음에 간직하고 있으며, 그들의 선전을 현실과 현재에, 달리 말해 불행의 책임자들이 인식하는 그런 현재와 현실에 맞추라고 제안하고, 그들의 고루한 신념과 절연하라고, 패배를 인정하라고, 석방 절차를 거친 후, 정부의 선전가 진영에 합류하라고 그들에게 충고하는, 나아가 이 진영에서 차례가 되면, 예컨대, 현재의 장점들을 찬양하거나, 이 행성의 무수한 가난뱅이들에게, 만약 이들이 인내한다면, 만약 이들이 아무것에도 관여하지 않고 앞으로 천 년을 식물처럼 지내는 걸 받아들인다면, 모든 것이 이들에게, 아니 오히려 이들의 후손들에게 잘되리라 설명하면서, 그들이 자신들의 방식에 따라, 철학적이고 시적으로 불행을 윤색하는 일에 참여할 수 있을 거라고 충고하는 주인들의 개들이 하는 말에는 단 1초도 귀를 기울이지 않습니다. 포스트엑조티시즘 작가들은 주인들과 똑같은 악취를 풍기는 이 조언자들에게 등을 돌립니다. 포스트엑조티시즘 작가들은 20세기가 10년 단위의 열 가지 커다란 고통으로 이루어졌으며, 21세기도 같은 길로 접어들었다고 간주하는데, 그 이유는 이 고통의 객관적인 원인과 책임자들이 여전히 존재하며, 끝이 보이지 않던 저 중세에 그랬던 것처럼, 심지어 이것들이 강화되고 재생산되고 있기 때문입니다.(30–31쪽)

포스트엑조티시즘 작가들은 보안이 철저한 격리 구역이나 최종적으로 죽음에 이르는 폐쇄된 수용소에서도 여전히 고집스레 살아갔습니다. 이제 그들의 호흡은 쓸모없는 몸, 말하자면 의식을 가진 폐, 수다스러운 폐로서, 생존을 보장하는 데만 사용되었을 뿐입니다. 그들의 기억은 꿈의 모음집이 되었습니다. 그들의 중얼거림은 마침내 명확히 확인된 저자가 없는 공동 저서로 제작되었습니다. 그들은 지키지 못한 약속을 되새기기 시작했으며 여러분이 현실 세계라고 부르는 곳에서처럼 체계적이고 쓰라린 실패가 존재하는 세계들을 고안했습니다.(32쪽)

볼로딘은 현대사의 가장 어두운 시기를 떠올리게 하는 비극적인 세계 속에서 하나씩 사라져 가는 일곱 작가의 초상화를 통해 단순하면서도 훌륭한 문학적 건축물 하나를 완성한다. 작가와 글쓰기에 대한 단계적 재판으로 볼 수 있는 이 이야기들은 거개가 저항에 대한 호소이자 문학에 대한 탄원이며, "소진된 자들 혹은 죽은 자들에 의해, 그리고 죽은 자들을 위해 발성된, 쓸모없고 몽환적인 최후의 증언"(32쪽)으로, 혁명에 충실한 반체제 인사, 수용소의 환자, 문맹 작가, 투옥과 고문에 시달리며, 역사의 암흑과 이상에 짓밟혔지만, 항상 투쟁의 불꽃으로 가득 차, 변방에 있던 작가들의 위대함을 보여 준다. 아무것도 남지 않았을 때, 남은 것 위에 세워진 포스트엑조티시즘 문학은 풍부하고 심오한 언어로 세상의 어두운 종말을 기이하고 모호하게 반영하는 작가들에 의해 공유된다.

- 다른 곳에서 당도한, 다른 곳을 향하는, 다른 곳의 문학.
- 20세기의 비극, 전쟁, 혁명, 집단 학살, 패배에 대한 기억에 뿌리를 내린, 범세계적, 국제주의적 문학.
- 프랑스어로 쓰인 외국 문학.
- 몽환적인 것과 정치적인 것이 분리할 수 없이 뒤섞여 있는 문학.
- 반추(反芻)에 대한, 정신적 일탈에 대한, 실패에 대한 감옥 문학.
- 샤머니즘의 볼셰비키적 변형과 관련된, 특히 샤머니즘과 관련된, 소설적인 건축물.[2]

모든 것은 상호 텍스트적인 호출을 통해 활성화된 네트워크처럼 작동한다. 이것은 볼로딘이 소중히 여기는 기계 조각, 죽은 자들, 실종된 자들, 소외된 자들, 잔혹함을 경험하고 말살된 자들을 대변한다. 『작가들』은 볼로딘의 포스트엑조티시즘 소설 중 가장 자전적이라고 할 만하다. 우선 제목이 볼로딘 자신의 활동을 언급하며, 반사적 차원을 취한다. 그러나 무엇보다도 이 작품을 구성하는 이야기 중에서 작가의 경험에 대한 몇 가지 암시를 우리는 식별할 수 있다. 이 이야기들은 당연히 실제 자서전이 아니다. 그러나 마티아스 올반이나 보그단 타라셰프와 같은 등장인물이 겪는 출판의 좌절과 독자들에게 이해받지 못하는 환상적이고 혼란스러운 이들의 서사 장치는 어쩌면 오래된 작가의 불안을 번역한 것이기도 할 터이다. 게다가 볼로딘은 인터뷰에서 「시자카기」가 아직 알파벳을 채 익히지 못했던 시절 자신의 첫 글쓰기 시도를 반영하고 있다는 사실을 인정하기도 했다. 『작가들』에 실린 일곱 단편 중에서 단 한 작품 「감사의 말」만이 소설에서 오마주를 바치는 기존 형식으로 제공될 뿐, 다른 작품들은 각각 문학적 재능이 있거나 성공한 작가에 대한

---

2. Ouellet Pierre, Detue Frédérik, *Défense et illustration du post-exotisme en vingt leçons avec Antoine Volodine* [앙투안 볼로딘과 함께한 포스트엑조티시즘 20강의 보존과 현양] (Montréal, Canada: VLB Éditeur, 2008), 387.

전통적인 재현 방식에서 의도적으로 벗어난다. 이야기가 대부분 '구술'로 이루어진다는 점도 강조할 필요가 있다. 이 인물들은 "공식 문학과 결별하는 쓰레기 문학"[3]을 창조하겠다는 볼로딘의 주장을 반영한다.

조재룡

---

3. Antoine Volodine, "À la frange du réel [현실의 가장자리에서]" in Ouellet Pierre, Detue Frédérik, *Défense et illustration*, 387.

앙투안 볼로딘: "저는 정신과 환자가 아닙니다!"
—한 명의 볼로딘이 다른 여럿을 감추고 있을 수 있다[4]

한 명의 볼로딘이 다른 여럿을 감추고 있을 수 있다. 볼로딘은 2010년 9월 『작가들』에서 상상적 작가들의 초상화들을 담은 갤러리에 서명했을 뿐만 아니라, 동시에 루츠 바스만과 마누엘라 드라게르라는 이름으로 또 다른 소설 두 편을 출간했다. 우리는 그의 아바타들 각각을 만나 보았다.

그레구아르 르메나제: 『작가들』은 상상적 "포스트엑조티시즘" 작가들을 소개합니다. 분신들과 이명(異名)들을 고안해야 할 필요성은 어디에서 비롯된 것일까요?
앙투안 볼로딘: 정신과 환자의 경우라고는 생각하지 않습니다! 동일한 하나의 경험에서 다층적인 목소리를 끌어내는 것이지요. 제가 하고자 하는 것, 그건 바로 세계의 주인, 지배하는 작가라는 낭만적인 생각을 무너뜨리는 겁니다. 그런 작가의 모습은 저를 불편하게 만듭니다. 저는 스포트라이트를 받기보다 어둠 속에 있을 때가 더 편합니다.

당신의 등장인물들은 '저주받은 작가들'입니다.
환상의 세계가 아니라면, 외부와 접촉할 수 없는 감옥에

---

4. Grégoire Leménager, "Antoine Volodine: 'Je ne suis pas un cas psychiatrique!'– Un Volodine peut en cacher beaucoup d'autres," *Le Nouvel Obs*, August 24, 2010, https://bibliobs.nouvelobs.com/romans/20100824. BIB5527/antoine-volodine-je-ne-suis-pas-un-cas-psychiatrique.html. [이 글은 『작가들』 출간 당시 『르 누벨 옵스』에 게재된 그레구아르 르메나제와 앙투안 볼로딘의 인터뷰를 번역한 것이다.—편집자]

간힌 작가들의 공동체를 배경으로 설정했습니다. 이
작가들은 죽은 자들, 곤충들 또는 스스로 만들어 낸
청중에게 말을 겁니다. 이들이 보이는 창조의 제스처는
헛되어 보이기도 하지만, 이들은 게다가 글을 쓰는 것보다는
오히려 말을 해야 한다는 절박함에 의해 움직입니다.
이 작가들 대부분은 문맹입니다. 아니면 거의 문맹에
가깝습니다. 어느 정신병원에서 미친 사람들에게 고문을
당하는 남자의 이야기에서 이러한 점을 볼 수 있습니다.
그의 이야기에서, 이제 막 글쓰기를 배운 대여섯 살짜리
아이는 어떤 이야기를 들려주어야 할 필요성에 눈을 뜹니다.

이것이 아이의 "문학 창작"의 "초기 회차"(47쪽)입니다. 당신의
경우는요?

사실 그건 자서전입니다. '시자카기'라는 제목의 이
어린 시절의 글은 맞춤법 오류가 있는 상태로 보관되어
있었습니다. 이 작품은 오토픽션과는 20만 광년
떨어져 있지만, 자서전적 요소들이 여기에 있습니다.
한 등장인물이 작성해 나가는 신조어들의 목록도
마찬가지입니다. 이 모호한 작업은 한 번도 출간된 적이
없지만, 저는 실제로 그렇게 한 적이 있습니다, 사실입니다.

글을 쓸 때 그 신조어 목록도 참조하시나요? 당신의 픽션들에
기이한 단어들을 투입하고자 이 목록을 레퍼토리로
사용하시나요?

그렇습니다. 적당히 방대하다고 할 이 문학 전체의
구성에는 시간이 작용합니다. 수십 년간 파편들, 조각들,
미완성된 것들이 축적되고, 이어서 이것들은 완성된 성격을
지닌 포스트엑조티시즘적 대상 안에서 다시 작업되고
삽입됩니다. 이것이 바로 작가들의 공동체가 작동하는
방식입니다. 목소리들은 서로 층을 이루며 겹겹이 쌓이고,
교환되고, 교차하며, 일정한 시간에 이르면 완성된 하나의
대상, 한 편의 소설 형태인 무언가를 형성하고, 이어 출판의
상태가 됩니다.

당신이 글쓰기에 돌입했을 때, 작가들의 공동체를 구축하겠다는 이와 같은 계획을 벌써 가지고 있었나요?

첫 책을 펴내기 전인 1985년에, 저는 글을 많이 썼습니다. 특히 고안된 어느 시기에 고안된 작가들에 의해 쓰인 다양한 텍스트들이 모인 선집을 썼습니다. 이 모든 것 중 일부는 억압의 피해자인 작가들의 코뮌과 비평가들의 공동체를 소개하는 저의 첫 번째 책이 출간된 이후 몇 년이 지나 『리스본, 더 물러날 곳 없는 종경(終境)』에서 다시 사용되었습니다. 이 작품에서 모든 것은 부분적으로, 그룹으로 작동하며, 목소리들은 결코 개별적이지 않습니다. 어떤 집단적 표현에 관한 것이지요, 항상요. 따라서 이 계획은 이미 존재했습니다.

초창기 책들에서 전 이것을 그다지 염두에 두지 않았습니다. 그리고 조금씩, 이것이 작동했습니다. 그러나 저의 첫 번째 책 즉 『조리앙 뮈르그라브의 비교 전기(傳記)』(1985)부터 작동하기 시작한 것은, 서로 다른 기원들에서 당도해 하나의 이야기를 들려주는 데 도움을 주었던 목소리들의 교차였습니다.

물론 이 시스템은 1998년 『10강으로 익히는 포스트엑조티시즘, 제11강』이 등장하면서 구체화되었습니다. 이 책에는 루츠 바스만, 마누엘라 드라게르, 엘리 크로나우에르, 그리고 또 다른 이름들이 서명—물론 앙투안 볼로딘까지—되어 있습니다. 그 당시에는 이미 어떤 그룹에 대한 확신이 있었고, 이것은 이전에 열 권의 책이 출판되었기 때문에 작동할 수 있었습니다.

언젠가 우리가 보그단 타라셰프의 책을 읽을 수 있다는 의미입니까? 모든 등장인물에게 동일한 이름을 부여하는, 『작가들』에서 다루어진 이 작가 말입니다.

그렇지 않습니다. 이론적으로는 그게 환상적이겠지요, 만약 저에게 300년이 더 있다면 말입니다. 하지만 세월은 정해져 있고 우리가 무한으로 뻗을 수는 없습니다. 게다가 저는 시리즈 시스템일 수 없다는 점을 항상 강조해 왔습니다. 처음부터 한 권의 책에서 다음 책으로 이어지는 소설 더미가 있다고 해도, 각각의 책은 다른 책들과는 다릅니다.

목표는 작가들의 성향이 상이한 포스트엑조티시즘적 도서관을 구축하는 것이지만 그렇다고 『포스트엑조티시즘, 제12강, 제13강…』을 만들려는 건 아닙니다. 그건 에르제[5]를 따라 하는 일일 겁니다! 저는 놀라운 성격을 유지하려고 노력하고 있습니다.

애초에 자기 자신을 제외하고 다른 이들을 존재하게 만들기란 매우 어렵습니다. 대변인이 되는 것뿐만 아니라 그들의 책이 세상에 나오도록 도와 주는 것 말이지요. 이것은 삼중의 작업을 의미합니다…. 마누엘라 드라게르와 루트 바스만은 이미 문학계에 존재하며, 몇 년 전부터 책을 출간했습니다.

당신에게는 아주 특별한 유머 감각이 있는데요….

저는 그것을 재난의 유머라고 부릅니다. 또는 수용소의 유머. 말하는 자들은 종종 자신들이 운터멘쉬,[6] 하등 인간이라고 말합니다. 이러한 열등한 지위는 자신들을 짓밟는 사람들과의 관계에서 그들이 다소간 조롱하는 자가 되게 해 줍니다. 이것은 펑크 유머도 아니고 '노 퓨처' 유머도 아닙니다. 그것은 우리가 무엇을 하든 우리는 결국 불행하게 끝날 것이고, 아무것도 가능하지 않다는, 유대인의 유머입니다. 그것은 미래를 절대적인 재앙으로 보지만 계속해서 행동하는 것을 방해하지 않는 유머입니다.

---

5. 벨기에 브뤼셀 출신의 만화가. 만화 『땡땡의 모험』 시리즈를 수십 권 그린 것으로 유명하다.
6. Untermensch. '하위 인종', '하등 인간', '열등 인간'을 의미하는 독일어로 독일 나치당이 게르만족의 우월성을 강조하며 슬라브족, 집시를 포함한 유대인과 러시아인을 이렇게 불렀다.

당신 자신도 이 같은 경우, 그러니까 그만큼의 비관적인 상황에 처해 있습니까?

우리는 1985년 이후에 이루어진 모든 일이 절대로 세상을 바꾸지 않는다는 걸 알고 있으며, 그러나 세상을 바꾸어야만 했으며, 세상을 바꾸어야만 합니다. 따라서 저는, 그 어떤 환상도 갖고 있지 않지만 한편으로 환상과 함께 놀기 좋아하는 등장인물들과 같다고 하겠습니다. 그리고 이 점은 등장인물들의 행동을 방해하지 않습니다. 짓밟힌 채, 자신들이 짓밟히리라는 것을 전적으로 알고 있으면서도, 그들은 자신들이 짓밟히지 않을 것인 양합니다.

그렇다면 맞는 것 같습니다. 저는 극도로 비관적인 비전을 가지고 있지만, 우리가 미래에 대해 알 수 있는 것이 무엇이건 간에, 투쟁이 절대적으로 필요하다는 느낌을 전적으로 간직하고 있습니다. 심지어 감옥에서조차, 우리가 벽과 벽 사이에 있는 동안에도, 우리는 계속해서 무언가를 말하고, 과거와 어떤 현재를 재구성하고, 어떤 미래를 고안합니다. 이것이 제 등장인물들에게 일어나는 일입니다.

당신에게 중요한 현실에서의 작가들은 누구입니까? 베케트와 카프카라고 말씀하신 적이 있는데, 여전히 그런가요?

이들을 인용한 이는 제가 아닙니다. 제가 중요하게 생각하는 작가들은 상당히 많으며, 따라서 이들 중 서넛을 고르는 건 공정하지 않은 것 같습니다. 네임드로핑[7]과 너무나 흡사해 보이기 때문에 이 질문에는 대답하지 않으려고 합니다. 이건 제가 갖기를 바라지 않는 일종의 허세입니다. 게다가 중요한 작가들만 있는 게 아닙니다. 음악도 있고, 영화도 있습니다. 영향을 받은 것들, 존경의 대상들을 엄청나게 인용해야 할 것입니다.

한편, 이 책에서, 그리고 다소 드문 경우이기도 한데,

---

7. name dropping. 유명 인사의 이름을 잘 아는 사람인 듯 들먹이는 행위.

제가 제시한 참조 자료들은 제가 만들어 낸 것이며, 어둠 속에서, 아마도 발가벗은 채, 강연을 하고 있는, 이제 막 사망한 어느 여인이 말하는 목록이 있습니다. 그녀는 마리아 300-10-3이며, 그녀는 영화에 대해 말하면서 영화의 시퀀스를 매우 정확하게 인용합니다. 인용된 영화감독들[8]은 저에게는 아주 소중합니다. 그러나 이 제한된 공간에서, 이 목록을 만들면서, 저는 이 목록이 지나치게 적다는 생각이 들었습니다….

당신은 당신과 동시대 작가들의 책을 읽으시나요?

네, 평범한 독자입니다. 저도 책을 읽습니다. 하지만 저는 또한 영화를 보는 사람이기도 합니다. 작가로서 문학과 관련된 연관성만을 강조하는 건 제가 보기에 다소 환원적인 것 같습니다. 특히 오늘날 그렇습니다. 이미지와 영화를 외면하기란 불가능합니다.

글을 쓸 때 제 머리에 떠오르는 것은 항상 이미지입니다. 등장인물들이 자신들의 자리에 있고 독자를 그 안으로 끌어들일 수 있도록 이미지를 구성하고 활성화하는 것이 문제입니다. 이것은 문학적 기법에 대한 성찰과는 다소간 거리가 먼 작업입니다. 우리는 영화 촬영 기술에 관해 성찰할 일이 훨씬 더 많습니다. 반드시 그렇지는 않더라도 촉각이나 냄새의 질서에 대한 감각 또한 포함되어야 하기에, 다수의 장면이 어둠 속, 그게 아니라면 절대적인 어둠 속에서 발생합니다.

그레구아르 르메나제, 앙투안 볼로딘
조재룡 옮김

---

8. 이 목록에는 데이비드 린치, 잉마르 베리만, 프리드리히 무르나우, 왕자웨이, 구로사와 아키라, 베르너 헤어초크, 세르조 레오네, 안드레이 타르콥스키 등이 있다.—원주

작품 목록
앙투안 볼로딘의 이름으로 발표된 소설

『조리앙 뮈르그라브의 비교 전기(傳記)(Biographie comparée de Jorian Murgrave)』, 파리: 드노엘(Denoël), 1985.

『그 어디서도 오지 않은 배(Un Navire de nulle part)』, 드노엘, 1986.

『무시 절차(Rituel du mépris)』, 드노엘, 1986.

『환상적인 지옥들(Des enfers fabuleux)』, 드노엘, 1988.

『리스본, 더 물러날 곳 없는 종경(終境)(Lisbonne, dernière marge)』, 파리: 미뉘(Minuit), 1990.

『비올라 솔로(Alto Solo)』, 미뉘, 1991.

『원숭이들의 이름(Le Nom des singes)』, 미뉘, 1994.

『내항(內港)(Le Port intérieur)』, 미뉘, 1996.

『발키리에서의 잠 못 이룬 밤(Nuit blanche en Balkhyrie)』, 파리: 갈리마르(Gallimard), 1997.

『뼈 무덤이 보이는 풍경(Vue sur l'ossuaire)』, 갈리마르, 1998.

『10강으로 익히는 포스트엑조티시즘, 제11강(Le Post-exotisme en dix leçons, leçon onze)』, 갈리마르, 1998.

★『미미한 천사들(Des anges mineurs)』, 파리: 쇠유(Seuil), 1999.

『돈도그(Dondog)』, 쇠유, 2002.

『바르도 오어 낫 바르도(Bardo or not Bardo)』, 쇠유, 2004.

『우리가 좋아하는 짐승들(Nos animaux préférés)』, 쇠유, 2006.

★『메블리도의 꿈(Songes de Mevlido)』, 쇠유, 2007.

『마카오(Macau)』, 쇠유, 2009.

★『작가들(Écrivains)』, 쇠유, 2010.

★『찬란한 종착역(Terminus radieux)』, 쇠유, 2014.

『마녀 형제들(Frères sorcières)』, 쇠유, 2019.

『먼로의 딸들(Les Filles de Monroe)』, 쇠유, 2022.

『불 속에 살다(Vivre dans le feu)』, 쇠유, 2023.

★ 한국어판 출간

앙투안 볼로딘
작가들

초판 1쇄 발행. 2024년 6월 25일

번역. 조재룡
편집. 김뉘연, 신선영, 이동휘
제작. 세걸음
발행. 워크룸 프레스
03035 서울시 종로구 자하문로19길 25, 3층
전화. 02-6013-3246 / 팩스. 02-725-3248
메일. wpress@wkrm.kr
workroompress.kr

ISBN 979-11-93480-13-7 04860 / 979-11-89356-07-1 (세트)
17,000원

조재룡
서울에서 태어나 성균관대학교 불어불문학과를 졸업하고 프랑스
파리8대학에서 박사 학위를 받았다. 고려대학교 불어불문학과
교수로 재직 중이며, 문학평론가로 활동하면서 시학과 번역학,
프랑스 문학과 한국문학에 관한 논문과 평론을 집필한다.
시와사상문학상과 팔봉비평문학상을 수상했다. 저서로『앙리
메쇼닉과 현대비평: 시학, 번역, 주체』『번역의 유령들』『시는
주사위 놀이를 하지 않는다』『번역하는 문장들』『시집』등이,
역서로 앙리 메쇼닉의『시학을 위하여 1』, 제라르 데송의『시학
입문』, 장 주네의『사형을 언도받은 자 / 외줄타기 곡예사』, 레몽
크노의『떡갈나무와 개』『문체 연습』, 조르주 페렉의『잠자는
남자』『어렴풋한 부티크』, 알로이시위스 베르트랑의『밤의
가스파르: 렘브란트와 칼로 풍의 환상곡』등이 있다.